KAI BISCHOF

Für dich bricht meine Welt
zusammen

AF235900

KAI BISCHOF

FÜR DICH BRICHT MEINE WELT ZUSAMMEN

Eine 80er Liebesgeschichte

Bibliografische Information der Deutschen Nationalbibliothek:
Die Deutsche Nationalbibliothek verzeichnet diese Publikation in der
Deutschen Nationalbibliografie; detaillierte bibliografische Daten sind
im Internet über dnb.dnb.de abrufbar.

Kontakt: kaibischof@hotmail.de
Verlagsadresse: Röcker Str. 14a, 31675 Bückeburg

Internet: https://kai-bischof.jimdosite.com/

Coverfoto: www.freepik.com

ISBN: 978-3-7562-2504-0
Verlag: BoD • Books on Demand GmbH, In de Tarpen 42,
22848 Norderstedt
Druck: Libri Plureos GmbH, Friedensallee 273, 22763 Hamburg

Auch als eBook verfügbar

Schiller – Liebe

... Wenn ich überhaupt eine Chance bei ihr haben sollte, dann würde sie mir die früher oder später auch geben, dessen war ich mir sicher. War das naiv? Ja, das war es. Total naiv sogar. Aber es war wunderschön ...

Frankie goes to Hollywood – The Power of Love (1984)

... Ich kann nicht behaupten, dass das Weihnachtsfest 1984 eines meiner schönsten war. Aber es war das, welches mir ewig in Erinnerung bleiben sollte. Ich hatte gehofft, mein Gefühlschaos würde sich über die Ferien wieder normalisieren, was es aber nicht tat. Und andererseits ... wollte ich das eigentlich wirklich? War es bei allem Schmerz nicht auch verdammt schön? Denn vollkommen egal, was ich in diesen zwei Wochen tat, – Nicole war irgendwie immer bei mir, in meinem Kopf, meinem Herz. Meine Gedanken und Gefühle wurden zunehmend von ihr beherrscht, ohne dass sie etwas dafür konnte. ...

Ich komme gegen das Gefühl nicht länger an, obwohl ich nach wie vor
Angst habe, es zuzulassen.
Was als Freundschaft begann, ist zu etwas Tieferem geworden.
Jetzt hoffe ich nur, ich bin stark genug, es auch zu zeigen.
Ich sag mir, dass ich nicht ewig ausharren kann, dass meine Furcht
unbegründet ist.
Weil ich mich so geborgen fühle, wenn wir zusammen sind.
Du gibst meinem Leben eine Richtung, machst irgendwie alles so klar.

REO Speedwagon – Can't fight this feeling (1984)

... Am liebsten hätte ich sie ewig festgehalten, aber leider löste sie sich schnell wieder von mir, sah mir dafür aber mit einem ganz besonderen Blick in die Augen. »Ich wollte dir schon länger mal was sagen.« Sie blickte kurz nervös auf ihre Hände hinunter, um dann wieder meine Augen zu fixieren. »Ich mag dich wirklich sehr gern. Du bist echt ein total netter Kerl.«

Ich lächelte sie an. Na ja, wahrscheinlich strahlte ich heller als die Sonne, aber es sollte eigentlich nur ein Lächeln sein. »Danke!«, sagte ich und sah ihr dabei weiter in die Augen, in der Hoffnung, dieser Moment ginge nie vorbei. ...

Für meine Eltern

Wer sonst sollte verantwortlich dafür sein, dass ich so sehr lieben kann?

Nichts wird uns aufhalten
(Damals)

And we can build this dream together,
Standing strong forever,
Nothing's gonna stop us now!
And if this world runs out of lovers,
We'll still have each other,
Nothing's gonna stop us, nothing's gonna stop us now!
*
Und wir können diesen Traum zusammen aufbauen,
Für immer fest zusammenhalten,
Nichts wird uns jetzt aufhalten!
Und wenn dieser Welt die Liebenden ausgehen,
Werden wir immer noch uns haben,
Nichts wird uns aufhalten, nichts kann uns jetzt stoppen!

Starship – Nothing's gonna stop us now (1987)

Kennt ihr das Gefühl, wenn ihr ein Lied im Radio hört, und euch – völlig egal, wann ihr diesen Song zum ersten Mal gehört habt – für einen kurzen Moment in eben diese Zeit zurückversetzt fühlt?

Ich habe dieses Gefühl öfter! Und es gibt Lieder, die schon mit ihren ersten Tönen diesen Zauber bei mir hervorrufen. Wobei es gar nicht unbedingt Erinnerungen an konkrete Ereignisse sind, sondern vielmehr die kurze Auferstehung des Lebensgefühls, das ich zu der jeweiligen Zeit hatte. *True Faith* von *New Order* zum Beispiel erinnert mich an tolle

Abende mit Freundinnen und Freunden als Heranwachsender, *La Isla Bonita* von *Madonna* oder *Living in a Box* von der gleichnamigen Band an durchtanzte Nächte in der örtlichen Diskothek und *Back For Good* von *Take That* an die erste, sowieso unvergessliche Zeit, mit meiner heutigen Ehefrau. Doch die größten Emotionen werden vermutlich auch bei euch mit den Songs wiedererweckt, die ihr mit eurer Teenagerzeit verbindet, oder? Bei mir ist zum Beispiel *Maid of Orleans* von *OMD* so ein Lied. Höre ich die ersten Klänge dieses Songs, so bin ich für einen kurzen Moment wieder dort: Als Vierzehnjähriger auf den ersten Partykeller-Geburtstagsfeiern, oder zu Hause, mit dem Finger auf der Aufnahmetaste des Radiorekorders, um den Song endlich einmal komplett auf Kassette zu bannen. Dann zwei Jahre später *Radio Gaga* von *Queen,* oder überhaupt das ganze Album *The Works* aus dem Jahre 1984, das ich stets mit unserer damaligen Klassenfahrt ins noch geteilte Berlin in Verbindung bringe. *I Like Chopin* von *Gazebo* oder *Dolce Vita* von *Ryan Paris* lösen ebenfalls diffuse Partykeller- und Gartenhauserinnerungen mit Luftschlangen und Lichterketten aus.

Ganz spezielle Gefühle aber verbinde ich mit den Weihnachtsliedern, die Ende des Jahres 1984 die weltweiten Hitparaden anführten: *Do They Know it's Christmas* von *Band Aid* und natürlich *Last Christmas* von *Wham*. Denn damals begann für mich eine Zeit, ja fast schon eine Ära, von der ich euch in diesem

Buch erzählen will. Es war eine besondere Zeit damals, sicherlich weil wir Teenager waren, kaum Sorgen hatten, und positiv in die Zukunft blickten. Aber eben auch, weil es diese spezielle Epoche der Achtziger war, in der wir erwachsen wurden. Obwohl es noch die Zeit vor Gorbatschow war, hat uns die stets präsente Angst vor einem Atomkrieg nicht daran gehindert, unsere Jugend zu genießen. Heute, fast vierzig Jahre danach, glaube ich mehr denn je, dass es ein Privileg war, damals aufzuwachsen. Noch vor der digitalen Revolution, aber schon mit diesem aufkommenden *Nichts-wird-uns-aufhalten–Gefühl*.

Ich weiß nicht, ob es euch ähnlich geht, falls ihr wie ich in den Siebzigern und Achtzigern groß geworden seid. Vielleicht habt ihr auch ähnliche Erinnerungen, obwohl ihr jünger oder älter seid. Aber ich glaube schon, dass das Lebensgefühl von damals etwas Einzigartiges hatte. Niemand schwärmt so von der Jugendzeit, wie die, die diese in den späten Siebzigern und Achtzigern durchlebt haben und auch bei Umfragen nach dem schönsten Jahrzehnt landen die Achtziger regelmäßig auf dem ersten Platz. Deshalb glaube ich, wir alle, die damals groß wurden, und Erinnerungen daran in uns tragen, hatten einfach Glück. Und wie immer euer Leben seitdem verlaufen ist, was ihr heute tut, oder wer ihr seid: Die Erinnerungen an damals und die damit einhergehenden Gefühle, die kann euch keiner nehmen. Sie sind ein Teil von euch und werden es immer sein!

Ihr müsst übrigens entschuldigen, dass ich euch gleich duze, aber die Dinge, über die ich schreibe, erfordern eine gewisse persönliche Nähe zwischen Autor und Leser. Denn es wird hier, – ihr könnt es euch sicher denken, – vor allem um die erste große Liebe gehen. Und Liebe ist nun einmal etwas sehr Intimes und Persönliches, – zumindest war es für mich immer so. Letzten Endes ist Liebe das zentrale Thema in unserem Leben, wobei sich ihre Erscheinungsform im Laufe der Jahre sicher ändert, die Bedeutung aber nicht. Die größte Liebe ist dementsprechend für manche vielleicht das eigene Kind und gar nicht die Mutter oder der Vater desselben. Oder es ist immer noch der erste Freund oder die erste Freundin, die man schon seit vielen Jahren nicht mehr gesehen hat, die aber für euch trotzdem immer eine besondere Bedeutung behalten wird. Aber das kann jeder für sich selbst entscheiden, wobei man das gar nicht muss. Nur, wer gar nicht fähig ist, zu lieben, verschwendet in meinen Augen sein Leben. Manchmal bin ich regelrecht erschrocken, wie viele solcher Menschen es anscheinend gibt. Dabei ist es die Liebe, die uns Menschen erst menschlich macht.

Wenn ihr also vielleicht gerade jetzt bis über beide Ohren verknallt seid, egal ob glücklich oder unglücklich, oder wenn ihr schon seit vielen Jahren oder gar Jahrzehnten mit dem gleichen Partner zusammenlebt und ihn immer noch toll findet, oder euch immer wieder ein Lächeln über das Gesicht huscht, wenn ihr euren Kindern beim Spielen zuschaut, so habt ihr eine Berechtigung, hier zu sein. Und ihr könnt stolz auf euch sein! Wer sich auf die Liebe zu anderen Menschen einlässt, gibt viel von sich und seinem Inneren preis, bekommt dafür aber auch so viel zurück. Das gilt sogar dann, wenn die Liebe nicht erwidert wird, davon bin ich überzeugt. Liebeskummer ist letzten Endes etwas Wunderbares, auch wenn er fürchterlich schmerzt, uns manchmal sogar bis an den Rande des Wahnsinns treibt. Aber waren wir nicht alle schon einmal unglücklich verliebt? Was habt ihr für Erinnerungen daran? Fühlt es sich gut oder schlecht an, wenn ihr daran denkt? Es sollte sich gut anfühlen, denn ihr solltet stolz darauf sein, so intensive Gefühle für einen anderen Menschen empfunden zu haben, oder vielleicht sogar gerade jetzt zu empfinden. Für die Klassenkameradin, den Kollegen, den Jungen oder das Mädchen von nebenan, oder wen auch immer. Wichtig ist, dass ihr euch selbst treu bleibt oder geblieben seid. Es bringt euch nicht weiter, wenn ihr euch verändert, nur um anderen zu gefallen. Jeder Mensch ist einzigartig, und auch wenn euch auf eurem Lebensweg noch der ein oder andere ganz besondere Mensch begegnen wird oder bereits begegnet ist: Eine Steigerung von *Einzigartig* gibt es nicht.

Ihr wollt wissen, wer ich bin? Ich heiße Florian, früher meistens, heute nur noch selten Flo genannt, habe vor Kurzem die Fünfzig erreicht, bin seit über zwanzig Jahren mit einer Klassefrau verheiratet und habe zwei ebenso tolle Kinder, die mittlerweile so alt sind, wie ich in dieser Geschichte. Ich war und bin sicher nicht das, was man im Allgemeinen als einen *tollen Hecht* bezeichnen würde. Aber bis auf gelegentliche Ausnahmen wollte ich das auch nie sein. Eher bin ich genau das, was ich früher vermutlich als *Spießer* abgestempelt hätte. Die meisten Eltern wären stolz auf mich (meine sind es übrigens auch), denn ich habe erreicht, was sich die meisten für ihre Kinder wünschen: Einen gut bezahlten Job, der mir Spaß macht, eine glückliche Familie, ein eigenes kleines Haus und sogar zwei Autos in der Garage. Ich bin sogar selbst ein bisschen stolz auf mich. Das alles hinzubekommen, scheint zumindest kein Selbstläufer zu sein, wenn ich mich unter meinen Mitmenschen so umsehe. Da mag es andere Meinungen geben, aber die interessieren mich mittlerweile nicht mehr wirklich. Versteht das bitte nicht falsch, aber mit dem Älterwerden lernt man einfach, sich nicht mehr so sehr von allen möglichen Seiten beeinflussen zu lassen. Die Jahre verändern Sichtweisen und die Art, wie man mit Dingen umgeht. Die Jahre verändern auch Menschen und Partnerschaften und damit auch die Liebe, die diese Partnerschaft trägt. Die mangelnde Akzeptanz dieser Tatsache scheint allerdings viele davon scheitern zu lassen. Dabei wird die Liebe nach meiner festen

Überzeugung nicht besser oder schlechter, sie wird nur anders! Wenn man frisch verliebt ist, dann fühlt man sich im Überschwang des Glücks untrennbar miteinander verbunden. Dabei ist die Verbundenheit viel gefestigter, wenn man sich über Jahre hinweg ein gemeinsames Leben aufgebaut und viele Dinge miteinander erlebt hat. Die sich daraus ergebende Verbundenheit ist so viel tiefer als jene im ersten Hormonrausch, die man aber meist als viel intensiver in Erinnerung hat. Nur seien wir mal ehrlich: Zumindest als Teenager liebt man sowieso kein bisschen mit dem Kopf. Später dann spielt der Kopf eine kleine, allerdings hoffentlich immer noch untergeordnete Rolle, bedingt durch die Erfahrungen, die man im Laufe der Jahre gemacht hat. Aber ist nicht die flammende, völlig kopf- und bedingungslose, alles verdrängende erste Teenagerliebe die, die man nie wieder vergisst?

Ein Lied aus dieser Zeit bringt uns das damalige Gefühl manchmal für Sekunden wieder und man schmunzelt meist darüber, macht einen leisen innerlichen Seufzer. Wenn ihr schon älter seid und dieses Gefühl lange nicht hattet, solltet ihr euch ruhig mal wieder darauf einlassen. Es bedeutet keine Untreue zu eurem jetzigen Partner, falls er oder sie nicht ohnehin in dieser Erinnerung vorkommt. Es sind Teile eurer Geschichte, Dinge, die euch und euren Charakter geprägt haben. Eure Partnerin oder euer Partner wird ebenso ihre oder seine Geschichte haben. Nehmt die Gefühle von damals einfach in eurem Herzen mit, ein Leben lang. Das ist wichtig, auch für eure jetzige Partnerschaft!

Ihr werdet besser verstehen, was ich meine und warum ich so denke, wenn ihr meine Geschichte gelesen habt. Eine Geschichte, die so oder so ähnlich jedem jungen Menschen noch heute passieren könnte. Sie beginnt an einem kalten Montagmorgen im Dezember 1984 in einem Klassenzimmer eines Gymnasiums irgendwo im Westen Deutschlands. Ich bin einer von zweiunddreißig Schülern in der Klasse 9c. Eine tolle Klasse übrigens. Heute weiß ich das, – damals war es für mich selbstverständlich.

Radio Gaga

I'd sit alone and watch your light,
My only friend through teenage nights.
And everything I had to know,
I heard it on my radio.
*
Ich saß oft allein vor deinem Licht,
mein einziger Freund in Teenagernächten.
Und alles, was ich wissen musste,
hörte ich in meinem Radio.

Queen – Radio Gaga (1984)

Ich mochte diese vorweihnachtliche Stimmung. Ich mag sie mit Abstrichen heute noch. Vielleicht war es auch nur ein selbstgeschaffener Vorwand, um der Kälte und der andauernden Dunkelheit etwas abgewinnen zu können, und irgendwo war es als Teenager ja auch uncool, Weihnachten gut zu finden. Aber man hatte schließlich zwei Wochen Ferien, und so hielt sich die allgemeine Unzufriedenheit darüber doch sehr in Grenzen, – zumindest in meinem Freundeskreis.

In meiner Schulklasse war ich damals nahezu perfekt integriert und fühlte mich dort einfach gut aufgehoben. Jedenfalls wüsste ich nicht, dass es in den ganzen Jahren, – mit einer Ausnahme, – mal Jemanden gegeben hätte, der mich überhaupt nicht leiden konnte. Natürlich gab es Mitschüler, mit denen man engeren Kontakt hatte und sich ab und an nach der Schule oder am Wochenende noch traf. Und auf der anderen Seite gab es welche, mit denen man praktisch kaum etwas zu tun hatte. Aber alles in allem war ich schon relativ beliebt, was vielleicht an meiner eher ruhigen und reservierten Art lag. Ich war nie jemand, der sich groß in den Mittelpunkt drängte, und auch sonst sicher kein Junge, der aus der Menge herausstach. Lange Zeit war ich zudem körperlich der Kleinste in der Klasse gewesen, das hatte sich dann aber ab dem fünfzehnten Lebensjahr radikal geändert. Mit der zunehmenden Körpergröße brach nur leider eine heftige Pubertätsakne über mich herein, die mich mit fortschreitender Zeit immer mehr belastete. Ungerecht war dabei vor allem, dass der ein oder andere Mitschüler, dem man ein paar Eiterbeulen sehr gegönnt hätte, völlig pickelfrei durch diese Zeit kam. Auch fehlte mir damals der Sinn für modische Kleidung oder so etwas wie eine Frisur (wobei man mit meinen dünnen Haaren aber ohnehin nicht viel anfangen konnte). Und als Zugabe gab es dann noch den Supergau für jeden Teenager: Die feste Zahnspange!

In der Summe der Dinge führte das dazu, dass ich damals zwar beliebt, aber alles andere als ein Mädchenschwarm war. Und das Wissen um diese Tatsache kratzte durchaus heftig an meinem Selbstbewusstsein. Während andere bereits mehrere Freundinnen gehabt hatten, bekam ich schon Schnappatmung, wenn ich nur mal in der Nähe eines netten Mädchens stand. Und je netter ich das

Mädchen fand, desto schlimmer wurde das. Vielleicht hatte ich mich deshalb bis dahin noch nie ernsthaft verliebt, weil ich mir einfach die vorprogrammierte Enttäuschung ersparen wollte. Glücklicherweise ging es den Jungs aus meiner Klasse, mit denen ich am meisten rumhing, ähnlich. Aber man hat als Fünfzehnjähriger dann schon so eine Ahnung, dass einem irgendwann mal dieses eine Mädchen über den Weg laufen wird, bei dem plötzlich alles anders ist. Nur ahnt man ja nicht, dass sie bereits seit Jahren nur eine Reihe vor einem im Klassenraum sitzt.

An diesem Montagmorgen fielen dicke Schneeflocken vom Himmel. Draußen war es noch dunkel und der mit einer riesigen Lichterkette geschmückte Tannenbaum, den wir aus den Fenstern unserer Klasse unten auf dem menschenleeren Schulhof sehen konnten, wirkte in dieser Atmosphäre etwas allein und verlassen. Es waren nur noch wenige Tage bis Weihnachten und auf dem Lehrerpult brannten alle vier Kerzen am Adventskranz.

Ich saß auf meinem Platz, rechts neben mir mein bester Freund Janne, und beide rieben wir uns die tiefgefrorenen Hände an den eigenen Hosenbeinen warm. Trotz eines Weges von jeweils gut sechs Kilometern (aus allerdings völlig unterschiedlichen Richtungen), fuhren wir immer mit dem Fahrrad zur Schule. Wir hätten zwar auch den Bus nehmen können, taten das aber so gut wie nie. Dies war allerdings einer der Tage, an denen ich daran zweifelte, dass ich diese frühmorgendliche Entscheidung richtig getroffen hatte.

Unsere Schule, ein typischer Siebziger-Jahre-Bau, lag am Stadtrand, an dem ich zwar auch wohnte, nur leider genau auf der anderen Seite der Stadt. Mein Schulweg führte mich daher jeden Tag durch die Fußgängerzone unserer 50.000-Einwohner-Stadt. Die Polizisten, die dort Streife liefen, kannten mein Gesicht schon. Trotzdem, oder vielleicht auch deswegen, bin ich die ganzen Jahre ohne Geldstrafe davongekommen.

Als ich Janne damals mit Beginn der fünften Klasse kennengelernt hatte, wunderte ich mich zunächst über seinen exotischen Vornamen, zumal seine zwei älteren Schwestern Monika und Jasmin hießen. Dass wir schließlich beste Freunde geworden waren, war vor allem dem Umstand geschuldet, dass wir gleich am ersten Schultag von unserem Klassenlehrer nebeneinander gesetzt wurden. Aber so spielt das Leben halt manchmal. Uns hat von Anfang an geeint, dass wir während der Stunde gerne auch mal nicht dem Unterricht folgten. Aus unserer Käsekästchenstatistik dürfte Janne als klarer Sieger hervorgegangen sein, bei *Vier Gewinnt* könnte ich dagegen knapp vorne gelegen haben.

In dieser letzten Woche vor Weihnachten hielt sich der Schulstress in Grenzen. Laut Stundenplan hatten wir in der ersten Stunde Englisch, aber bedingt durch das Wetter und das damit verbundene

Verkehrschaos, fehlten noch etliche Schüler. Unser Lehrer Herr Seifert informierte uns daher über die bevorstehende Schulweihnachtsfeier, und kümmerte sich nicht um das eigentliche Unterrichtsfach. Das Einzige, was ich früher an der Schule mochte, waren die Pausen und eben solche Stunden, in denen die Lehrer nicht auf den Lehrplan achteten. Normaler Unterricht war mir dagegen abseits der Sportstunde ein Graus. Im Unterricht war ich nämlich eine mittlere Katastrophe und konnte von Glück sagen, dass die mündliche Beteiligung damals noch nicht so stark bewertet wurde, wie das heute der Fall ist.

Nur die bloße Möglichkeit, eventuell etwas Falsches oder ungewollt Peinliches zu sagen, bereitete mir derartige Panikattacken, dass ich mich aus eigenem Antrieb praktisch nie meldete. Meine mündlichen Noten waren daher in allen Fächern miserabel, aber weil mir meine Schüchternheit bei Klausuren nicht im Weg stand, konnte ich das damit halbwegs gut kompensieren. Was trotzdem blieb, war die ständige Angst, vollkommen unvorbereitet drangenommen zu werden, verbunden mit der verräterischen Gesichtsröte, wenn es dann tatsächlich passierte. Auch ein Punkt, der sicher nicht zur Attraktivität beim weiblichen Geschlecht beigetragen hat. Aber leider auch einer, der sich nicht so einfach abstellen ließ.

Während wir uns über die Schulweihnachtsfeier unterhielten, die am Abend des folgenden Tages stattfinden sollte, trudelten nach und nach die noch fehlenden Schüler ein. Nach etwa zwanzig Minuten waren alle da und Herr Seifert begann doch noch mit dem Englischunterricht. Ich folgte seinen Ausführungen allerdings nur halbherzig, denn er hatte mich gleich bei der ersten Frage drangenommen, und da ich diese beantworten konnte, bedeutete das meist, dass ich für den Rest der Stunde Ruhe hatte. Janne war auch nicht übermäßig interessiert am Unterricht und schrieb mal wieder an irgendwelchen Fußballtabellen hinten in seinem Englischheft. Das machte er recht häufig, allerdings war er auch einer der Schüler, die das Talent besaßen, selbst bei völliger Unaufmerksamkeit unerwartete Zwischenfragen des Lehrers locker beantworten zu können. Er war der eindeutig bessere Schüler von uns und manchmal fragte ich mich, woher er seine Souveränität eigentlich nahm.

Ich sah mich in der Klasse um. Wir waren damals aufgeteilt in vier hintereinanderstehenden Tischreihen, immer vier Tische pro Reihe, an denen jeweils zwei Schüler saßen. Janne und ich saßen in der zweiten Reihe, was für Jungs schon meist die Pole Position war. Es versteht sich von selbst, dass in der ersten Reihe fast nur Mädchen saßen. Einzige Ausnahmen waren Christian und Peter, die in die erste Reihe beordert worden waren, da sie die mit Abstand leistungsschwächsten Schüler waren.

Ansonsten saßen vorne aber halt nur Mädchen: Sabine, Sonja, Anja, Nicole, Angela und Carola. Direkt vor mir saß Anja. Sie war eigentlich das einzige Mädchen, bei der ich nicht permanent einen

Kloß im Hals hatte. Vielleicht lag es daran, dass wir das Schicksal teilten, die ersten beiden im Alphabet zu sein – und damit auch im Klassenbuch. Wenn die Lehrer ihre Fragestunde eröffneten, waren wir also entweder als Erste oder Letzte an der Reihe und warfen uns schon vorher gegenseitig mitleidige Blicke zu.

Direkt vor Janne saß Nicole. Die beiden kannten sich schon seit dem Kindergarten, kamen aus dem gleichen Vorort und waren fast Nachbarn. Als Kinder haben sie sich oft getroffen, ab einem gewissen Alter hatte das dann aber nachgelassen. Trotzdem merkte man nach wie vor, dass die beiden sich gut kannten und ein besonderes Verhältnis zueinander hatten, wenn sie privat auch nichts mehr miteinander unternahmen.

Nicole war ein Mädchen, das irgendwie alle mochten. Sie war nicht das, was man als perfekte Schönheit bezeichnen würde, aber sie hatte eine unheimlich sympathische, zurückhaltende Art an sich. Dazu hatte sie ein total liebes Gesicht, etwas über Schulterlänge gewachsene blonde Haare, die ihr, wenn sie sie nicht zu einem Pferdeschwanz zurückgebunden hatte, unheimlich süß in Stirn und Gesicht fielen. Sie hatte fast nie schlechte Laune und, wie mir erst später als manch anderem aufgefallen war, ein unglaublich schönes Lächeln und einen Blick, der Eisberge zum Schmelzen bringen konnte, – allerdings nur, wenn sie das auch wollte. Ihre ganze Ausstrahlung war einfach positiv und übertrug sich oft genug auf die Menschen in ihrem Umkreis. Im

Laufe der Jahre hatten einige meiner Klassenkameraden das schon vor mir bemerkt, denn Einträge in den damals üblichen Poesiealben, die von fast jeder Schülerin und jedem Schüler jährlich aufs Neue durch die Klasse gereicht wurden, änderten sich unter der definitiv interessantesten Rubrik »Schwarm« zunehmend von *Nena* oder *Kim Wilde* in Mädchen, die tatsächlich in unserer Klasse oder zumindest in unserem Jahrgang waren. Und Nicoles Name war häufiger darunter. Dass mein Name nie dort auftauchte, brauche ich sicher nicht extra zu erwähnen.

Nun war Nicole nicht das einzige hübsche und nette Mädchen unserer Klasse, aber sie hatte auch für mich immer schon das gewisse Etwas gehabt. Aber es war eben nie so, dass ich deshalb mehr für sie empfunden hätte. Hätte ich mir aber ein Mädchen aussuchen müssen, mit der ich eine Woche auf einer einsamen Insel verbringen musste, so hätte ich auch Nicole genommen. Doch wie das Leben gerade in diesem Alter so spielt, braucht es manchmal nur einen völlig zufälligen und unscheinbaren Auslöser, damit sich die Dinge von Grund auf ändern und die Gefühle auf eine noch nie dagewesene Achterbahnfahrt geschickt werden.

An diesem Morgen stand in der Pause nach der Englischstunde dieser unscheinbare Auslöser für mich unmittelbar bevor, doch natürlich ahnte ich davon nichts. Die Pause verlief, wie kurze Pausen zwischen zwei Unterrichtsstunden fast immer

24

verliefen: Janne und ich hockten uns auf die Fensterbänke, unter denen die Heizkörper glühten, und unterhielten uns mit Lars, Uwe und Stefan über das TV-Programm des Vorabends, Fußball, am häufigsten aber über Musik. Da wurde von uns jedes Lied der aktuellen Charts und jede Neuveröffentlichung der Woche bis ins Kleinste seziert. Damals waren wir alle gut informiert, was aktuelle Popmusik anging, aber Stefan war ein wandelndes Musiklexikon. Was Janne über Fußball wusste, das hatte Stefan über Musik abgespeichert. Der kannte jedes Lied von jeder Band und dazu noch alle Bandmitglieder, die in den Achtzigern jemals irgendwo in den Top 100 waren. Dabei gingen unsere Musikgeschmäcker wild durcheinander und natürlich hatte jeder von uns seine Lieblingsband. Uwe sah man schon äußerlich an, dass er eher der Rockerfraktion angehörte. Er stand auf Iron Maiden und hatte einen großen Aufnäher ihres Albums *The Number of the Beast* auf seiner Jeansjacke. Jannes Favorit war David Bowie, Lars und ich konnten uns beide nur schwer zwischen ELO und Queen entscheiden, wobei er etwas mehr zu Queen, ich etwas mehr zu ELO tendierte, vor allem weil ich unheimlich auf deren Alben aus den Siebzigern stand, als ganze Symphonieorchester die Songs eingespielt hatten. *Mr. Blue Sky* könnte ich heute noch rauf und runter hören. Nun war ELO von all dem schon die eher poppigere Variante und unter Jungs war es natürlich eher schick, richtigen Rock zu hören. Daher kam es ganz gut, dass Stefan in einer ganz anderen Musikrichtung unterwegs war: Er hatte nicht im eigentlichen Sinne eine Lieblingsband, stand aber total auf Italo-Disco. Viel *weichgespülter* ging es jenseits des Schlagers nicht mehr.

Die Mädchen schwärmten meist für die üblichen Verdächtigen wie Duran Duran, Depeche Mode, Paul Young, Culture Club und so weiter. Was uns aber alle einte war, dass wir immer auch Musik aus ganz anderen Richtungen hörten und mochten. Ich kann mich erinnern, dass Uwe einmal voll auf den Song *Colour my Love* von einer Italo-Combo namens *Fun Fun* abfuhr. Ein Iron Maiden Fan. Das muss man sich mal auf der Zunge zergehen lassen! Aber was Musikrichtungen anging, waren wir damals alle sehr offen. Vielleicht lag das daran, dass wir mit der Neuen Deutschen Welle groß geworden waren, die eben nicht nur aus Nena, Markus und Geier Sturzflug, sondern auch aus DAF, den Fehlfarben, Spliff, Ideal und Extrabreit bestand. Man wurde da einfach ein Stück weit musikalisch tolerant.

Wir sprachen gerade über die aktuelle *Duran Duran* Single *The Wild Boys*, als Herr Brandauer hereinkam, bei dem wir jetzt Mathe hatten. Da ich die Diskussion mit Stefan noch zu Ende bringen wollte, war ich als letzter zurück an meinem Platz. Ich wollte mich gerade niederlassen, als Nicole verspätet ins Klassenzimmer gestürmt kam.

»Tschuldigung«, sagte sie mit leicht geducktem Kopf, und wollte schnell auf ihren Platz schleichen.

»Warte mal, Nicole«, hielt Herr Brandauer sie auf. »Ich brauche noch zwei Leute, die mir ein paar Unterlagen aus dem Lehrerzimmer holen. Florian, gehst du bitte mit? Wo du ja auch noch stehst.«

Ich antwortete nicht, sondern nickte nur und machte mich auf den Weg zur Tür.

»In meinem Fach liegt ein Stapel Kopien für die Weihnachtsfeier morgen, die lasst ihr euch bitte von einem Lehrer geben und bringt sie mit, ja?«, wies er uns an.

»Okay!«, antworteten Nicole und ich wie aus einem Mund und verließen den Klassenraum.

Nebeneinander gingen wir durch den Flur und die Treppen hinunter ins Erdgeschoß. In der Schule herrschte ungewohnte Stille, da alle Schülerinnen und Schüler schon in ihren Klassenräumen waren.

Irgendwie war es also so, dass die zwischen Stefan und mir herrschende Uneinigkeit über den Wert der Single *Wild Boys* letztlich der Auslöser dafür war, dass ich mit Nicole durch die menschenleere Schule unterwegs war. Ein Umstand, für den ich Stefan und der Band Duran Duran heute noch dankbar bin. Er war übrigens der Meinung, der Song wäre nur aufgrund des bis dahin teuersten Musikvideos aller Zeiten ein Hit geworden, während ich diesen Standpunkt, obwohl ich nie ein großer Fan der Band war, nicht teilen wollte.

Auf jeden Fall schoss mir durch den Kopf, dass ich in den ganzen viereinhalb Jahren, die wir uns nun schon kannten, noch nie allein mit Nicole gewesen war. Ich hatte bislang auch kein besonderes Verlangen danach gehabt. In dem Wissen, dass der ein oder andere Junge jetzt gerne mit mir getauscht hätte, stellte ich aber plötzlich fest, dass es sich ziemlich gut anfühlte. Es war schön, dass sie für einen Moment allein an meiner Seite war. Ich genoss die Situation unbewusst und bemerkte gar nicht, dass ich Nicole die ganze Zeit anhimmelte.

Bis sie es bemerkte. »Ist irgendwas?«, fragte sie mit skeptischem Blick.

»Nö, ich freu mich nur«, antwortete ich und versuchte, meinen plötzlichen Herzaussetzer zu überspielen.

»Worüber?«

»Darüber, dass morgen die Weihnachtsfeier ist«, log ich, obwohl das nicht wirklich gelogen war, denn ich freute mich tatsächlich darauf.

»Ja, mal sehen, wie es dieses Jahr wird.« Nicole stieß die gläserne Schwingtür auf, die zum Verwaltungstrakt der Schule führte und klopfte an die Lehrerzimmertür.

Unsere Deutschlehrerin Frau Urban öffnete uns. Nachdem wir ihr den Grund unseres Kommens erklärt hatten, drückte sie uns jeweils einen Stapel Kopien in die Hand, wobei meiner etwas größer ausfiel. Wir machten uns auf den Weg zurück zu unserem Klassenzimmer im ersten Stock, warfen währenddessen aber natürlich einen Blick auf die Kopien.

»Das ist ja blöd«, bemerkte Nicole, die schneller lesen konnte als ich.

»Wieso? Was ist denn?«

Sie blieb am Fuß der Treppe abrupt stehen. »Hier, halt mal.« Sie legte ihren Stapel Kopien unvermittelt auf meinen drauf und ich musste mein Kinn auf die oberste Seite legen, damit mir nicht alles herunterfiel. Ein zusammengeheftetes Bündel Kopien hatte sie in der Hand behalten. »Hier steht, dass die neunten und die zehnten Klassen bei Auf- und Abbau helfen und außerdem noch die Getränkeausgabe besetzen sollen. Mussten das im letzten Jahr nicht nur die zehnten Klassen machen?«

»Hm, ich glaube, du hast recht«, gab ich zurück, »aber das war auch ein ziemliches Chaos, wenn ich mich recht erinnere.«

»Stimmt, es sah schon ziemlich verwüstet aus am nächsten Tag«

»Du könntest dich nicht vielleicht dazu entschließen, mir wieder etwas abzunehmen?« Ich sah sie hilfesuchend an und hatte Mühe, den Kopienstapel im Gleichgewicht zu halten.

»Oh, entschuldige«, stieß Nicole hervor und nahm mir knapp die Hälfte wieder ab. Dabei berührten sich unsere Hände leicht und ein diffuses, angenehmes Kribbeln durchzog meine Magengegend. Ein Gefühl, das mir bis dahin unbekannt war, dem ich aber auch keine größere Bedeutung beimaß. Wir gingen zurück in den Klassenraum, legten die Kopien auf dem Lehrerpult ab, und setzten uns auf unsere Plätze.

»Nachdem es letztes Jahr bei der Organisation der Weihnachtsfeier einige Probleme gab, hat das

Kollegium sich dazu entschlossen, dieses Jahr auch die neunten Klassen zur Arbeit heranzuziehen«, erklärte Herr Brandauer, während er die Kopien in der Klasse verteilte.

Es gab Gegrummel und ein paar leise Buh-Rufe, aber Herr Brandauer lächelte nur milde: »Ich habe euch für die Getränkeausgabe und die Aufbauarbeiten einteilen lassen. Mit dem Aufräumen nach der Feier habt ihr also nichts zu tun.«

Die Stimmung beruhigte sich augenblicklich. Nicht den Dreck der anderen wegmachen zu müssen, war wenigstens etwas.

»Den Aufbau sollten wir gemeinsam erledigen, dann dauert das auch nicht lange.« Herr Brandauer legte Andrea die letzte Kopie auf den Tisch und ging zu seinem Pult zurück. »Die 9a ist für die gleichen Arbeiten eingeteilt. Was die Getränkeausgabe angeht, machen wir einen festen Dienstplan. Nach den Erfahrungen vom letzten Jahr immer vier Leute zusammen für jeweils eine Stunde, würde ich vorschlagen.«

In der Klasse regte sich kein Widerspruch.

»Irgendjemand, der morgen Abend keine Zeit hat oder später kommt und deshalb nicht helfen kann?«, fragte Herr Brandauer in die Klasse hinein, doch niemand meldete sich. Bei der Weihnachtsfeier, die in den Jahren zuvor mehr eine Jugenddisco war, fehlte man nur ungern. »Gut, dann teile ich euch mal eben ein. Immer die zwei Tische hintereinander.«

Herr Brandauer blickte zu Britta, Sonja, Ralf und Jörg, die links von mir saßen. »Ihr fangt an.«

»Und wann?«, fragte Jörg.

»Sechs Uhr. Fünf Minuten eher da sein schadet aber nicht. Um sieben lösen euch dann Anja, Nicole, Florian und Janne ab.«

Wir nickten zustimmend. Herr Brandauer teilte noch den Rest der Klasse ein, dann sagte er: »Zum Aufbau treffen wir uns dann morgen in der fünften Stunde unten in der Aula.«

»In der fünften und sechsten Stunde haben wir morgen noch Latein!«, rief unser Klassensprecher Klaus dazwischen.

»Ach ja, das hatte ich ganz vergessen: Die letzten zwei Stunden fallen für euch morgen wegen des Aufbaus natürlich aus.«

Tosender Jubel brach in der Klasse aus. Was konnte Besseres passieren, als wenn eine Doppelstunde Latein ausfiel!?

In der großen Pause kamen Olaf und Klassensprecher Klaus zu Janne und mir, um sich zu erkundigen, ob sie nicht den Thekendienst mit uns tauschen könnten. Als Janne sie nach dem Grund fragte, konnten sie uns keinen plausiblen nennen, doch vermutlich lag der darin, dass wir mit Nicole in einer Gruppe waren. Wir lehnten ab, wenn auch weniger wegen Nicole oder Anja, als vielmehr, um den Dienst möglichst früh hinter uns zu haben. Für einen kurzen Moment fragte ich mich aber, ob Nicole nicht doch auch ein triftiger Grund für meine

Ablehnung war. Allerdings hatte Janne den beiden schon einen Vogel gezeigt, bevor ich überhaupt richtig darüber nachdenken konnte.

Liebe ändert alles

Am nächsten Tag brach nach der vierten Stunde große Unruhe aus. Wir versammelten uns in der Aula und Herr Brandauer teilte uns für verschiedene Aufgaben ein. Es gab einiges zu tun, mir machte dass aber eigentlich immer Spaß, wenn wir mit der ganzen Klasse etwas erledigen mussten.

Ich befreite gerade die zusammenhängenden Stühle in der Aula aus ihren seitlichen Verankerungen, als Herr Brandauer zu mir kam: »Florian, wenn du hier fertig bist, holst du dann bitte mit Nicole die Kartons mit den Dekorationssachen aus dem Lager im zweiten Stock? Zwei Stück müssten das sein, Raum 213.«

»Ja, sofort«, ächzte ich, während ich zwei Stühle voneinander trennte, deren Verankerungen sich verklemmt hatten.

»Du findest uns da vorne an der Bühne.« Herr Brandauer zeigte hinter mich.

»Ich komme dann gleich«, bestätigte ich nickend und er verschwand wieder.

»Wieso eigentlich immer Florian?«, beschwerte sich Olaf unvermittelt, der nicht weit von mir am Thekenaufbau werkelte. »Man könnte meinen, der will die beiden verkuppeln.«

»Was?«, fragte Birgit, die mit ihm an der Theke arbeitete und auf dem Rücken liegend eine Schraube festzog. »Wer will wen verkuppeln?«

»Der Brandauer Nicole und Florian.«

»Na ja, warum eigentlich nicht?« Birgit legte den Schraubendreher beiseite und richtete sich auf. »Die beiden wären doch ein schönes Paar.«

Olaf entwich nur ein echauffiertes »Pfffft!«, begleitet von ungläubigem Kopfschütteln.

»Ja, oder? Das denk' ich schon länger«, schaltete sich überraschend Lisa ein. »Die würden richtig gut zusammenpassen. Ein echtes Traumpaar.«

Olaf drehte genervt die Augen zur Decke. »Das können sich wirklich nur Frauen ausdenken«, stöhnte er und schraubte weiter an der Thekenplatte.

Ich selbst war vollkommen perplex und sah Lisa fragend an, die nur vor sich hin grinste. »Kannst du mir mal sagen, wie du auf so was kommst?« Ich war schon neugierig, ob sie das ernst meinte, oder Olaf nur ärgern wollte.

»Na ja, find' ich halt«, antwortete sie schulterzuckend. »Laura sieht das übrigens genauso.«

»Was sehe ich genauso?« Lisas Zwillingsschwester Laura kam gerade mit der Werkzeugkiste unseres Hausmeisters um die Ecke und stellte sie vor ihrer Schwester ab.

»Dass Florian und Nicole ein schönes Paar wären.«

Laura musterte mich amüsiert. »Ja, stimmt«, sagte sie und lachte, vermutlich über meinen vollkommen bescheuerten Gesichtsausdruck.

»Nun hört doch mal auf, den Olaf zu ärgern, sonst beißt er gleich noch in die Thekenplatte«, feixte Olafs bester Kumpel Mario, der direkt neben ihm hockte.

Lisa zog ihren Kopf ein. »Oh, entschuldigt. Ich hatte vergessen, dass er ein Auge auf Nicole geworfen hat.«

»Habt ihr's bald?«, schrie Olaf und sah angestrengt auf die Holzplatte, die er in der Hand hielt.

Mario, Lisa, Laura und Birgit kicherten leise, ließen es dann aber dabei bewenden.

Und ich? Ich fühlte mich komischerweise geschmeichelt und wusste nicht mal so recht, warum. Wie man aber auch ausgerechnet auf Nicole und mich als Traumpaar kam, war mir schleierhaft. Ich war zu der Zeit in meiner ganzen Erscheinung so weit von Nicole entfernt, wie Nigeria vom Weltmeistertitel im Eishockey, – zumindest nach meiner Selbstwahrnehmung. Ich traute mich aber auch nicht, weiter nachzufragen, hakte die letzten zwei Stühle auseinander und ging dann zu Nicole, um mit ihr die Kartons zu holen, wie Herr Brandauer es gewünscht hatte.

Raum 213 war früher einmal ein richtiger Klassenraum, mittlerweile standen aber keine Tische und Stühle mehr darin. Stattdessen wurde hier so ziemlich alles hingebracht, was in der Schule selten gebraucht wurde, aber eben noch nicht weggeschmissen werden konnte. Jeder, der schon mal das Privileg hatte, diesen Raum betreten zu dürfen, konnte lustige Geschichten darüber erzählen. Ich hatte schon mal das Vergnügen und Nicole auch, wie ich mich erinnerte. Sie hatte eine schon seit Jahren nicht mehr angetastete alte Leinwand aus diesem Raum holen müssen und sah anschließend aus, wie ein zugestaubter Pudel. Die Schüler nannten Raum 213 spätestens seitdem nur *Die Staubgrotte.*

Nicole öffnete mit Herrn Brandauers Schlüssel die Tür. Wir gingen hinein und suchten in dem Chaos nach den Kartons, die Herr Brandauer Nicole beschrieben hatte. Unglücklicherweise befanden sich aber verdammt viele Kartons in diesem Raum, von denen die Hälfte gar nicht beschriftet oder die Beschriftung nicht mehr lesbar war, also mussten wir in viele hineinsehen.

»Was ist das denn?«, rief Nicole plötzlich, während sie in einem dieser Kartons herumwühlte. Sie zog einen Totenkopfschädel daraus hervor, vermutlich von dem alten Skelett, das früher im Biologieraum stand. Ich musste lachen.

»Jetzt weiß ich endlich, was die mit Schülern machen, die ihnen zu unbequem werden«, scherzte Nicole.

»Sieht aber eher aus wie ein Lehrerschädel«, meinte ich.

»Wieso?«

«Ich kann kein Gehirn sehen.«

Nicole kicherte. »Der Rest von ihm liegt auch noch hier drin.«

»Wieso ihm? Vielleicht war's ja auch ne Lehrerin.«

»Glaub ich nicht«, entgegnete Nicole.

»Warum?«

»Hast du schon mal so ne schlanke Lehrerin gesehen?«

»Nein«, stimmte ich lachend zu, »allerdings nicht.«

Nicole warf den Schädel wieder in den Karton und wir suchten weiter. Wir drangen weiter nach hinten in den Raum vor, wo die Kartons in immer höheren Stapeln standen.

»Kannst du mir den da mal runterholen«, fragte Nicole, als sie vor einem dieser Türme stand.

Ich stellte mich auf Zehenspitzen und wollte den Karton runterheben, doch er war zu schwer. Deshalb suchte ich nach einer Leiter oder nach etwas, das man als Tritt benutzen konnte.

»Ey, nun brich dir doch hier keinen ab«, stöhnte Nicole, allerdings lächelte sie dabei.

»Ja wie? Fliegen kann ich noch nicht«, entgegnete ich.

Sie breitete ihre Arme aus. »Heb' mich halt ein Stück hoch, dann guck' ich mal rein.«

Ich musste kurz schlucken, stellte mich dann aber zwischen sie und den Kartonstapel, ging in die Hocke, umschloss ihre Oberschenkel mit meinen Armen und hob sie an, sodass sie den Inhalt des obersten Kartons in Augenschein nehmen konnte. Ich war beileibe nicht muskulös, aber Nicole dafür federleicht. Dass mein Kopf nur knapp unterhalb ihrer Brüste lag, ließ meine Knie trotzdem weich werden.

»Nee, das ist auch nicht das, was wir suchen«, sagte sie und so ließ ich sie wieder herunter, indem ich den Griff um ihre Beine etwas lockerte. Als ihre Füße den Boden erreicht hatten, waren wir uns für einen Wimpernschlag sehr nah. Nicole sah mir mit einem Blick in die Augen, den ich so vorher nicht kannte. Dann räusperte sie sich verlegen und sah sich hilfesuchend um. »Vielleicht da hinten.« Fast sprunghaft entschwand sie in den hinteren Teil des Raumes.

Mich ließ sie leicht verwirrt zurück. Warum reagierte sie so eigenartig? Warum war sie auf einmal so verlegen? Was hatte dieser kurze, aber intensive Blick zu bedeuten? Mich hatte noch nie ein Mensch so angesehen, schon gar kein Mädchen. Ich kann den Ausdruck darin heute noch nicht richtig beschreiben, aber er war besonders und dauerte auch einen Moment zu lang, um ihn gleich wieder zu vergessen. Was hatte das alles zu bedeuten? Wie schon am Tag zuvor, gab es mir ein gutes Gefühl, allein mit ihr zu sein. Es war wie in einem angenehmen Traum, aus dem man nicht aufwachen wollte. Und dieser besondere Blick von ihr verunsicherte mich zwar, machte mich aber auch glücklich. Er löste das Gefühl einer besonderen Nähe aus, die nur zu diesem einen Menschen bestand.

All diese Gedanken schossen mir in wenigen Sekunden durch den Kopf und ich drängte sie schnell wieder beiseite, da wir immer noch auf der Suche nach den Kartons mit den Weihnachtsutensilien waren. Aber es war genau dieser Moment, der mir ein Leben lang in Erinnerung bleiben sollte. Denn heute weiß ich, warum Nicole so reagiert hat. Damals fehlte mir dazu der Durchblick, aber gerade das macht die Sache im Nachhinein so schön und wertvoll. Und gerade deshalb erinnere ich mich noch ab und zu daran.

»Na endlich!«, rief Nicole und tatsächlich hatte sie die richtigen Kartons gefunden. Wir zogen sie mit vereinten Kräften aus der Zimmerecke durch die Tür und hinaus auf den Flur. Nicole schloss Raum 213 wieder ab und wir trugen den ersten Karton hinunter in die Aula. Als wir wieder auf dem Weg nach oben waren, um den zweiten zu holen, hätte ich mir um ein Haar ein Herz gefasst und Nicole gefragt, warum sie eben so komisch war, aber irgendetwas hielt mich dann doch davon ab. Ich sollte lange Zeit nicht mehr so kurz davor stehen, ihr eine derart persönliche Frage zu stellen. Ich ahnte das zwar in diesem

Moment, konnte mich aber leider nicht mehr überwinden.

Als wir mit dem zweiten Karton herunterkamen, hatten sich unsere Mitschüler über den ersten schon hergemacht. Nicole brachte Herrn Brandauer den Schlüssel zurück, ich ging zu Janne, Lars und Klaus, die gerade Girlanden an den grauen Stützpfeilern anbrachten.

»Na, war's schön?«, begrüßte unser Klassensprecher Klaus mich.

»Was?«, fragte ich irritiert

»Na, mit Nicole in der Staubgrotte zu verschwinden natürlich.«

Was wollte der denn jetzt von mir? »Klar, war super«, antwortete ich lapidar.

»Möchte ich wetten.«

»Ja, sie ist schon ne heiße Braut. Und schöne weiche Lippen hat sie auch.« Ich machte einen Kussmund in seine Richtung.

Janne und Lars lachten laut auf und das Thema war damit erledigt. Noch vor zwei Tagen hätte ich Klaus' Frage mit einem lapidaren »Jaja« abgewimmelt. Warum also war ich plötzlich bemüht, irgendetwas zu vertuschen? Es durfte keiner wissen, dass Nicole und ich uns für Sekundenbruchteile näher als gewöhnlich gewesen waren, und schon gar nicht, dass mich die damit verbundenen Gefühle irritierten.

Nachdem der Aufbau erledigt war, fuhren fast alle nach Hause, um dann am Abend zur Weihnachtsfeier wiederzukommen. Janne und ich aber blieben in der Schule. Draußen herrschte mittlerweile dichtes Schneetreiben und besondere Klamotten für einen solchen Anlass hatten wir eh beide nicht, so gab es auch keinen Grund sich den Weg mit dem Fahrrad anzutun. Wir suchten stattdessen den Aufenthaltsraum auf, der sich bei uns direkt links vom Schuleingang befand. Lars und Frank hatten sich mit uns solidarisch erklärt und blieben ebenfalls da. Die anderen unterhielten sich gerade über einen mir unbekannten Kinofilm und ich blätterte gedankenverloren in einer älteren, herumliegenden Schülerzeitung, als unser Klassensprecher Klaus hereinkam.

»Was machst du denn noch hier?«, fragte Janne ihn.

»Wir hatten noch Klassensprechersitzung wegen der Weihnachtsfeier«, gab Klaus zurück.

»Und? Ist was bei rumgekommen?«

»Ach, dummes Gerede. Hätte man sich auch sparen können.« Klaus winkte ab.

Während Janne, Frank und Lars ihre Unterhaltung wieder aufnahmen, setzte Klaus sich zu mir. »Na, wie läuft's?«

»Meinst du irgendwas Bestimmtes?« Es wunderte mich, dass er mich ansprach, denn üblicherweise hatten wir nicht viel miteinander zu tun. Er war so ziemlich das genaue Gegenteil von mir, stand gerne im Mittelpunkt, konnte gut Leute zutexten, war bei den Mädchen sehr beliebt, und hatte trotzdem auch mit Jungs keine größeren Probleme. Er war eines dieser Alphatierchen und genau deshalb war er unser Klassensprecher. Ich mochte diese Sorte Mensch zwar nicht übermäßig, – tue ich heute noch nicht, – aber wir hatten bis dahin auch nie Schwierigkeiten miteinander gehabt. Man kam halt miteinander aus, aber ich hatte nie Interesse an einer engeren Freundschaft mit ihm, und andersrum galt für ihn sicher das Gleiche. Trotzdem war es so, dass wenn wir mal ins Gespräch kamen, das meist auf seiner Initiative beruhte. Es passte halt zu dem Bild, dass ich mich stets schüchtern im Hintergrund hielt, während er die Aufmerksamkeit geradezu suchte. Meine Klassenkameradinnen hätten das wahrscheinlich anders beschrieben: Ich war der nach nichts aussehende Langweiler, er der unternehmungslustige, begehrte Mädchenschwarm.

»Na, du warst vorhin ganz schön lange mit Nicole in der Staubgrotte«, bemerkte Klaus gerade so leise, dass die anderen drei ihn nicht verstehen konnten.

Ich sah von meiner Schülerzeitung auf und zog die Brauen hoch: »Ja, und?«

»Was habt ihr denn da oben so lange gemacht?«

»Ich möchte mal wissen, was dich das angeht?«

»Sei doch nicht gleich zickig, ich frage doch nur.« Es war eine seiner Spezialitäten, anderen den schwarzen Peter zuzuspielen. Vermutlich war das auch einer der Hauptgründe, warum ich Gespräche mit ihm vermied. »Gibs zu, du hast ein Auge auf Nicole geworfen, oder?«, bohrte er nach.

Ich sah ihn nur stumm an.

»Ach, nun komm schon. Ihr habt doch nicht die ganze Zeit nur nach den Kartons gesucht«, stichelte er weiter.

Obwohl ich mir hoffentlich nichts anmerken ließ, kochte ich innerlich. Was maßte er sich an, Gerüchte in die Welt zu setzen? Denn es war ja klar, in welche Richtung seine Frage ging. Und nebenbei ging ihn das überhaupt nichts an, und wenn er der Kaiser von China gewesen wäre, statt bloß unser Klassensprecher. Dabei war es mir um meinetwillen ziemlich egal. Sollte er den anderen doch erzählen, ich hätte nackt im Raum gestanden und Polka getanzt, aber dass er Nicole da mit reinzog, ging mir gewaltig gegen den Strich. »Erzähl nicht so'n Scheiß«, entgegnete ich für meine Verhältnisse sehr barsch und legte die Zeitung beiseite.

»Wieso regst du dich denn gleich so auf?« Klaus blitzte mich herausfordernd an.

Seine Frage war dabei sogar berechtigt. Warum regte ich mich derart auf? Irgendetwas in mir zwang mich dazu, Nicole in Schutz zu nehmen. Aber wovor eigentlich? Und vor allem: Warum? »Ich reg mich nicht auf«, erklärte ich mit gesenkter Stimme. »Ich will nur nicht, dass du hier irgendwas in die Welt setzt. Olaf hat vorhin auch schon so blöde Andeutungen gemacht.«

Schon an Klaus Mimik sah ich, dass er seinen direkten Konfrontationskurs verließ: »Und? Fandest du es nicht schön, mit Nicole länger allein zu sein?«, fragte er fast väterlich.

»Unangenehm war es nicht.«

Klaus lächelte süffisant und stand auf.

»Ich finde trotzdem, dass dich das eigentlich nichts angeht«, rief ich ihm hinterher, als er den Raum verlassen wollte.

»Vielleicht hast du recht. Ich behalte es auch für mich«, gab er noch zurück, dann fiel die Tür hinter ihm zu.

Ich wollte ihm erst hinterherspringen. Was behielt er für sich? Da war doch gar nichts, was er für sich behalten konnte. Schließlich war überhaupt nichts passiert. Ich fühlte mich überrumpelt und sympathischer wurde er mir durch diese Aktion auch nicht gerade. Ich ärgerte mich, dass ich ihm überhaupt Auskunft gegeben hatte und nicht gänzlich stumm geblieben war. Und das nur, um Nicole in Schutz zu nehmen. Wieso tat ich das, verdammt?

Als Janne, Frank und Lars ihre Unterhaltung beendet hatten, spielten wir eine Weile *Knack*, ein ziemlich simples, aber unterhaltsames Kartenspiel, das später in einer leicht abgewandelten Variante auch *Schwimmen* genannt wurde. Um halb sechs begaben wir uns eine halbe Stunde zu früh in die Aula. Die war wie in den meisten Schulen kein abgeschlossener Raum, sondern vielmehr Teil der riesigen Pausenhalle, und daher von allen Seiten einseh- und begehbar. Es waren außer uns noch keine Schüler zu sehen, nur ein paar Lehrer und der Hausmeister liefen geschäftig umher und bereiteten noch ein paar Kleinigkeiten vor. Nach und nach kamen dann aber die ersten Schüler und ums sechs Uhr war es um die Aula herum schon gut gefüllt. Die meisten der spärlichen Sitzplätze waren bereits besetzt, aber viele Schüler standen ohnehin lieber und unterhielten sich. Wir gingen zu Jörg, Ralf, Britta und Sonja hinüber, die den ersten Thekendienst hatten und bereits eifrig Getränke ausschenkten. Als die Feier dann begann, hielt zunächst unser Schuldirektor eine kurze Rede, es folgten Ansprachen des Schülersprechers und einiger Lehrer mit einem kurzen Rückblick auf das abgelaufene Jahr. Um das Ganze als Weihnachtsfeier zu legitimieren, wurde von den unteren Klassen dann noch etwas Weihnachtliches vorgetragen, aber uns Älteren ging es nur um die anschließende Disco. Fast exakt um sieben Uhr, als wir unseren Thekendienst antreten sollten, wurde endlich das erste Lied gespielt. Janne und ich hatten schon unsere Schürzen umgebunden und Ralf und Jörg halfen uns noch ein Weilchen, weil Anja und Nicole nicht pünktlich waren.

Kurz darauf kamen sie herangestürzt: »Entschuldigt«, keuchte Anja, »wir haben uns festgequatscht.«

»Kein Problem«, gab Ralf zurück und er und Jörg übergaben den beiden ihre Schürzen.

Die Stunde hinter der Theke ging uns leichter von der Hand, als ich es erwartet hatte. Wir arbeiteten gut zusammen und so ging die Zeit trotz des großen

Andrangs schnell herum. Es machte mir wider Erwarten sogar Spaß. Machte es mit Janne zwar meistens, selbst dann, wenn wir Schularbeiten zusammen erledigten, aber dass wir uns mit Nicole und Anja derart gut verstanden, war nicht unbedingt vorherzusehen. Beide waren echt locker drauf, und wir haben während dieser einen Stunde trotz all der Hektik viel gelacht. Bis dahin waren Mädchen für mich immer ein Stück weiter weg gewesen als meine Kumpels, vor allem als Janne, aber zumindest an diesem Abend war das bei Nicole und Anja nicht so. Wir verstanden uns so gut, dass es mit vier Jungs nicht besser hätte sein können. Es half natürlich, dass Anja dabei war, weil sie ohnehin dazu neigte, dauernd rumzublödeln, aber auch Nicole war heute lockerer als sonst, zumindest kam es mir so vor. Ich schätze mal, wir hatten einfach alle nur gute Laune, weil wir uns auf Weihnachten freuten, die dazugehörigen Ferien und den bevorstehenden Abend.

»Sag mal, wart ihr eigentlich gar nicht zu Hause?«, fragte Nicole, während wir beide zeitgleich in der Getränketruhe herumwühlten. Sie musste dabei gegen Madonnas *Like a Virgin* anbrüllen, das gerade lief.

»Nein, warum?«

»Weil ihr noch die gleichen Klamotten anhabt, wie heute Morgen. Alle haben sich irgendwie umgezogen, nur ihr beide nicht.«

Fiel das also doch sofort auf. Wir liefen halt im Gegensatz zu den anderen, noch in unseren normalen Alltagsklamotten rum. Aber Janne und ich, wir machten uns aus Markenkleidung und diesem ganzen Modeschnickschnack nichts. Wir bekamen Trends nicht mal wirklich mit. Für viele wurde das ja spätestens dann wichtig, wenn sie begannen, sich für Mädchen zu interessieren, aber selbst da blieb das bei uns so. Durch Kleidung oder andere optische Attribute gewann ein Mensch bei uns nie an Zuneigung und Respekt, sondern nur durch seinen grundsätzlichen Charakter. Natürlich war diese Einstellung damals etwas naiv und hat mir sicher die eine oder andere Chance bei den Mädchen genommen, weil viele ein völlig falsches Bild von mir hatten. Aber die Menschen, die sich wirklich für mich interessiert haben und nicht bloß für das, was ich darstelle, haben trotzdem meine Nähe gesucht – und vielleicht sind das dann auch die, auf die man setzen sollte. Wobei ich später schon etwas mehr auf für den Anlass angemessene Kleidung geachtet habe, sofern ich es mir damit leichter machen konnte.

»Schlimm?«, fragte ich.

»Neinnein, so kennt man euch ja«, wiegelte Nicole ab und entschwand mit den zwei Gläsern Cola in der Hand, die sie gerade eingeschenkt hatte.

»Sag mal, täusch ich mich, oder war das eben offene Kritik an unserer Kleidung?«, fragte ich Janne, der unser Gespräch offensichtlich mitgehört hatte.

»Hörte sich ein bisschen so an«, entgegnete er breit grinsend. »Ist mir aber eigentlich wurscht. Ich liebe meine Schlabbersweatshirts.«

Ich grinste ebenfalls, war aber verunsichert. Wenn meine Klamotten bei Nicole nicht so gut ankamen, was dachten dann die anderen darüber? Aber war es mir nicht egal, was die anderen dachten? Und wenn ja, war es mir auch egal, was Nicole dachte?

Außer, dass Nicole und ich uns zweimal fast über den Haufen gerannt hätten, blieb der Thekendienst ereignislos und um acht Uhr konnten wir endlich unsere Schürzen an die nächste Schicht abgeben. Ich gesellte mich mit Janne zu ein paar anderen Jungs aus unserer Klasse, die sich gerade über eine Gruppe Mädchen unterhielten, die nicht weit entfernt standen. Einige hatten es in Sachen Kleidung und Make-up etwas übertrieben und forderten somit das Getuschel der Jungs regelrecht heraus. An derartigen Lästereien beteiligten wir uns jedoch meistens nicht, und so schlürften wir erstmal nur teilnahmslos an unserer Cola. Dann aber wurde ich hellhörig, denn die Blicke der Jungs folgten plötzlich Nicole, die mit ein paar Freundinnen auf die Tanzfläche ging.

»Wenn sie sich doch nur mal ein bisschen lockerer anziehen würde, dann wäre sie echt fast perfekt«, hörte ich Martin, den besten Freund unseres Klassensprechers Klaus sagen.

Die anderen nickten und murmelten zustimmend.

»Wieso? Was gibt's denn an ihrer Kleidung auszusetzen?«, schaltete ich mich zu meiner eigenen

Verwunderung ein. Das musste wieder dieser verflixte Beschützerinstinkt sein.

»Na ja, Jeans und ne stinknormale Bluse ist doch ziemlich öde. Sie könnte ruhig mal was Bauchfreies oder nen Minirock anziehen. Und an der Bluse könnte sie auch einen oder zwei Knöpfe mehr öffnen.« Martin fasste sich zur Unterstreichung an sein eigenes Hemd.

»Bauchfrei und Minirock? Das würde doch gar nicht zu ihr passen.« Ich schüttelte verständnislos den Kopf.

»Wieso würde das nicht passen?«, fragte Martin verwundert und Klaus, Lutz und Olaf schienen mir die gleiche Frage stellen zu wollen. Nebenbei hatte Klaus dieses blasierte Grinsen aufgesetzt, was ich an ihm am allerwenigsten leiden konnte.

Die plötzliche Aufmerksamkeit überraschte mich. »Nicole ist doch gar nicht der Typ für so was«, rechtfertigte ich mich. »Das hat sie gar nicht nötig, so aufreizend durch die Gegend zu laufen, wie die albernen Tanten da hinten.« Ich deutete mit dem Kopf in Richtung der Mädchen aus der Oberstufe, über die sie kurz zuvor noch gelästert hatten.

»Das denkst du nur, weil du sie ausschließlich in normaler Kleidung kennst«, meinte Lutz.

»Mag sein, aber mir gefällt sie so wie sie ist total gut. Und ehrlich gesagt verstehe ich nicht, warum ihr sie und ihren Kleidungsstil nicht einfach so akzeptieren könnt. Ist schließlich ihre Sache, wie sie sich anzieht.« Ich kam in Rage. Es ärgerte mich maßlos, dass die anderen einfach nur plump mehr von Nicoles Körper sehen wollten, wenn es auch nur um ihre Beine und etwas mehr Dekolleté ging. Abgesehen davon war beides sowieso kein Geheimnis, schließlich hatten wir bis vor wenigen Wochen noch gemeinsam Schwimmunterricht.

»Sag mal, hast du dich in Nicole verguckt?« Lutz sah mich herausfordernd an und die Blicke der anderen hingen ebenfalls an mir. Er war eigentlich ein netter Typ und hatte, soweit ich wusste, auch kein gesteigertes Interesse an Nicole, aber Klaus, Olaf und Martin schienen nun einen weiteren Konkurrenten bei ihren Bemühungen um Nicoles Gunst auszumachen. Außerdem war es immer ein Ereignis, wenn sich innerhalb der Klasse irgendwas anbahnte, selbst dann, wenn die Wahrscheinlichkeit nicht allzu hoch war, dass es tatsächlich ein neues Paar gab.

Zu meinem Entsetzen spürte ich, wie mir wieder einmal Röte ins Gesicht stieg. Um nicht in Sekundenschnelle auszusehen wie der Feuerlöscher, der nur unweit von mir an der Wand hing, sprach ich schnell weiter: »Nein, ich habe mich nicht verguckt. Ich finde nur eure Einstellung blöd. Nur weil sie was anderes anziehen würde, wäre sie doch kein anderes Mädchen – und schon gar kein besseres.«

»Na ja, wegen mir kann sie auch so bleiben«, verteidigte sich Lutz, »trotzdem muss ich zugeben, dass sie bei ihrer Erscheinung und den langen blonden Haaren schon verdammt gut aussähe in den entsprechenden Klamotten. Mir selbst gefällt sie allerdings auch so wie sie ist.« Er sah nervös in die

Runde. »Also als Klassenkameradin, nicht dass wir uns da falsch verstehen.«

»Na, dann sind wir uns ja einig«, freute ich mich, dass wenigstens Lutz mir zustimmte.

»Also wegen mir braucht sie auch nichts an sich verändern«, meldete Janne sich zu Wort und sah Martin und Klaus forsch an.

»Das war ja klar! Du hast ja auch schon im Sandkasten mit ihr gespielt.« Martin verdrehte genervt die Augen.

»Eben, deshalb weiß ich auch schon, wie sie Bauchfrei und im Rock aussieht.« Janne machte ein breites Grinsen, ließ die Zähne dabei aber geschlossen.

Martin winkte nur genervt ab, während Lutz und ich lachen mussten.

»Lasst mal gut sein, Jungs«, tönte Klaus unvermittelt dazwischen, über dessen bisherige Zurückhaltung ich mich schon gewundert hatte, »der Florian hat sich voll in Nicole verschossen, das sieht doch ein Blinder.« Er drehte den Kopf zu mir und fixierte mich mit ungewohnter Feindseligkeit. »Aber ich denke, sie ist wohl ne Nummer zu groß für einen Anfänger wie ihn.«

Für einen Moment war ich wie vor den Kopf geschlagen und ich musste mich kurz sammeln. Würde ich zu heftig widersprechen, würden sie das als Bestätigung sehen. Sagte ich gar nichts, würde es aber wohl aufs Gleiche hinauslaufen. Ich brauchte irgendeinen schlauen Satz, um aus dieser Bredouille herauszukommen, zumal mein Gesicht bedrohlich warm wurde. »Man Leute, ich mag Nicole, das ist ja auch kein Geheimnis. Aber ich bin nicht in sie verknallt, okay?« Den genervten Unterton verstärkte ich durch ebengleiche Mimik.

»Wer's glaubt!« Klaus lachte affektiert. Er war heute wirklich besonders ätzend.

Genau in diesem Moment verließen Nicole und ihre Freundinnen die Tanzfläche und gingen in ein paar Meter Entfernung an uns vorbei in Richtung Schulhof. Nicoles Blick traf meinen nur für einen Wimpernschlag, aber ein Lächeln huschte über ihr Gesicht. Irgendetwas kribbelte in meiner Magengegend. Ich sah zu Klaus hinüber, der mich skeptisch musterte und dabei fast bedrohlich wirkte.

»Ich muss mal wohin«, sagte ich kurzerhand und verschwand, so schnell es eben ging, in Richtung Schultoilette.

Als ich zurückkam und meine Gesichtsfarbe sich wieder normalisiert hatte, setzte ich mich auf einen freien Sitzplatz am Rande der Aula. Ich starrte auf die Tanzfläche und beobachtete Nicole, die mit ihren Freundinnen zu *Shout* von *Tears for Fears* tanzte. Klaus, Olaf und Martin tanzten nicht ganz unerwartet in ihrer Nähe, Lutz und Janne standen noch am Rand und unterhielten sich.

Ich versuchte mühsam, einen klaren Gedanken zu fassen: Was war heute eigentlich los mit mir? Heute Morgen war ich noch normal in die Schule gefahren, hatte Fußball oder Musik im Kopf. Jetzt aber schwirrte da ständig Nicole herum, oder zumindest irgendetwas, das mit ihr zu tun hatte. Sicher, es hatte gleich zwei glückliche Zufälle gegeben, wegen derer wir plötzlich miteinander zu tun hatten, was sonst nie der Fall war. Aber ich war auch schon mit anderen Klassenkameradinnen durch die Schule gelaufen, ohne dass es mich gleich so beeindruckt hätte. Hatte ich mich vielleicht wirklich in Nicole verknallt? Aber nein, das ging nicht so schnell, innerhalb weniger Stunden. Das konnte einfach nicht sein! Ich verstand und wusste von der Liebe damals so gut wie gar nichts, war aber der Meinung, man sieht ein Mädchen das erste Mal und dann macht's *Klick* und man ist verliebt. Aber Nicole und ich, wir kannten uns schon seit viereinhalb Jahren. Warum sollte ich mich da, nach so langer Zeit, plötzlich in sie verlieben? Ich mochte sie wahrscheinlich einfach nur ein bisschen mehr als andere Mädchen. Genauso, wie ich Janne ein bisschen mehr mochte als andere Jungs.

Nicole hatte aufgehört zu tanzen, und unterhielt sich am Rand der Tanzfläche mit ihren Freundinnen. Ich beobachtete sie aus meiner halbwegs sicheren Entfernung, nahm in mich auf, wie sie sprach, wie sie sich bewegte, wie sich ihre Mimik verhielt. Ich saugte ihre komplette Ausstrahlung auf. Und irgendetwas war da, dass ich bisher nicht kannte. Ich lächelte mit, wenn sie lachte, ich fasste mir reflexartig ins Gesicht, wenn sie sich eine Haarsträhne zur Seite schob, und ich machte mir Sorgen, wenn ihre Gesichtszüge ärgerlich wurden. Ich hätte ewig da sitzen und sie nur ansehen können, aber bevor es noch jemand bemerkte, erhob ich mich lieber, besorgte mir eine Cola und ging dann zu Janne und Lutz hinüber, die sich immer noch angeregt unterhielten.

Als ich mich auf halbem Wege zu ihnen befand, schnellte Klaus plötzlich von der Seite heran und hielt mich auf. »Du, entschuldige, ich wollte dir da vorhin nichts anhängen, aber ich dachte wirklich, du willst was von Nicole«

»Selbst wenn es so wäre«, entgegnete ich barsch, »kannst du mir mal erklären, warum das für dich so interessant ist?«

»Ja, hast ja recht, war blöd von mir«, gab er klein bei, was wirklich sehr ungewöhnlich war.

»Sollte sich das ändern, hätte ich auch kein Problem, das zuzugeben«, sagte ich deshalb fast verständnisvoll.

»Okay, aber lass es besser. Nicole ist für den Anfang nun wirklich ne Nummer zu groß für dich.« Er sah mich großspurig an und hatte meine kurz aufkeimende Gesprächsbereitschaft direkt im Keim erstickt.

»Sag mal, hast du Angst, dass ich sie dir wegschnappe, oder was ist dein Problem?«, fragte ich forsch und war kurz begeistert über meine sonst nicht unbedingt vorhandene Schlagfertigkeit.

»Nein, deshalb nicht … ach, ist ja auch egal«, stotterte er und verschwand.

Ich war irritiert, lachte aber auch leise in mich hinein. Es gelang selten jemandem, Klaus aus der Fassung zu bringen, und mir schon gar nicht. Allerdings konnte ich mir nicht erklären, warum er ausgerechnet vor mir Angst haben sollte. Da gab es andere Jungs, die als Konkurrenz bei Nicole wohl wesentlich eher in Frage kamen als ausgerechnet ich.

Als ich Janne erreichte, war Lutz gerade weg. Er nutzte die Gelegenheit, mich kurzerhand zu fragen, ob an der Sache mit Nicole was dran sei.

»Eigentlich nicht, nein. Aber so ganz sicher bin ich mir selbst nicht. Ich find sie halt schon ganz nett«, antwortete ich wahrheitsgemäß.

»Na ja, das ist sie ja auch«, stimmte Janne mir zu, der aufgrund dessen, dass er Nicole schon seit frühester Kindheit kannte, sich als einziger von uns vielleicht wirklich ein Urteil darüber erlauben konnte.

»Ich weiß auch nicht«, druckste ich herum, »irgendwie bin ich plötzlich so besorgt um sie. Deshalb habe ich mich auch eben in dieses dumme Gerede eingemischt. Es stört mich einfach, wenn man so über sie spricht.«

»Oha, Beschützerinstinkt!« Janne hatte die Augen weit aufgerissen.

»Und was heißt das?«, fragte ich amüsiert, weil sein Gesichtsausdruck einfach lustig aussah.

»Na ja, ich glaube schon, dass das eine Vorstufe des Verliebtseins sein kann. Muss es aber nicht.«

»Und wie kommst du zu der Erkenntnis?«

»Ich habe zwei ältere Schwestern«, seufzte er.

Ich musste lachen.

»Ist aber auch egal«, fuhr Janne fort. »Wenn du dich schon verknallst, dann ist Nicole sicher nicht die schlechteste Wahl. Sie ist schon ein Klasse-Mädchen, da gibt's nichts.«

»Das fällt anscheinend aber nicht nur uns auf.«

»Wieso uns? Lass mich da aus dem Spiel«, wehrte Janne schnell ab. »Für mich ist sie eine Sandkastenfreundin, mehr nicht. Außerdem steh ich nicht auf Blond.«

»Ach ja? Das höre ich von dir ja auch das erste Mal.«

Janne lachte. »Wenn ich dir mal irgendwie helfen kann wegen Nicole, dann sag Bescheid«, lenkte er geschickt von sich selbst ab.

»Werde ich gegebenenfalls machen«, bestätigte ich mit einem Nicken.

Auf der Tanzfläche herrschte mittlerweile dichtes Gedränge. Die meisten Schüler hatten ihre anfängliche Zurückhaltung aufgegeben und so beschlossen auch Janne und ich, uns unter die Leute zu mischen. Wie üblich dauerte es ein, zwei Lieder, bis unsere Gelenke lockerer, und die Bewegungen flüssiger wurden, aber dann hatten wir eine Menge Spaß. Insbesondere zu *Sexcrime* von den *Eurythmics* ging auf der Tanzfläche der sprichwörtliche Punk ab.

Ich weiß nicht, wie das bei euch in dem Alter war oder ist, aber bei uns tanzte man damals fast nie zusammen, sondern jeder legte seinen eigenen Freestyle aufs Parkett. Deshalb stellte es sich auch als grundsätzlich schwierig dar, mit einem Mädchen zu tanzen. Wenn überhaupt, ergab sich das erst auf der Tanzfläche. Janne und ich brauchten zudem viel

Platz, da wir sehr schwungvoll und ausladend tanzten. Da konnte dann auch schon mal ein Körperteil des Nebenmannes drunter leiden. Man tanzte außerdem auch nicht auf einer Stelle, sondern bewegte sich nach und nach über die komplette Tanzfläche.

Irgendwann an diesem Abend war dann plötzlich Nicole neben mir und fast wären wir erneut miteinander kollidiert. Ich konnte meinen Ausfallschritt grad noch abfangen, bekam auf einem Bein stehend aber seitliches Übergewicht. Nicole hielt mich reflexartig am Arm fest, damit ich nicht stürzte. Klaus, Martin und Olaf, die ein paar Meter entfernt am Rand der Tanzfläche standen, warfen mir einen vernichtenden Blick zu.

»Entschuldige!«, rief ich Nicole über die laute Musik hinweg zu.

»Kein Problem!«, säuselte sie und tanzte unverdrossen weiter, wobei sie sich langsam wieder von mir entfernte.

Konnte es wirklich sein, dass Klaus, Martin und Olaf befürchteten, Nicole könnte ausgerechnet von mir etwas wollen? Allein der Gedanke war ziemlich absurd. Ich war so ziemlich der Letzte, dem man zutrauen würde, eine Freundin zu haben, – und eine wie Nicole schon gar nicht.

Der DJ legte gerade die aktuelle Nummer eins *Do they know it's christmas* auf, als Janne und ich beschlossen, eine Tanzpause zu machen. Uns war mächtig warm und daher begaben wir uns trotz der

Kälte hinaus auf den Schulhof. Dort trafen wir auf Lars, Stefan, Uwe und Sven, die sich ebenfalls abkühlten.

»Hey, kommt ihr morgen Abend auch mit auf den Weihnachtsmarkt?«, fragte Sven.

»Mit wem denn alles?«, erkundigte ich mich.

»Genau weiß ich auch nicht, wer alles mitkommt. Klaus, Martin und Olaf, wir vier, Ralf und Jörg glaub ich auch, und von den Mädchen auch ein paar: Sonja, Birgit, Lisa und Laura. Nicole und Anja haben auch zugesagt, glaube ich, und noch ein paar andere. Wird bestimmt lustig.«

»Ich kann nicht. Habe Handballtraining morgen Abend«, warf Janne ein.

»Ich komme wohl. Wo ist denn Treffpunkt?«, fragte ich.

»Rathaustreppe, 17.00 Uhr«, meinte Sven.

»Okay, bin dabei.«

Svens Aufzählung nach zu urteilen, schienen so ziemlich alle zu kommen, die nicht etwas anderes vorhatten, da konnte und wollte ich mich nicht ausschließen. Außerdem war ich nicht böse drum, dass Nicoles Name in Svens Aufzählung vorkam, aber richtig eingestanden habe ich mir das damals nicht.

Wir gingen wieder hinein und tanzten noch ein Weilchen, dann neigte sich die Weihnachtsfeier schon einem verhältnismäßig frühen Ende, da am nächsten Tag wieder Unterricht war. Als es nach Hause ging, konnte ich bei Martin mitfahren, der von seiner Mutter abgeholt wurde. Sie wohnten nicht weit von uns weg und so würde es nur einen kleinen Umweg bedeuten. Martin versuchte mich während der Fahrt noch einmal auf das Thema Nicole anzusprechen. Ich reagierte nicht darauf.

Wunschträume

It's not the Makeup and it's not the way that you dance,
It's not the evening sky, it's more the way your eyes are,
Laughing as they glance across the great divide.

If I had a photograph of you, it's something to remind me,
I wouldn't spend my life just wishing!

*

Es ist nicht das Make-up und es ist nicht die Art wie du tanzt.
Es ist nicht der Abendhimmel, es sind mehr deine Augen,
das Lachen in ihrem Blick, das eine Schwelle überschreitet.

Wenn ich ein Foto von dir hätte, etwas, das mich erinnert,
würde mein Leben nicht nur aus Wunschträumen bestehen!

A Flock of Seagulls – Wishing / If I had a Photograph of you
(1983)

Am Morgen danach schaute ich während des Unterrichtes häufiger zu Nicole hinüber, als ich das für gewöhnlich tat. Da sie schräg vor mir saß und ich nicht mal meinen Kopf drehen musste, fiel es niemandem auf. Ich konnte mir bloß in meiner Naivität immer noch nicht erklären, warum ich das tat.

Am Nachmittag fuhr ich mit dem Bus in die Stadt, um mich mit den anderen auf dem Weihnachtsmarkt zu treffen. Ich war eine Stunde früher da, da ich zuvor noch letzte Weihnachtsgeschenke besorgen wollte. Es herrschte immer noch das reinste Bilderbuchwetter und schon als der Bus im leichten Schneetreiben über die Brücke zur Innenstadt fuhr, wirkte die festlich beleuchtete Fußgängerzone wie aus einem Wintermärchen.

Vom Busbahnhof aus machte ich mich direkt auf den Weg in die Geschäfte. In der Spielwarenabteilung eines Kaufhauses suchte ich nach einem Geschenk für meinen kleinen Bruder, als mir ein kleines Stofftier in die Hände fiel. Eigentlich war es ein Schlüsselanhänger, ein kleiner, knuffiger Hund, der mich treu anblickte und dessen aufgestickte Zunge ein freudiges Hecheln andeutete. Ich fand ihn so niedlich und er war nicht teuer, sodass ich ihn kurzerhand kaufte, in meine Jackentasche steckte, und weiter durch die Fußgängerzone schlenderte.

Der Schneefall hatte ausgesetzt und die ganze Stadt strahlte durch die festliche Beleuchtung in einem warmen Licht. Die Leute waren bepackt mit großen Einkaufstüten, hatten ihre Jacken und Mäntel bis ins Gesicht hinaufgezogen, oder standen an den Würstchen- und Glühweinbuden, um sich aufzuwärmen. Den Kindern war die weihnachtliche Vorfreude deutlich anzumerken, während der ein oder andere Vater eher lustlos hinter seiner Familie hertrottete.

Ich beobachtete gerade ein besonders bemitleidenswertes Exemplar, als eine Mädchenstimme von der Hotdog-Bude nach mir rief:

»Hey, Flo! Noch nicht alle Geschenke beisammen oder was ist los?«

Es war meine Klassenkameradin Sonia. Neben ihr standen Anja und Nicole und alle drei kämpften mit einem Hotdog Spezial.

Ich ging zu ihnen. »Koordinationsprobleme?«, fragte ich lachend.

Sie standen alle drei leicht vorgebeugt mit dem Hotdog in der einen und einer Serviette in der anderen Hand am Tresen.

»Es ist einfach nicht möglich, diese Dinger unfallfrei runterzukriegen«, bemerkte Anja, die als einzige gerade den Mund leer hatte.

»Was meinst du, warum wir die vorher essen?«, ergänzte Nicole kurz darauf. »Vor der ganzen Klasse wäre das echt zu peinlich.«

»Vielleicht hättet ihr einfach nur ne Pommes essen sollen«, schlug ich vor.

»Ach komm, ne ordinäre Pommes«, Sonja sah mich vorwurfsvoll an, »das hätte ja mal überhaupt keinen Stil.«

Als alle drei mit ihrem Hotdog fertig waren, sah Anja zur Uhr: »Gleich fünf, ich glaube, wir sollten mal langsam los.«

An der Rathaustreppe trafen wir auf unsere Klassenkameraden und es wunderte mich schon nicht mehr, dass Klaus argwöhnisch zu uns herübersah und dabei Martin und Olaf etwas zuflüsterte.

»Seid ihr zusammen gekommen?«, fragte er, nachdem wir alle begrüßt hatten.

Nicole kam mir mit der Antwort zuvor: »Klar, wir waren vorher noch zusammen shoppen.«

Dass ich nur zufällig auf die Mädchen getroffen war, erwähnte sie nicht, und ich fragte mich, ob sie das absichtlich tat. Klaus, Olaf und Martin sahen sich jedenfalls fragend an, sagten aber nichts. Und ich war mit der ganzen Situation irgendwie im Reinen.

Wir warteten noch auf die letzten Mitschüler, dann zogen wir in immerhin halber Klassenstärke los und hatten eine Menge Spaß. Wir gingen durch mehrere Geschäfte, fielen in diverse Fress- und Getränkebuden ein, und verstanden uns untereinander außerordentlich gut.

Der Einzige, der mir zunehmend quer ging, war unser Klassensprecher Klaus. Janne und ich witzelten oft genug über seine gezwungen dominante Attitüde, aber an diesem Abend nervte er mich besonders. Nicht nur, dass er wie üblich den Rudelführer spielte und seine Schäfchen auch noch alle brav hinter ihm hertrotteten. Zusätzlich setzte er im Laufe des Abends immer dreister dazu an, sich Nicole zu nähern.

Ich fragte mich, ob das den anderen gar nicht auffiel, denn niemandem merkte man etwas an. Dabei ging er auffällig dicht neben ihr und wenn wir uns durch die engen Gänge eines Kaufhauses schoben, berührte er sie deutlich mehr, als es nötig gewesen wäre. Ich empfand das als derartig albern, dass ich mir nicht erklären konnte, wieso sonst niemand darauf reagierte. Nicht mal Nicole selbst zeigte eine Reaktion. Weder erwiderte sie seine Annäherungsversuche noch tat sie etwas dagegen.

Ich musste an den vorigen Tag im Raum 213 denken. Eine solche Nähe, wie ich sie für einen klitzekleinen Moment zu Nicole hatte, hatte Klaus bisher nicht herstellen können. Aber gefiel mir diese Feststellung eigentlich? Und warum beobachtete ich sie überhaupt? Warum fiel den anderen nichts auf, wo es mich doch total nervte? Würde es mich etwa stören, wenn Nicole einen Freund hätte? Oder würde es mich nur stören, wenn Klaus dieser Freund wäre? Vielleicht hatte sie ja sogar einen Freund. In der Nachbarschaft, im Sportverein, oder wo auch immer. Ich hatte zwar noch nie davon gehört, vom Gegenteil aber auch nicht. Es hatte mich schlichtweg nie interessiert, aber warum tat es das jetzt?

Ich hielt mich stets in sicherer Entfernung, beobachtete Nicole aber immer wieder verstohlen, wie sie mit ihren Freundinnen sprach und lachte – und ich behielt gleichzeitig Klaus im Auge, der immer wieder versuchte, ihre Hand im Gehen zu berühren. Mit einem Mal wurde mir endgültig klar, dass ich mehr als gewöhnliche Zuneigung für dieses Mädchen empfand. Ich wusste nicht, warum das so war oder woher es kam, vor allem aus so heiterem Himmel, aber Nicole bedeutete mir etwas. Ich hatte das Bedürfnis, zu wissen, was sie tat und von wem sie umgeben war. Dinge, die mir vor zwei Tagen noch völlig egal gewesen waren. Ich wollte alles von ihr wissen. Welche Musik sie hörte, welches ihr

Lieblingsfilm war, wohin sie mit ihren Eltern in Urlaub fuhr. Und ich machte mir Sorgen um sie, obwohl es gar keinen Grund dafür gab.

Aber war das jetzt schon Liebe? Die Liebe? Empfindet man für seine Geschwister nicht das gleiche? Oder für den besten Freund? Klar, wenn es Janne schlecht ging, machte ich mir auch Sorgen, aber anders. Er war nicht so verletzlich. Außerdem ging es mir noch lange nicht schlecht, nur weil es ihm schlecht ging. Aber wenn Nicole wehgetan würde, würde es mir mit Sicherheit auch wehtun. Oder bildete ich mir das nur ein? Vielleicht fand ich es nur schick, sie zu mögen. Oder ich machte gerade irgendeine Entwicklungsphase in meinem Leben durch und projizierte nur deshalb alles auf Nicole, weil sie im falschen Moment am falschen Ort gewesen war. Aber ich konnte sowieso nicht klar darüber nachdenken. Meine Oma sagte immer, man würde das schon merken, wenn man wirklich verliebt ist, also wartete ich einfach darauf.

Es wäre ohnehin praktischer, wenn ich mich nicht gerade in Nicole verlieben würde. Ausgerechnet ein Mädchen, das so begehrt war. Zu viel Klischee war es außerdem: Der schüchterne, picklige Junge, der den Klassenschwarm erobern will. Und das auch noch ausgerechnet jetzt, wo Klaus sich an sie ranmachte. Gegen ihn hätte ich eh keine Chance. Er hatte so ziemlich alles, wovon Mädchen in dem Alter träumen: Er sah gut aus, war interessant, hatte eine moderne Frisur, trug ebensolche Kleidung und konnte sich gut in Szene setzen. Ich würde nicht viel gegen ihn ausrichten können, auch wenn er ein großes Defizit hatte: Er war zu sehr mit sich selbst beschäftigt. Ich war mir damals schon sicher, ihm ging es nicht um Nicole, zumindest nicht nur. Ihm ging es darum, dass er, der große Klaus, Nicole als seine Freundin präsentieren konnte. Er mochte sie nicht annähernd so sehr wie ich, da war ich mir sicher, aber das wäre jedem anderen Jungen in meiner Situation vermutlich ähnlich gegangen. Ein Gedanke, der schon Millionen Mal gedacht, und ein Gefühl, das schon Millionen Mal gefühlt wurde.

Plötzlich begann mein Puls zu rasen und eine Beklemmung stieg in mir auf, die mir fast die Luft zum Atmen nahm. Klaus hatte es tatsächlich geschafft: Seine Hand hatte Nicoles umschlossen und händchenhaltend gingen sie vor mir her. Glücklicherweise merkte mir niemand an, dass es mich fast aus den Winterschuhen haute. Ich war von jetzt auf gleich völlig neben der Spur. Verdammter Mist! Hätten sie mir nicht wenigstens noch die Zeit einräumen können, meine Gefühle zu sortieren? Musste der Blödmann sich ausgerechnet dieses Mädchen, und das auch noch ausgerechnet jetzt aussuchen? Warum zum Teufel ging sie überhaupt darauf ein? Und warum machte mich das so fertig?

Ich musste etwas dagegen tun! Dieser Impuls war zwar leicht niederträchtig, aber ich konnte das nicht einfach mitansehen, dafür tat es zu sehr weh. Aber auch das hatte mir meine Oma mal gesagt, dass die erste Liebe meistens wehtut.

Verdammt, ich hatte mich tatsächlich verknallt. Was für ein beschissener Zeitpunkt dafür. Gerade jetzt, wo meine Chancen schwanden, stellte ich fest, dass ich dieses Mädchen liebte. Aber vielleicht war ich auch nur überdreht durch all das, was passiert war. Ich würde besser die Weihnachtsferien abwarten, ob es mir dann immer noch so ging. Das war eine gute Idee! Zwei Wochen, in denen ich von Nicole nichts sah und hörte, und einen klaren Kopf bekommen konnte.

Trotzdem konnte ich die beiden nicht einfach so laufen lassen, daher fragte ich laut in die Runde, ob wir nicht an der nächsten Bude etwas trinken wollten. Klaus und Nicole hatten sich offenbar unbeobachtet gefühlt und trennten sich leicht erschrocken voneinander. Wenigstens das hatte funktioniert. Wir steuerten die nächste Bude an und gaben unsere Bestellungen auf. Bei der erstbesten Gelegenheit fing ich Nicoles Blick ein, sah ihr kurz in die Augen und versuchte etwas daraus abzulesen, aber sie sah nur irritiert weg. Da war nichts mehr von dem Glanz, der mich in Raum 213 noch so berührt hatte, wenn auch nur für einen klitzekleinen Moment. Gut, ich hatte dem zunächst keine größere Bedeutung beigemessen, aber ich hätte einiges dafür gegeben, wenn sie mich jetzt noch einmal so angesehen hätte. Aber das tat sie nicht. Im Gegenteil: Sie sah Klaus so an!

Äußerlich blieb ich für den Rest des Abends so gelassen, wie es mir eben möglich war. Ich wollte mir nicht anmerken lassen, dass ich innerlich aufgewühlt war. Klaus und Nicole hatten sich immer mehr angenähert, gingen später sogar Arm in Arm nebeneinanderher und hielten ihre Zuneigung noch nicht mal mehr geheim. Spätestens da wurde auch über sie getuschelt, aber es störte sich anscheinend niemand daran, zumindest gab es niemand zu. Aber vielleicht sah ich das auch alles zu negativ. Sie hatten sich noch nicht einmal geküsst, auch zum Abschied nicht. Lediglich umarmen und ein bisschen Händchen halten … das musste noch nicht unbedingt etwas heißen.

In der darauffolgenden Nacht schlief ich so gut wie gar nicht. Es rasten pausenlos die Bilder des Abends vor meinem geistigen Auge herum und ich wälzte mich von einer Seite auf die andere. Hatte ich mich wirklich verliebt? Es waren unbestreitbar alle Symptome da, die meine Oma mir beschrieben hatte: Kummer und Freude zugleich, Schlaflosigkeit, Herzrasen, Bauchkribbeln. Aber war das jetzt schon der Beweis? Nein, ich wollte erst die Ferien abwarten. Danach würde ich mit Bestimmtheit sagen können, ob wirklich Nicole der Grund für meine Schlaflosigkeit war, oder nur die momentanen Umstände.

Dann kam der Donnerstag, der letzte Schultag vor den Ferien. Selten hatte ich solche Mühe gehabt, die Augen offenzuhalten, aber glücklicherweise wurde kaum noch normaler Unterricht gemacht. Ich war todmüde, weil ich kaum geschlafen hatte, und wenn überhaupt noch irgendetwas in meinem Kopf funktionierte, dann war es die Träumerei von Nicole. Janne registrierte zwar, dass ich nicht gut drauf war, aber mit der Erklärung, ich hätte die ganze Nacht kaum geschlafen, gab er sich zufrieden. Den Grund für meine Schlaflosigkeit nannte ich ihm vorerst nicht.

Nicole und Klaus standen in den Pausen zusammen, tauschten jedoch keinerlei Zärtlichkeiten aus. Vielleicht trauten sie sich das hier in der Schule bloß noch nicht, vielleicht war das gestern aber auch doch nur ein harmloses Intermezzo. Ich hoffte das inständig, glauben tat ich aber selbst nicht daran.

Auch dieser Schultag ging herum, doch bevor ich mich aufs Rad schwingen und den Heimweg antreten konnte, musste ich noch ins Sekretariat, für meinen Vater eine Schulbescheinigung holen. Es dauerte eine Weile und als ich den Verwaltungstrakt verließ, war die Schule bereits komplett leer. Kein Bus wartete mehr auf dem Vorplatz und außer meinem, stand auch kein Rad mehr an den Ständern neben der Haltestelle. Ich zog den Reißverschluss meiner Jacke zu, schulterte den Rucksack und stieß die große Eingangstür auf. Es schneite nicht mehr, aber der großzügige Vorhof war trotzdem ein mit Fußspuren durchzogener, weißer Teppich. An der Bushaltestelle stand noch eine einzelne Person, und obwohl sie die Arme angelegt und ihre Kapuze bis ins Gesicht gezogen hatte, erkannte ich sie an der Jacke sofort. Nicole! Mein Herzschlag beschleunigte sich augenblicklich und ich war von einem auf den anderen Moment flatterig und nervös. Sogar so sehr, dass ich kurz überlegte, sie gar nicht anzusprechen. Dann aber dachte ich, dass es fast kein Zufall sein konnte, wenn von über tausend Schülerinnen und Schülern ausgerechnet wir beide uns hier noch über den Weg liefen. Man glaubt in solchen Momenten halt gern an Schicksal oder Vorsehung, aber vielleicht hätte ich die gleiche Situation eine Woche zuvor kaum wahrgenommen.

Ich fasste mir ein Herz und ging auf sie zu. »Hey, Bus verpasst oder hat dich deine Mutter versetzt?«, fragte ich so unbedarft, wie es mir mit meinem wummernden Herzen eben möglich war.

Sie drehte sich zu mir und hob ihre Kapuze etwas an. »Die ist noch zum Arzt und wusste nicht so genau, wann sie da fertig ist. Aber sie kommt bestimmt gleich. Und du?«

»Ich brauchte noch ne Bescheinigung für meinen Vater. Irgendwas wegen Steuererklärung.«

»Dann sieh mal zu, dass du nach Hause kommst. Im Moment schneits wenigstens nicht.«

»Soll ich dir nicht noch ein bisschen Gesellschaft leisten, bis deine Mutter kommt?«

»Ey, hör auf, dann bist du ja schon durchgefroren, bevor du überhaupt losfährst.« Trotz ihrer Worte lächelte sie mich an und ein warmer Schauer lief mir über den Rücken.

»Keine Angst, mit dem Wetter komme ich schon klar.« Wenn ich irgendwas gerade nicht empfand, dann war es Kälte.

Wir unterhielten uns noch eine Weile, bis ihre Mutter kam. Ich war überglücklich, einfach für ein paar Minuten mit ihr allein gewesen zu sein, auch wenn wir uns unter unseren dicken Kapuzen kaum in die Augen sehen konnten. Das angenehme Kribbeln in der Magengegend, das mich nun schon seit ein paar Tagen begleitete, war auch wieder da, und es verstärkte sich insbesondere dann extrem, wenn sie mir ein Lächeln schenkte. Ich war schon bei Weitem nicht mehr so unglücklich, wie noch am Abend zuvor.

»Dann danke fürs Mitwarten«, sagte Nicole, warf ihre Schultasche in den Kofferraum, schloss die Klappe und ging zur Beifahrertür.

Ich stand da, beide Hände tief in den Jackentaschen vergraben, als mir etwas in die Hand fiel. Ich dachte nicht lang nach, denn dazu war keine Zeit mehr, sondern rief einfach schnell: »Warte mal, ich hab' noch was für dich!«

Sie blieb an der offenen Beifahrertür stehen und sah mich fragend an.

»Hier, ein kleines Weihnachtsgeschenk für dich.« Ich zog das kleine Stoffhündchen aus meiner Jackentasche, das ich tags zuvor ohne ersichtlichen Grund gekauft hatte. Oder hatte vielleicht alles seinen Grund?

Nicole zögerte einen Moment und blinzelte: »Danke! Aber wofür ...?«

»Einfach, weil ich dich mag«, entgegnete ich schnell und spürte, wie mir die Röte ins Gesicht stieg. Hoffentlich fiel es hier draußen nicht allzu sehr auf.

Sie nahm mir das Hündchen ab, stellte es auf ihre Handfläche, lächelte es lieb an und direkt darauf mich. »Der ist süß. Danke schön!«

Bei dem Blick wurden mir kurz die Knie weich. Sie verstaute mein Geschenk in ihrer Jackentasche, stieg ein und schlug die Autotür zu. Sie sagte nichts weiter, aber ihr Blick verriet mir auch ohne Worte, dass sie sich freute. Während ihre Mutter den Motor anließ und langsam anfuhr, lächelte Nicole mich noch einmal an und winkte mir zum Abschied. Dann fuhren sie um die Ecke und waren verschwunden.

Das war die beste Idee, die ich jemals gehabt hatte! Es hatte mich zwar eine Menge Überwindung gekostet, aber Nicole hatte sich wirklich gefreut. Darüber, dass ihr jemand einfach so sagte, dass er sie mochte. Und ich war glücklich, dass es mir gelungen war, ihr eine Freude zu machen. Ich war wirklich rundum zufrieden mit mir. So sehr mir ihr vermeintliches Zusammensein mit Klaus wehtat, ich ließ es sie nicht spüren. Ich war mir sicher, dass mich das nicht weiterbringen würde. Außerdem war ich in sie verliebt, wie könnte ich ihr da wehtun? Stattdessen würde ich ihr lieber zeigen, dass ich sie gernhatte und für sie da sein, wenn sie jemanden brauchte. Wenn ich überhaupt eine Chance bei ihr haben sollte, dann würde sie mir die früher oder später auch geben, dessen war ich mir sicher. War das naiv? Ja, das war es. Total naiv sogar. Aber es war wunderschön.

Als ich abends die Geschenke für meine Eltern, meine Oma und meinen Bruder einpackte, grübelte ich, was ich wohl zu Weihnachten bekommen würde. Von Oma gab es seit zwei Jahren immer Geld, das ich dann zwischen den Feiertagen meist für Schallplatten ausgab. Meinen Eltern konnte ich nicht mal konkrete Wünsche nennen, aber sie hatten diese auch in den Jahren zuvor nur sporadisch erfüllt. So bekam ich eine Spielekonsole – damals die Atari 2600 – auch erst, als ich schon gar nicht mehr damit rechnete. Aber was ich mir am sehnlichsten wünschte, konnte mir ohnehin niemand erfüllen. Wenn ich wenigstens ein Bild von Nicole gehabt hätte, irgendetwas, das mir das Gefühl gab, sie wäre bei mir. Dabei hatte ich noch nicht einmal eins, auf dem sie zufällig mit drauf gewesen wäre. Aber alles, was ich mir damals wünschte, war sie, und wenn die echte Nicole schon nicht haben konnte, dann wäre wenigstens ein Foto von ihr schön gewesen.

Die Kraft der Liebe

Ich kann nicht behaupten, dass das Weihnachtsfest 1984 eines meiner schönsten gewesen wäre. Aber es war das, welches mir ewig in Erinnerung bleiben sollte. Ich hatte gehofft, mein Gefühlschaos würde sich über die Ferien wieder normalisieren, was es aber nicht tat. Und andererseits … wollte ich das eigentlich wirklich? War es bei all dem Schmerz nicht auch verdammt schön? Denn vollkommen egal, was ich in diesen zwei Wochen tat, – Nicole war irgendwie immer bei mir, in meinem Kopf, meinem Herz. Meine Gedanken und Gefühle wurden zunehmend von ihr beherrscht, ohne dass sie etwas dafür konnte. Schließlich sah ich sie nicht mal, und hörte auch nichts von ihr. Ich hing viel rum und hörte oft Musik, weil ich mich auf nichts richtig konzentrieren konnte. Und dann lief auch noch permanent dieses fatale Lied *The Power of Love* von *Frankie goes to Hollywood* im Radio, was aufgrund des dazugehörigen Musikvideos oft fälschlicherweise als Weihnachtslied interpretiert wurde: »*Love ist the light, scaring darkness away! - Liebe ist das Licht, das die Finsternis verscheucht!*«

War das wirklich so, oder hatte die Zeile jemand nur erfunden, weil er einen Text brauchte, der gut zur Melodie passte? Damals konnte ich nicht ahnen, dass dieses Lied auch über dreißig Jahre später noch regelmäßig zu Weihnachten im Radio laufen würde.

Es ging mir ja nicht grundsätzlich schlecht. Ein Stück weit empfand ich sogar so etwas wie Stolz darauf, dass ich das erste Mal verliebt war. Meine Oma sagte immer, es gäbe Leute, die gar nicht in der Lage sind, richtig zu lieben, vermutlich, weil sie selber nie richtig geliebt wurden. Aber zu dieser Sorte gehörte ich eindeutig nicht. Ich war sowas von verliebt, dass meine nähere Umgebung es mir eigentlich anmerken musste, aber netterweise sprach mich niemand darauf an. Klar, ich war unglücklich verliebt, aber auch das hatte mir meine Oma ja prophezeit. Trotzdem haderte ich weiter damit, dass mir das ausgerechnet jetzt passieren musste. Dazu noch mit einem Mädchen, das für mich unerreichbar, und darüber hinaus mit einem Jungen zusammen war, mit dem ich nicht mithalten konnte. Einen blöderen Zeitpunkt konnte man sich ja gar nicht aussuchen. Oder hatte ich durch Klaus vielleicht erst festgestellt, dass ich in Nicole verliebt war?

Am Morgen des vorletzten Ferientages fuhr ich mit dem Bus in die Stadt. Ich suchte Zerstreuung, hatte aber auch noch etwas von dem Weihnachtsgeld über und wollte mir eine Maxisingle kaufen.

Für die jüngeren Leserinnen und Leser: Bei Maxisingles handelte es sich um Schallplatten in LP-Größe (von den Briten daher auch 12-Inch-Single genannt), auf denen üblicherweise nur ein Lied auf einer Seite war, dafür aber in einer längeren Version als die, die im Radio lief.

Zu der Zeit kaufte ich überwiegend Maxisingles und eher selten mal eine komplette LP. Das änderte sich erst, als die Schallplatten irgendwann durch die kleineren CDs abgelöst wurden. Die damals gekauften Maxisingles befinden sich aber bis heute alle in meinem Besitz und haben einen besonderen, ideellen Wert für mich.

Als ich an diesem Morgen die Musikabteilung bei Karstadt betrat, bemerkte ich Klaus, der am anderen Ende durch einen Plattenständer stöberte. Er hatte mich nicht gesehen, und obwohl ich mir dabei etwas albern vorkam, ging ich hinter einer größeren Säule in Deckung. Als wenn ich es geahnt hätte, tauchte wie aus dem Nichts Nicole auf. Es gab mir einen Stich. Sie waren also tatsächlich zusammen. Ein kleines Fünkchen Hoffnung hatte ich doch die ganze Zeit gehabt, dass vielleicht nichts Ernstes daraus geworden sei, aber das erlosch in ebendiesem Moment wie die Sonne an einem lauen Sommerabend im Ozean.

Ich wollte es eigentlich nicht, aber ich konnte nicht anders, als die beiden zu beobachten. Klaus wirkte ganz normal, mit der leichten Hochnäsigkeit im Gesicht, die ihm anscheinend angeboren war. Nicole dagegen machte einen sehr glücklichen Eindruck. Sie lachte viel und sah Klaus immer wieder verliebt an. Es tat mir unfassbar weh. Das war ein Schmerz, wie ich ihn so noch nie zuvor gespürt hatte. Aber warum sah man Nicole die Verliebtheit in jeder Faser ihres Gesichts an und Klaus nicht? Ich spähte weiter vorsichtig um die Säule herum. Sie küssten sich. Mist, Mist, Mist! Natürlich war mir klar, dass sie sich küssten, aber es mit ansehen zu müssen, war noch etwas ganz anderes.

In diesen Minuten hinter der Kaufhaussäule habe ich einiges fürs Leben gelernt. Zum Beispiel, dass es manchmal einfach besser ist, nicht alles von anderen Menschen wissen zu wollen, und wenn man sie auch noch so gerne hat. Es könnte durchaus sein, dass meine Kinder noch heute von genau dieser Lektion profitieren.

Trotzdem konnte ich damals meinen neugierigen Blick nicht abwenden und sah, wie sie mit jeweils einer Schallplatte in der Hand zur Kasse gingen. Nicole kramte in der Jackentasche nach ihrem Portemonnaie und zog versehentlich ihr Schlüsselbund mit heraus. Zu meiner Freude hing daran das kleine Hündchen, das ich ihr vor Weihnachten geschenkt hatte. Während Klaus seine Schallplatten bezahlte, hielt sie ihn hoch und sah ihn an. Sie lächelte kurz, dann steckte sie ihr Schlüsselbund wieder in die Jackentasche, um nur das Portemonnaie in der Hand zu behalten. Mein Herz machte einen Hüpfer. Für einen kleinen Moment hatte sie an mich gedacht, dessen war ich mir sicher. Und wer weiß, wie häufig das zuvor schon der Fall gewesen war? Sogar gelächelt hatte sie dabei. Klaus hatte nichts davon mitbekommen und sollte es vielleicht auch nicht. Ich fühlte mich augenblicklich besser. Zumindest spielte ich irgendwo in Nicoles Gedanken auch eine kleine Rolle. Und auch wenn es nur eine Nebenrolle war, so freute ich mich trotzdem darüber.

Als ich wieder zu Hause war, benahm ich mich vollkommen bekloppt. Ich fühlte mich unbeschreiblich, konnte mir aber nicht erklären, warum. Schließlich hatte sich an meinem Verhältnis zu Nicole absolut gar nichts geändert. Mein Hochgefühl entstand sicher aus der Beobachtung vom Vormittag, aber war das nicht ein wenig übertrieben? Immer wieder stellte ich mir vor, Nicole würde vielleicht gerade jetzt auf ihr Schlüsselbund schauen und für einen kurzen Moment an mich denken, als gäbe es irgendeine magische Verbindung zwischen uns. Und tatsächlich fühlte ich mich mit ihr verbunden, auch wenn mir klar war, dass dieser Gedanke ziemlich weit hergeholt war. Aber fühlen tat ich halt so und fand es total schön, dass Nicole und ich ein kleines Geheimnis miteinander hatten, von dem Klaus nichts wusste.

Aus den Boxen meiner Stereoanlage dröhnte fortwährend *Self Control*, in der Originalversion von *Raff*. Es war eines von Nicoles Lieblingsliedern, so viel wusste ich, und ich hörte es rauf und runter, den Einsatz meiner Luftgitarre eingeschlossen.

Am Sonntag, bevor die Schule wieder begann, lag ich auf meinem Bett, und versuchte zum wiederholten Mal, meine Gedanken und Gefühle zu sortieren. Vor den Ferien, an diesem Abend auf dem Weihnachtsmarkt, da hatte ich mir gesagt: *Warte erst mal die Ferien ab, dieses Gefühl lässt bestimmt wieder nach.* Nun waren die Ferien vorüber und es ließ gar nichts nach. Im Gegenteil, meine Gefühle für Nicole wurden sogar noch stärker!

Es war bedrückend und angenehm zugleich. Ich fühlte mich hin- und hergerissen. Auf der einen Seite war da diese starke Zuneigung zu Nicole, die ich als sehr angenehm empfand. Auf der anderen Seite aber gab es diese blöde Situation mit Klaus, die es mir unmöglich machte, mein Ziel zu erreichen. Mein Ziel ... Was war überhaupt mein Ziel? Klar, mit Nicole zusammenzukommen, aber was dann konkret? Was würde ich denn tun, wenn ich mit ihr zusammen wäre? Wenn sie gerade jetzt hier neben mir läge? Ich würde sie einfach nur im Arm halten und über ihre schönen, weichen Haare streichen wollen. Mehr brauchte es gar nicht. Aber ausgerechnet ich, mit all meinen Unzulänglichkeiten? Ich fand es schon fast selbst lustig, wenn ich mir vorstellte, wie ich mit ihr hier auf meinem Bett lag. Ich, mit meinen alten Schlabberklamotten, der 08/15-Frisur, die den Namen nicht mal verdient hatte, und einer Haut, die mit Pickeln übersät war. Und in meinem Arm die makellose Nicole, mit ihren gepflegten, glänzenden Haaren, dem engelsartigen Gesicht, den zarten Händen und dem grauen Top mit der blauen Strickjacke darüber, was sie so gerne zusammen trug und das ich so schön an ihr fand. Das Bild war schon ein wenig absurd. Und trotzdem: Was würde ich dafür geben, wenn Nicole jetzt hier wäre, wenn ich einfach einen netten Abend mit ihr verbringen dürfte. Ihr Lächeln sehen, ihre strahlenden Augen, wie sie sich verträumt die Haare aus der Stirn strich …

Verdammt noch mal, wie konnte das sein, dass man sich in nicht einmal drei Wochen so dermaßen veränderte? Was hatte Nicole mit mir gemacht, dass ich nach all den Jahren plötzlich so starke Gefühle für sie entwickelte? Ging es den anderen Jungs, die für Nicole schwärmten, genauso? Aber das konnte nicht sein, denn niemand würde das in dieser Intensität lange aushalten. Ich schwärmte nicht nur für Nicole, ich war auch nicht bloß ein bisschen verknallt, – nein, ich war bis über beide Ohren verliebt! Nur warum gerade ich? Konnte mein Gefühlsleben nicht auch mit einer leichten, harmlosen Schwärmerei beginnen, anstatt dass es mich vor lauter Herzschmerz gleich umhaute? Es war zwar ein tolles Gefühl, aber es tat gleichzeitig auch so sehr weh. Und was zum Teufel sollte ich jetzt tun? Konnte ich nicht nur warten, bis es vorbeiging? Und wenn es so war, wie sollte ich das überstehen? Und dann immer wieder die wahnwitzige Idee in meinem Hinterkopf, dass Nicole vielleicht doch auch etwas für mich empfand? Der Blick in Raum 213, der Moment an der Bushaltestelle, ihr Lächeln bei Karstadt in der Musikabteilung. Da tat sich doch auch von ihrer Seite etwas. Oder war sie einfach nur normal nett zu mir? Sah ich jetzt vielleicht Dinge nur deshalb, weil ich sie sehen wollte, weil ich jede kleine Regung von ihr zu etwas Besonderem machte? Warum waren Laura, Lisa und Birgit auf der Weihnachtsfeier der Meinung gewesen, Nicole und ich wären ein Traumpaar? Es erfüllte mich zwar mit Stolz, aber ich fragte mich immer noch, ob sie es wirklich ernst gemeint hatten. Sie waren gut mit Nicole befreundet. Hatte sie mit ihnen vielleicht schon mal über mich gesprochen? War Klaus mir am Ende nur zuvorgekommen? Er benahm sich ja auch so komisch. Vielleicht wusste er irgendetwas, das ich nur nicht mitbekommen hatte. Bisher hatte mich alles, was mit Mädchen zu tun hatte, nicht interessiert. Da war Klaus halt schon wesentlich länger im Thema.

Es war zwar durchaus eine angenehme Vorstellung, dass Nicole etwas für mich empfand, aber auch total unrealistisch. Ich war langweilig. Nett, aber langweilig. Nie reagierte ein Mädchen auf mich auch nur annähernd so, wie sie es auf Klaus taten. Es störte mich bislang ja auch nicht, aber warum war das eigentlich so? Wegen seiner schicken Frisur, der sicher nicht preiswerten Kleidung, die er trug, oder wegen seiner großen Klappe? Waren das wirklich die Dinge, die Mädchen wichtig waren? Diese Oberflächlichkeiten? Ich verstand das ja, wenn man den anderen nicht kannte, dann konnte man zunächst ja nur nach sofort sichtbaren Dingen gehen. Aber wir kannten uns alle schon so viele Jahre. Nicole kannte Klaus genauso lange wie mich, und irgendwie fand ich es unlogisch, dass sie sich in ihn statt in mich verliebte, trotz all meiner Fehler. Es machte einfach keinen Sinn. Klaus passte nicht zu ihr! Sie war die ganzen Jahre immer so ein nettes, zurückhaltendes Mädchen gewesen. Genauso wie ich mich immer bemüht hatte, ein netter, zurückhaltender Junge zu sein. Ich passte viel besser zu ihr, da hatten ihre Freundinnen schon recht. Im Grunde genommen hätte jeder einzelne meiner Klassenkameraden besser zu ihr gepasst als ausgerechnet der, den sie sich ausgesucht hatte. Doch ich sollte mich nicht zu viel mit Klaus beschäftigen. Er konnte auch nichts dafür, dass wir auf das gleiche Mädchen standen.

Aber da ahnte ich noch nicht, dass alles noch viel schlimmer kommen würde. So drehten sich meine Gedanken unentwegt im Kreis, bis ich irgendwann darüber einschlief.

Mein Herz setzt einen Schlag aus

Every time I see you, something happens to me,
Like a chain reaction, between you and me.
My heart starts missing a beat!
*
Jedes Mal, wenn ich dich sehe, geschieht etwas mit mir.
Wie eine Kettenreaktion zwischen dir und mir.
Mein Herz setzt für einen Schlag aus!

Pet Shop Boys – Heart (1987)

Am nächsten Morgen war ich früh wach und hatte nicht die geringsten Probleme, aufzustehen. Natürlich nicht! Allein schon, weil ich Nicole wiedersehen würde, freute ich mich sogar auf die Schule. Klar, ich war darauf vorbereitet, dass sie viel mit Klaus zusammenhängen würde, aber trotzdem: Hauptsache ich sah sie wieder. Zudem war ich ein bisschen aufgeregt. Seitdem ich ihr das Stoffhündchen gegeben hatte, hatten wir uns schließlich nicht mehr gesehen, – zumindest sie mich nicht, – und deshalb war ich schon gespannt, ob sie anders auf mich reagieren würde als bisher.

Wie üblich war ich bereits eine gute Viertelstunde vor Unterrichtsbeginn an der Schule und stand mit Janne, Stefan, Uwe und Lars zusammen auf dem Schulvorplatz. Wir erzählten uns, was in den zwei Wochen Ferien alles so passiert war, als irgendwann der silberne Mercedes von Nicoles Mutter vorfuhr. Nicole stieg aus und ging mit dem Schülerstrom, der aus zwei zeitgleich angekommenen Bussen herausfloss, in ein paar Metern Entfernung an uns vorbei. Als sie auf unserer Höhe war, sah sie zu mir, lachte, hob ihre Hand und wackelte ein wenig mit ihren Fingern. Eine tonnenschwere Last fiel von mir ab. Sie hatte mich noch nie besonders begrüßt, schon gar nicht mit einem solch strahlenden Lächeln. Ich muss gegrinst haben wie ein Honigkuchenpferd, denn Janne, Uwe, Lars und Stefan sahen sich fragend an.

»Ist während der Ferien irgendetwas vorgefallen, wovon wir wissen sollten?«, fragte Janne grinsend.

»Nein!«

»Sicher?«

»Ja!«

Er ließ es damit zunächst auf sich beruhen, doch als Lars, Uwe und Stefan wieder ins Gespräch vertieft waren, zog er mich ein Stück zur Seite und machte noch einen Anlauf: »Hör mal, irgendwas war doch mit Nicole, warum sollte sie sonst plötzlich so nett zu dir sein?«

»Was soll denn gewesen sein? Sie hat doch nur gewunken.«

»Wir stehen hier seit viereinhalb Jahren fast jeden Morgen und sie hat dir noch nie gewunken, Alter«, belustigte sich Janne. »Habt ihr euch heimlich getroffen? Läuft da was, oder wie soll ich das deuten?«

Janne brauchte ich eh nichts vormachen. Ich konnte an seinem Gesicht und an der Art, wie er mich ausfragte, schon genau erkennen, dass er mir auf die Schliche gekommen war. »Nein, da läuft nichts. Zumindest nicht mit mir.«

»Wie, nicht mit dir?« Er wirkte erstaunt.

»Mit Klaus«, sagte ich leicht seufzend.

»Mit Klaus? Nicole? Ach du Scheiße! Warum denn ausgerechnet den?«

Ich nahm an, dass er nicht wirklich eine Antwort erwartete und zuckte nur mit den Schultern.

»Dann versteh' ich umso weniger, warum sie dich plötzlich so anstrahlt.« Janne sah mich abwartend an.

»Das überrascht mich ja selber«, erklärte ich. »Ich habe sie nur am letzten Schultag noch allein hier vor der Schule getroffen und ...«, ich zögerte einen Moment, »... da hab' ich ihr ein kleines Stoffhündchen geschenkt, nichts Besonderes, so ein Fünf-Mark-Teil, aber seitdem habe ich auch nichts mehr von ihr gehört.«

»Du hast was?« Janne griff sich an die Stirn. »Ihr ein Stoffhündchen geschenkt? Warum das denn?« Er winkte direkt ab »Ach, vergiss es. Ich kann's mir schon denken. Seit wann ist sie denn mit Klaus zusammen?«

»Seit dem Abend auf dem Weihnachtsmarkt.«

»Ach so, deshalb warst du am Tag danach so mies drauf. Und dann gehst du hin und schenkst ihr ein Stofftier?«

Ich nickte nur und zuckte leicht mit den Schultern.

»Hast dich wohl doch verknallt, was?«

»Sieht so aus«, seufzte ich.

»Weiß sie es denn?«

»Bist du verrückt? Natürlich nicht!«

»Entschuldige, aber ich komm da nicht ganz mit. Wenn sie doch mit Klaus zusammen ist, warum lächelt sie dich dann eben so an?« Er kratzte sich am Kopf.

»Vielleicht weil sie sich einfach freut, mich zu sehen?«

»Weil du ihr ein Stofftier in die Hand drückst? Also wenn das so einfach ist, probiere ich das auch, wenn's bei mir so weit ist. «

Ich musste lachen. Genau diese lockere Art war es, die ich an ihm so mochte.

»Du hast ihr doch bestimmt was dazu gesagt. Hat sie nicht gefragt, warum du ihr etwas schenkst?«, bohrte er weiter.

»Doch, klar.«

»Und was hast du gesagt?«

»Na ja, ich habe ihr halt gesagt, dass ich sie mag«

»Und da behauptest du, sie weiß es nicht?« Janne sah mich mit weit aufgerissenen Augen an.

»Ja, hab' ich gesagt *Ich liebe dich*?«, fragte ich entschuldigend.

»Na, so groß ist der Unterschied ja wohl nicht.«

Ich kam mir vor wie ein kleiner Schuljunge, der ich damals in meinen Augen natürlich schon lange nicht mehr war. Handelte es sich dabei wirklich schon um eine halbe Liebeserklärung? Konnte man einem Menschen nicht mal sagen, dass man ihn mochte, ohne dass gleich alle sonst was dachten?

»Find' ich schon«, entgegnete ich trotzig.

»Was soll's auch, sie hat's dir ja anscheinend nicht übelgenommen. Aber dass sie nun ausgerechnet mit Klaus zusammen ist. Obwohl … es war irgendwie abzusehen. Er bekommt ja immer, was er will.«

»Das muss ja kein Dauerzustand sein«, versuchte ich meine Hoffnung in Worte zu fassen.

»Oh, war das sowas wie ne Kampfansage? Aber du hast recht«, überlegte Janne, »vielleicht kann ich ja irgendwas für dich tun.«

»Aber bitte keine Intrigen«, bat ich.

Er lachte. »Keine Angst, aber du bist mein bester Freund. Und mal ganz davon abgesehen, dass ich es dir wirklich gönnen würde, wenn du mit ihr zusammen wärst, muss man etwas dagegen tun, dass sie mit Klaus zusammen ist. Der ist nix für sie.«

»Wie kommst du denn darauf?«

»Klaus ist zu oberflächlich. Der lässt sie eh irgendwann sitzen, wenn's ihm zu langweilig wird. Und es muss ja nicht sein, dass er Nicole wehtut.«

Ich nickte stumm zu seinen Ausführungen. Im Grunde genommen war das genau meine Meinung. Dass er, der Nicole schon so lange kannte, die Dinge anscheinend exakt so sah wie ich, beruhigte mich nicht unerheblich. Dann waren all die Gedanken, die ich mir tagelang gemacht hatte, wenigstens nicht nur Hirngespinste.

Die Schulglocke läutete und wir begaben uns zu unserem Klassenzimmer. Auf dem Weg zu unserem Tisch kamen wir auch an dem von Anja und Nicole vorbei. Direkt neben Nicoles Federmappe lag ihr Schlüsselbund – mit meinem Hündchen daran.

Dem Deutschunterricht unserer Lehrerin Frau Urban zu folgen, fiel mir an diesem Montag noch schwerer als sonst. Ich hatte nur Augen für Nicole. Obwohl ich ihr nur ins Gesicht sehen konnte, wenn sie den Kopf nach links drehte, um mit Anja zu tuscheln, klebte mein Blick förmlich an ihr. Natürlich bemühte ich mich, dass es niemand mitbekam. Lediglich bei Janne war das schwierig, aber er wusste ja jetzt eh, was los war. Darüber hinaus konnte ich mich bei ihm drauf verlassen, dass er es für sich behalten würde.

Klar, kleine Sticheleien gab es zwischen uns auch ab und an, und gerade Janne war dafür bekannt, dass er nicht so schnell lockerließ, wenn er dich erstmal am Haken hatte. Aber daran war man meist selbst schuld, denn wenn man sich über seine Sticheleien nicht groß aufregte, verlor er auch schnell die Lust daran. Ich war immer jemand gewesen, der auch über sich selbst lachen konnte, und gehörte daher so gut wie nie zu Jannes Opfern. Sein Liebling in der Beziehung war ausgerechnet Klaus, denn wenn man ihn im richtigen Moment erwischte, war er sofort auf Hundertachtzig. Und für das perfekte Timing hatte Janne ein untrügliches Gespür. Genau deshalb konnte ich mich auch darauf verlassen, dass er mich jetzt in Ruhe lassen würde. Eher heckte er in seinem Kopf schon wieder einen Plan aus, wie er Klaus auf die Palme bringen könnte.

Janne war ein sehr guter Freund damals. Jemand, bei dem ich mir zu hundert Prozent sicher war, dass er auch in schwierigen Situationen immer zu mir stehen würde, auf den ich mich immer verlassen konnte. Er hatte mehr als einmal seine durchgehend guten Schulnoten riskiert, nur um mich in wichtigen Klausuren abschreiben zu lassen. Es gab nur sehr wenige, die das in diesem Ausmaß für einen Klassenkameraden taten.

Das charakteristische an unserer Freundschaft war, dass das alles aus sich selbst heraus so entstanden war. Wir haben nie darüber gesprochen. Es hatte sich mit unserem ersten Schultag am Gymnasium, als wir von unserem Klassenlehrer nebeneinandergesetzt wurden, einfach so ergeben. Wir brauchten dafür keine Blutsbrüderschaft oder so was. Im Laufe der Jahre waren wir einfach zusammengewachsen und wenn wir irgendwann nicht mehr zusammen zur Schule gehen würden, würden wir uns wahrscheinlich nur einmal im Monat sehen. Wir hingen nicht dauernd zusammen, aber in entscheidenden Momenten, da waren wir füreinander da. Und da brauchte es keine Worte oder große Gesten. Es funktionierte einfach so.

Aber all das half mir im Moment auch nicht so richtig, obwohl es natürlich immer von Vorteil ist, einen guten Freund zu haben. Andererseits ... Janne und Nicole hatten diese besondere Beziehung zueinander. Sie kamen aus dem gleichen Vorort und kannten sich praktisch schon seit der Geburt.

Vielleicht konnte ich davon mal profitieren, mir kam nur keine Idee, wie. Nicole mochte ihn, das merkte man. Aber ihr Verhältnis zu Janne war mittlerweile noch passiver als das zu mir. Die beiden hatten zumindest in der Schule so gut wie gar nichts mehr miteinander zu tun. Aber trotzdem merkte man ihnen an, dass sie eine gemeinsame Vergangenheit hatten. Auf ihre Weise kannten sie sich in- und auswendig.

Ich glaube, Nicole und ich, wir mochten Janne wegen der genau gleichen Dinge. Und das war für mich Grund genug, zu glauben, dass auch Nicole und ich uns gut verständen. Und es war ja auch so. Nur war es nie zu einer konkreten Freundschaft gekommen. Ich war zwar erst seit zwei Wochen in Nicole verliebt, aber warum war sie eigentlich nicht schon vorher eine gute Freundin von mir gewesen? Eine bessere hätte man sich doch gar nicht wünschen können! Das lag echt nur daran, dass sie ein Mädchen war und das war wiederum total bescheuert. Aber es gibt bei Jungs halt diese Phase vor der Pubertät, da finden sie alle Mädchen einfach nur blöd, weil sie eben Mädchen sind. Andersrum ist es vermutlich genauso.

Ich fasste an diesem Tag den Entschluss, ab sofort auch mit Mädchen Freundschaften zu schließen, sofern sich Gelegenheiten dazu ergaben. Ich hatte Nicole gesagt, dass ich sie mochte. Das stimmte auch, und ich brauchte ihr ja nicht die ganze Wahrheit zu sagen. Sie war mit Klaus zusammen, und daher war meine Liebe momentan ohnehin aussichtslos. Aber ich mochte sie und wollte zumindest ihr Freund sein, wenn sie mich lassen würde. Und warum sollte sie nicht? Wenn ich ihre Gesten nicht gänzlich falsch deutete, mochte sie mich ja auch ein bisschen.

Die Frage war nur, wie bekommt man so eine Freundschaft erst mal in die Gänge? Bei Janne und mir war das fast automatisch gegangen, aber würde das mit Nicole auch funktionieren? Wahrscheinlich nicht, weil sie eben immer noch ein Mädchen war. Nur was konnte ich denn noch tun? Dass ich sie mochte, wusste sie ja schon. Wenn sie ein Junge gewesen wäre, hätte ich sie mal nach einem Treffen nach der Schule gefragt, aber da sie ein Mädchen war, ging das nicht so einfach. In Wahrheit hatte ich einfach nur Schiss, mir einen Korb einzufangen, oder mich zu unbeholfen anzustellen, falls sie zusagte.

Leider konnte ich damals noch nicht über meinen Schatten springen. Alles, was mit Nicole zu tun hatte, machte mich unfassbar nervös, und ich traute mich nicht, aktiver zu werden.

Es läutete zur Pause und ich konnte von Glück sagen, dass Frau Urban meine geistige Abwesenheit nicht bemerkt hatte. In der nächsten Stunde hatten wir Erdkunde bei Herrn Tacke. Ein verdammt harter Hund, der uns außerdem noch in Geschichte unterrichtete. Er war ein Pauker vom alten Schlag und niemand mochte ihn wirklich, weil ihm irgendwann in seinem Leben der Sinn für Humor abhandengekommen sein musste. Ich wusste also, dass jetzt nicht gerade eine *Ich-träum-die-ganze-Zeit-*

von-Nicole-Stunde angesagt war. Und so sehr ich mich bemühte, fiel ich doch wieder kurz in Gedanken, wurde aber jäh aus ihnen herausgerissen.

»Florian hat anscheinend gestern Abend den Weg ins Bett nicht gefunden und schläft lieber im Unterricht!«, dröhnte die Stimme unseres Lehrers durch die Klasse.

Ich schrak hoch. Auch wenn keiner wissen konnte, dass ich gerade von Nicole geträumt hatte, war mir die Situation megapeinlich und ich bekam meine obligatorische rote Birne. Eine wirklich bescheuerte Veranlagung, die aber irgendwo zu mir passte. So einem wie Klaus, dem passierte das natürlich nicht, den habe ich noch nie rot werden sehen. Auf jeden Fall saß ich nun da, fühlte mich ertappt, und wusste, dass definitiv nichts Gutes folgen würde.

»Na, dann wollen wir unseren Träumer erst mal richtig aufwecken«, meinte Herr Tacke genüsslich und mit einer Handbewegung deutete er mir, nach vorne zu kommen. Ich stand also auf, ging langsam vor, und stellte mich mit dem Gesicht zur Klasse neben das Lehrerpult, womit ich direkt vor Nicoles Tisch stand. Es war keine Premiere für mich. Wenn man von Herrn Tacke abgefragt wurde, musste man sich immer dorthin stellen, während er im hinteren Teil der Klasse wie ein Pfau auf und ab stolzierte, um nach und nach seine Fragensalven loszulassen. Für jemanden wie mich, der eh schon leicht errötete und panische Angst vor solchen Situationen hatte, war das die absolute Tortur. Ich kann mich an meinen

Mitschüler Christian erinnern, den es in dieser Beziehung noch schlimmer getroffen hatte als mich. Zu allem Überfluss stotterte er nämlich auch noch, was Herrn Tacke die ganzen Jahre über aber egal zu sein schien. Im Gegenteil: Er holte gerne gerade die Schüler nach vorne, die die größten Probleme damit hatten. Eben der typische Sadisten-Lehrer.

Er pflasterte mich mit Fragen zu. Obwohl ich die Minuten zuvor nicht aufgepasst hatte, wurschtelte ich mich irgendwie durch. Erdkunde war eines meiner besseren Fächer, wobei ich damals schon dachte, dass das nicht unerheblich an meinem großen Sportinteresse lag. Durch Fußball-Weltmeisterschaften, Olympische Spiele und andere Sportveranstaltungen, kannte ich zumindest viele Länder, wusste, wo diese lagen und meist sogar, wie die Hauptstädte hießen. Und gerade aus diesem Wissensgebiet fragte Herr Tacke immer wieder gerne ab. Ich wusste zwar bei Weitem nicht alles, konnte aber trotz meiner Nervosität gut die Hälfte der Fragen beantworten. Eine weitere mündliche Fünf konnte ich mir aber auch nicht leisten, und so sehnte ich das Ende meiner zweifellos erbärmlichen Vorstellung herbei, in der Hoffnung, dass es bis hierher für eine Vier reichen müsste.

»Drei Fragen noch. Wenn du die beantworten kannst, bist du noch mal mit einem blauen Auge davongekommen«, schwadronierte Herr Tacke, als wenn auf meiner Stirn geschrieben stand, was ich dachte. »Wie heißt die Hauptstadt Argentiniens?«

Eine meiner leichtesten Übungen! Argentinien war eine große Fußballnation, sogar der vorletzte Weltmeister, da wusste ich meist gut Bescheid. Ich musste an den alten Witz von Otto denken und sagte voller Erleichterung: »Buenos Aires – Frohe Ostern!«, was Herrn Tacke nicht mal ein Schmunzeln entlockte, in der Klasse aber mehrfaches Kichern verursachte. Ich sah direkt vor mich, wo Nicole gerade mit einem Räuspern ihr Lachen unterdrückte. Dann sah sie kurz zu mir auf, während ihre Augen weiterhin lachten. Was für ein schönes Gefühl! Und das hier vorne, in dieser beschissenen Situation.

Nach der Aktion war natürlich klar, dass das Niveau steigen würde. »Wie heißt der längste Fluss Asiens?«, bombardierte Herr Tacke mich mit der nächsten Frage.

Schock! Flüsse! Ein Teil des alles verschlingenden schwarzen Lochs in meinem Erdkundewissen. Flüsse und Berge konnte ich mir, bis auf wenige Ausnahmen, einfach nicht merken. Meere und Seen waren da gar nicht so das Problem, aber Flüsse waren ein Riesenproblem! Um mich nicht durch die starrenden Gesichter meiner Mitschüler ablenken zu lassen, sah ich konzentriert nach unten. Vielleicht fiel mir noch irgendein Name ein. Flüsse in Asien hatten üblicherweise sehr eigenwillige Namen und ich kramte in meinem Gehirn, ob mir nicht irgendeiner davon einfiel, im günstigsten Falle sogar der eines sehr langen Flusses.

Da stieß mich Nicole unter dem Tisch hindurch unvermittelt mit ihrem Fuß gegens Schienbein. Ich sah sie an und sie deutete mit ihren Augen auf den vor ihr liegenden Block. Sie hatte den Namen darauf geschrieben und ihn zu mir gedreht. Trotz ihrer schönen Handschrift brauchte ich einen Moment, bis ich den Namen auf der Zunge liegen hatte.

»Jang-tse-kiang!«, sagte ich laut.

Herr Tacke sah mich überrascht an. Er hatte wohl nicht mehr mit einer Antwort gerechnet. »Liegt wo?«

Reflexartig blickte ich wieder zu Nicole. Sie hielt sich die Zeigefinger an die Augenwinkel und zog sie auseinander. Ich verstand sofort. »China!«

»Gut«, sagte Herr Tacke, was ich äußerst selten von ihm hörte. »Weißt du die Länge zufällig auch noch?«

Und wieder schnellte mein Blick zu Nicole, doch sie zog nur ihre Schultern hoch und sah mich entschuldigend an.

»Nein, tut mir leid.« Ich hielt es für besser, nicht zu raten und am Ende völlig danebenzuliegen.

»Exakt 6.380 Kilometer«, erklärte Herr Tacke wissend. »Gut, letzte Frage: In welchem US-Bundesstaat liegen die Städte Amarillo, Lubbock und Odessa?«

»Entschuldigung Herr Tacke, aber das wäre dann jetzt schon die fünfte Frage.« Ein vermutlich vergeblicher Versuch, ihn zu überzeugen, die Frage fallenzulassen, denn ich hatte absolut keine Ahnung. Amarillo kam in irgendeinem Lied vor und Odessa kannte ich als Stadt in der Sowjetunion, aber nicht in den USA. Bei fünfzig Bundesstaaten wäre die Quote beim Raten auch nicht gerade hoch.

»Dass mit China und der Flusslänge waren nur Nebenfragen«, gab Herr Tacke genüsslich zurück. »Also? Wir haben über die Vereinigten Staaten im vorletzten Halbjahr gesprochen, daher solltest du die Antwort eigentlich wissen.«

Aber ich hatte echt keine Ahnung und wie ich so in die Klasse blickte, meine Mitschülerinnen und Mitschüler auch nicht. Das war eindeutig eine *Ich-krieg-dich-schon-klein-Tacke-Frage*, das war mal klar.

In meiner Not sah ich Nicole hilfesuchend an. Sie wusste die Antwort auch nicht, blätterte allerdings vorsichtig in ihrem Atlas, um danach zu suchen. Doch bei dem dicken Ding würde das zu lange dauern, auch wenn ich begeistert darüber war, dass sie mir helfen wollte.

Janne konnte auch nichts für mich tun, denn Herr Tacke war mittlerweile wieder ein paar Schritte nach vorn gekommen und hatte ihn natürlich besonders im Auge. Er wusste, dass Janne normalerweise der Erste wäre, der mir helfen würde. Was den Vorteil hatte, dass er Nicole beinahe nicht beachtete, – aber leider nur beinahe. Sie wollte mir gerade die Antwort aufschreiben, da brüllte er: »Nicole, leg bitte sofort deinen Kugelschreiber hin!«

Wie vom Blitz getroffen ließ sie den Stift fallen. Ich weiß nicht, warum, aber reflexartig sah ich in die dritte Reihe zu Klaus. Er warf Nicole einen fragenden Blick zu. Normalerweise riskierte sie halt nicht so viel, um jemandem unerlaubt zu helfen – für mich schon gar nicht. Doch ich konnte nicht lange darüber nachdenken und hatte mich innerlich schon mit der

Fünf abgefunden, als Nicole mich erneut mit dem Fuß anstieß. Ich senkte meinen Blick, sah aber nur ein leeres Blatt Papier und ihren zugeschlagenen Atlas. Sie spielte auffällig mit ihrem Taschenrechner in der rechten Hand und weil ich nicht wusste, was sie mir sagen wollte, sah ich ihr kurz in die Augen. Sie drehte ihre Pupillen langsam in Richtung ihrer Hand und ich folgte ihrem Blick. Ihr Zeigefinger deutete auf den Namen des Herstellers über dem Display. Mir ging ein Licht auf. Was für ein Glück, dass Nicole nicht den üblichen Casio-Rechner, sondern ein Modell von Texas Instruments besaß. Ich hätte den früher auch gerne gehabt, weil bei Erzeugung eines Fehlers ein roter Punkt schnell durch das Display hin- und herlief. Für damalige Verhältnisse war das ziemlich abgefahren. Die Erbauer von *K.I.T.T.*, dem Auto aus der Fernsehserie *Night Rider*, haben sich diesen Taschenrechner vermutlich als Vorbild genommen.

»Ich bin mir nicht ganz sicher, aber ich tippe auf Texas«, sagte ich schnell.

Herr Tacke sah mich verwundert an, dann Janne und danach Nicole. Den Rechner hatte sie bereits wieder beiseitegelegt. »Entweder hast du nur unverschämtes Glück oder es hat doch jemand geholfen«, grummelte er fast enttäuscht, »aber gut, gerade noch mal den Kopf aus der Schlinge gezogen.« Er schlug sein Notizbuch auf, um sich meine Note zu notieren.

Die Spannung löste sich jetzt nicht nur bei mir, sondern in der ganzen Klasse wurde leise getuschelt. Ich sah noch einmal hinunter zu Nicole. Sie zwinkerte mir zu und mein Herz setzte einen Schlag aus. Eben noch stand ich wie versteinert hier vorne und stotterte meine Antworten heraus, jetzt fühlte ich mich von einer Sekunde auf die andere, als könnte ich es mit der ganzen Welt aufnehmen. Nicole hatte sich für mich eingesetzt, so, wie es sonst nur Janne tun würde. Vor ein paar Minuten hatte ich an meinem Tisch gesessen und über eine Freundschaft zu Nicole nachgedacht, jetzt hatte sie vielleicht gerade begonnen. Sie gab mir etwas zurück, weil ich ihr gesagt hatte, dass ich sie mochte. Für mich war das mehr als nur ein Vorsagen, um einem Mitschüler zu helfen. Es war eine Reaktion. Für mich bedeutete ihre Geste in diesem Moment: Ich mag dich auch! Obwohl sie ihre gute Note riskierte und obwohl Klaus alles mitbekam, – sie war für mich da, als ich sie brauchte.

»Du kannst dich dann wieder setzen, Florian.« Herr Tacke klappte sein Notizbuch zu und ich schlich leise auf meinen Platz zurück, während er mit dem Unterricht fortfuhr.

»Respekt, Texas hätte nicht mal ich gewusst«, flüsterte Janne.

»Ich auch nicht«, zischte ich zurück.

»Wie? Tatsächlich geraten?«

»Nein, vorgesagt.«

»Ach, vorgesagt? Von wem?«

»Nicole.«

»Nicole? Die sagt was vor? Ist mir ja völlig neu.« Er sah mich ungläubig an. »Warum habe ich nichts davon bemerkt?«

»Sie hat mehr Zeichensprache benutzt.«

»Hm«, überlegte er, »warum tut sie das?«

Ich zuckte mit den Schultern.

»Ich glaube, sie mag dich.«

Ich konnte darauf nichts sagen. Ich hoffte es so sehr, und wenn Janne das auch so sah …

Mit dem Klingeln zur großen Pause beendete Herr Tacke den Unterricht und alle strömten die Treppen hinunter und durch die Halle hinaus auf den Schulhof. Ich stand wie üblich mit Lars, Uwe und Stefan zusammen. Janne war noch zur Toilette, kam mit kurzer Verspätung dazu und zog mich ein Stück zur Seite. »Unser bester Kumpel Klaus versucht grad seine Freundin auszuquetschen, ob sie dir geholfen hat«, flüsterte er mir zu.

»Wieso das denn?«

»Keine Ahnung. Vielleicht hat er ja ein Problem damit. Du hättest das mal hören müssen. Ist ja nicht so, dass er sie direkt fragt. Neenee, das geht wieder hintenrum, so auf die Tour: Dass der Florian ausgerechnet auf Texas gekommen ist, das war ja schon komisch.« Janne versuchte Klaus nachzumachen und er traf ihn ziemlich gut. Ich musste lachen.

»Willst du denn gar nicht wissen, was sie geantwortet hat?«, fragte er nach einer kurzen Pause.

»Na, was soll sie schon geantwortet haben? Sie hat ihm erzählt, wie's gewesen ist?«, vermutete ich.

»Eben nicht! Sie hat gar nicht darauf reagiert. Und Anja stand dabei und hat auch nichts gesagt.«

Das war in der Tat ungewöhnlich. Aber vielleicht wollte sie Klaus bloß nicht verärgern. Ich weiß nicht, ob er übermäßig zur Eifersucht neigte, in jedem Fall aber war er sehr besitzergreifend und wäre sicher nicht begeistert darüber gewesen, dass seine Freundin für mich etwas riskierte.

Bevor die Pause zu Ende war wollte ich noch schnell etwas erledigen. Ich schloss mich auf der Schultoilette ein, die einzige Möglichkeit, für einen Moment unbeobachtet zu sein. Aus meiner Jackentasche holte ich einen alten Kassenbon hervor. Ein besseres Stück Papier hatte ich leider nicht bei mir und Klopapier fand ich unpassend. Ich zog meinen Kugelschreiber aus der Gesäßtasche und schrieb auf die leere Rückseite des Kassenzettels in großen Buchstaben: DANKE! Ich ging hinauf in die Klasse und warf einen schnellen Blick durch den Raum. Nicole saß bereits an ihrem Platz, Klaus unterhielt sich mit Olaf und Martin. Umso besser. Auf dem Weg zu meinem Platz ging ich an Nicole vorbei und drückte ihr den gefalteten Kassenzettel in die Hand. Von meinem Platz aus beobachtete ich, wie sie den Zettel auseinanderfaltete und las. Sie drehte sich zu mir herum und strahlte mich an, dass es mir warm und kalt den Rücken herunterlief. Ich lächelte zurück und für einen kurzen Moment sahen wir uns fast so an, wie an dem Tag vor den Ferien in Raum 213. Was war das für ein unglaubliches Mädchen, das mir für ein stinknormales *Danke* ein derart bezauberndes Lächeln schenkte.

Ich will wissen, was Liebe ist

I'm gonna take a little time,
A little time to look around me.
I've got nowhere left to hide,
It looks like love has finally found me.
*
Ich werde mir ein bisschen Zeit nehmen.
Ein bisschen Zeit, um mich umzusehen.
Ich kann mich nirgends mehr verstecken.
Es sieht so aus, als hätte die Liebe mich endlich aufgespürt.

Foreigner – I want to know what love is (1984)

Die Wochen gingen dahin. Tagein, tagaus blickte ich von meinem Platz aus immer wieder verstohlen zu Nicole und machte kleinere Annäherungsversuche. Doch es fiel mir komischerweise ausgerechnet bei ihr so schwer, ein lockeres Gespräch zu beginnen. Ständig befürchtete ich, irgendetwas falsch zu machen, sie zu verärgern, oder ungewollt peinlich zu sein. Und so sehr ich wusste, dass genau diese Angst mir im Wege stand, – ich kam nicht dagegen an. Meine emotionale Verfassung, meine angeborene Schüchternheit und Zurückhaltung waren immer stärker als mein Verstand. Darüber hinaus hatte ich Nicole mittlerweile auf einen imaginären Thron gesetzt. Sie war wie eine Königin für mich und wer würde schon seine Königin einfach nach einem Date fragen?

So saß ich Woche um Woche auf meinem Stuhl in der Klasse, freute mich über jedes noch so kleine Lächeln, das Nicole mir schenkte, und schob ansonsten Frust, da sie nach wie vor mit Klaus zusammen war und keinerlei Anzeichen zu erkennen waren, dass sich das ändern sollte.

Janne gegenüber mied ich das Thema komplett und so unternahm er auch keine Versuche, mir zu helfen. Wie er das anstellen wollte, wusste ich ohnehin nicht, aber er hätte es sicherlich getan, wenn ich ihm nur das kleinste Zeichen gegeben hätte. Aber ich fand damals, dass es auch andere Wege geben musste, Nicole für mich zu gewinnen. Zum damaligen Zeitpunkt betrachtete ich es allerdings trotz der kleinen, schönen Momente, die es zwischen uns gab, als vollkommen abwegig, dass ausgerechnet ich Nicole erobern könnte.

Klaus war noch ein ganz anderes Problem, denn ich kam nicht umhin, festzustellen, dass er mit zunehmender Dauer der Beziehung Nicole nur noch als Statussymbol vor sich herschob. Allerdings konnte ich dagegen ohnehin nichts tun, egal ob Janne mir helfen würde oder nicht. Ich musste hoffen, dass Nicole es irgendwann selbst bemerken würde.

Die Ereignisse auf der Geburtstagsfeier meiner Klassenkameradin Sabine bestätigten meine Meinung über Klaus einmal mehr. Es war Mitte Februar und sie hatte die halbe Klasse eingeladen. Dass ich auch dazugehörte, hatte mich angenehm überrascht, denn wir mochten uns zwar, hatten aber bislang nicht viel miteinander zu tun gehabt. Sabine feierte zu Hause, im Partykeller ihrer Eltern, aber im Laufe des Abends weitete sich die Feier auch auf andere Räume des Hauses aus. Ihre Eltern schien das nicht weiter zu stören. Sie ließen sich den Abend über immer mal wieder blicken und waren echt unkompliziert und nett. Es gab auf unseren damaligen Feiern aber auch so gut wie nie größere, abstruse Ausfälle, wie übermäßigen Alkoholkonsum, Drogenmissbrauch oder was einem da auch immer in den Sinn kommen könnte. Wir tranken zwar Alkohol, – meist die damals sehr angesagten Blue Curaçao, Batida de Coco oder einfach nur Bier, – aber das immer in Maßen. Ich selbst habe es nur einmal deutlich übertrieben, und da hatten Janne, Lars, Uwe und ich uns abends bei Lars getroffen und die Hausbar seiner Eltern geplündert. Aber da waren wir Jungs unter uns und das wäre mir niemals bei der Feier einer Klassenkameradin passiert, schließlich wollte ich niemandem die Feier versauen. Abgesehen davon war ich nach der Erfahrung mit der Hausbar von Lars' Eltern für lange Zeit geheilt, was Alkohol anging. Bis heute noch habe ich unangenehme Erinnerungen an Madeira-Wein und Küstennebel.

Sabines Feier startete gegen sechs Uhr abends, was damals durchaus üblich war. Sabine wohnte noch ein Dorf weiter weg als Janne und Nicole, die Anfahrt war also etwas länger. Trotzdem wünschte mir mein Vater viel Spaß, als ich aus unserem alten BMW ausstieg. Dass meine Eltern mich brachten, war eher selten. Meist fuhr ich bei anderen mit, aber das hat mich keineswegs gestört. Abholen konnten sie mich an diesem Abend auch nicht, da sie selber auf eine Feier eingeladen waren. Ich würde also von Sabines Eltern nach Hause gebracht werden müssen, die, wie alle Gastgebereltern damals, einen Notfallfahrdienst anboten.

Ich war das erste Mal bei Sabine zu Hause und klingelte fast zaghaft an der Haustür. Drinnen wurde ihr Name gebrüllt, kurz darauf öffnete sie mir die Tür. Sabine war ein wenig wie mein weibliches Pendant damals. Sie war beliebt, lustig und nett, sah allerdings nicht überragend aus, alles in allem war sie auch ein bisschen zu rundlich. Obwohl alle sie mochten, war sie mir als Schwarm in irgendeinem Poesiealbum noch nie aufgefallen. Was ich bis heute noch von ihr behalten habe, ist, dass sie total auf Jon Moss, den Schlagzeuger der Gruppe Culture Club stand. Eine Vorliebe, die sie exklusiv hatte. Vermutlich habe ich es deshalb bis heute nicht vergessen. Die anderen Mädchen schwärmten fast ausnahmslos für die Sänger. Eine weitere Ausnahme, an die ich mich erinnere, war John Taylor, der Bassist der Gruppe Duran Duran. Bei Sabines Liebling hat sich dann übrigens später herausgestellt, dass er mehr als nur der Schlagzeuger von Boy George, dem Sänger der Band war. Aber das ist bei den Popstars der Achtziger eher eine Randnotiz. Ich denke, Sabine wird es zum Zeitpunkt seines Outings ein paar Jahre später nicht mehr allzu hart getroffen haben.

Ich gab ihr das Geschenk, das ich besorgt hatte. Zu der Zeit standen Maxisingles hoch im Kurs. Der Preis von knapp zehn Mark war angemessen und sofern man den Musikgeschmack der Beschenkten einigermaßen einschätzen konnte, war es stets ein gelungenes Mitbringsel. Ich legte mein Augenmerk darauf, ein erst kürzlich veröffentlichtes Exemplar zu schenken. So war die Wahrscheinlichkeit relativ klein, dass der oder die Beschenkte sie schon besaß. Dafür musste man natürlich mit dem Risiko leben, dass der entsprechende Song in den nächsten Wochen floppte. Glücklicherweise hatte ich da aber immer ein gutes Händchen und letzten Endes musste der Song in diesem Falle auch Sabine gefallen, und nicht der breiten Öffentlichkeit. Ich hatte für sie *This is not America* von *Pat Metheny & David Bowie* ausgesucht. Das war damals brandneu und da sie Culture Club mochte, fand ich, der Song passte gut zu ihr. Soweit ich mich erinnere, war dem auch so. Und abgesehen davon, wurde er tatsächlich ein Hit.

Ich folgte Sabine die Treppen hinab in den großzügigen Partykeller. Großzügig, was die Fläche anging, aber auch hinsichtlich der Ausstattung: Hübsche Theke, ausreichend Barhocker, farbige Glühbirnen, eine imposante Stereoanlage Marke *Marantz,* Discokugel unter der Decke und sogar automatische Lichtorgelmodule einschließlich eines zuschaltbaren Stroboskops. Das alles lag für die damalige Zeit schon deutlich über der Standardausstattung. Zusätzlich war der Raum von Sabine nett geschmückt worden, mit Luftschlangen,

Postern aus der Bravo und so weiter. Es versprach, ein netter Abend zu werden.

Meistens wusste ich damals schon vorher genau, wer außer mir noch zu einer Feier eingeladen war, aber diesmal war das nicht so. Ich wusste nur, dass Janne kam, Uwe, Lars und Stefan aber nicht. Das waren die Einzigen, mit denen ich darüber gesprochen hatte. Normalerweise waren leider auch meist Klaus, Martin und Olaf eingeladen. Wobei das mit dem *Leider* im Moment so eine Sache war, denn wenn Klaus da wäre, dann sicher auch Nicole und umgekehrt. Ob ich mir das wünschen sollte, wusste ich aber selbst nicht. Natürlich würde ich gerne mit Nicole gemeinsam feiern, vielleicht sogar mit ihr tanzen, aber mir den ganzen Abend mitanzusehen, wie sie mit Klaus Zärtlichkeiten austauschte, klang nicht gerade verheißungsvoll. Auch darum hatte ich mich zuvor nicht erkundigt, ob sie kommen würde.

Als sie dann mit Klaus zusammen auftauchte, waren sie fast die Letzten. Und wie ich befürchtet hatte, verhielten sie sich hier deutlich inniger und zärtlicher, als sie es in der Schule taten. Ich war zwar noch komplett unerfahren, aber trotzdem nicht so naiv, dass ich nicht damit gerechnet hätte. Und so war ich wenigstens moralisch so weit vorbereitet, dass ich mir dadurch nicht den kompletten Abend verderben ließ.

Ich hatte damals für viele Jahre eine Abneigung gegen langsame Lieder, und manchmal frage ich mich, ob das vielleicht an solchen Abenden lag. Bei nahezu jeder Ballade schwoften Nicole und Klaus uns was vor und ich flüchtete nach oben in den Flur, wo sich immer auch ein paar Gäste aufhielten. Viele waren Nachbarn oder Freunde aus irgendwelchen Vereinen, ab und an hielten sich aber auch ein paar bekannte Gesichter dort auf.

Auch jetzt eilte ich gerade die Treppe hoch und mit jeder Stufe wurden die Töne von *I know him so well* von *Elaine Paige und Barbara Dickson* hinter mir dumpfer. Klaus und Nicole gaben mal wieder alles, dabei ging es in dem Song eigentlich darum, dass eine Frau einsehen musste, dass ihr Mann sich in eine andere verliebt hatte. Ein wenig musste ich darüber gerade in mich hineinschmunzeln, als ich, während ich nach irgendjemand aus meiner Schulklasse Ausschau hielt, von einem Mädchen mit brünetten Haaren angestupst wurde.

»Hey!«, sagte sie und blickte mich mit mir sofort auffallenden, leuchtend grünen Augen erwartungsvoll an.

»Hey!«, gab ich nur zurück, weil ich etwas überrascht war. Ich hatte sie zwar zuvor schon wahrgenommen, kannte sie aber nicht. Sie war klein und schlank, die ziemlich wilden, fast glatten Haare trug sie etwas über Schulterlänge und hatte sie aus der Stirn leicht nach hinten geföhnt. Ihre grünen Augen stachen sehr hervor und alles in allem war ihr Gesicht mindestens so freundlich wie ihre Stimme, wobei sie in ihrer ganzen Erscheinung aber auch irgendetwas Geheimnisvolles an sich hatte. Ich fand sie ziemlich hübsch, wenn ich auch annahm, dass sie ein oder zwei Jahre jünger war.

»Du bist aus Sabines Klasse, oder?«, fragte sie.

Ich musste mich einmal stark räuspern. Ich war es einfach nicht gewohnt, dass mich ein Mädchen einfach so ansprach. Schon gar nicht eines, das auch noch so unverschämt gut aussah.

»Ja!«, sagte ich mit einem Nicken. »Ich heiße Florian, kannst aber gerne auch Flo sagen.« Ich streckte ihr die Hand entgegen.

»Hallo Flo«, sagte sie fröhlich und nahm meine Hand. »Ich bin Sandra. Sabines beste Freundin. Also, das glaub ich zumindest.« Sie lachte.

»Dann wohnst du hier in der Nähe?«

»Zwei Häuser weiter«, bestätigte sie. »Sabine und ich sind sozusagen zusammen aufgewachsen.«

»Entschuldige, wenn ich frage, … aber wie alt bist du denn eigentlich?«

Sandra stemmte die Hände in die Hüften und sah mich beleidigt an. »Lass dich von meiner Körpergröße nicht blenden. Ich bin auch nur ein Jahr jünger als Sabine. Na ja, gestern zumindest noch.«

»Also vierzehn?«

»Genau. Und du?«

»Fünfzehn. Ganze drei Monate noch.«

»Also Stier?«, riet Sandra.

»Zwanzigster Mai«, bestätigte ich nickend.

»Cool, ich auch. Aber noch im April. Achtundzwanzigster.«

Nach diesem lockeren Gesprächsbeginn kam der obligatorische Moment, in dem mir nichts mehr einfiel. Gerade noch rechtzeitig, bevor die Stille sich blöd anfühlte, stupste Sandra mich erneut an: »Hey, komm mal mit. Ich zeig dir mal was.« Sie ging zur Treppe und trippelte schnell die Stufen zum Obergeschoß hinauf.

Obwohl es mir etwas komisch vorkam, folgte ich ihr. »Meinst du nicht, Sabines Eltern haben etwas dagegen, wenn wir hier oben rumlaufen?«, fragte ich.

»Ach quatsch, Sabines Eltern sind voll locker drauf«, meinte Sandra, ohne sich umzusehen. »Außerdem ist das hier praktisch mein zweites Zuhause. Also wenn das jemand darf, dann ich.«

Oben angekommen betrat sie das erste Zimmer auf der linken Seite. Sie hielt mir die Tür auf, damit ich auch hineinschlüpfen konnte, und schloss sie dann hinter mir. Es war unverkennbar Sabines Zimmer. Die Gruppe Culture Club und insbesondere deren Schlagzeuger waren durch Poster, Sticker, Autogrammkarten und Schallplattencover allgegenwärtig. Sandra ging an eins von Sabines Regalen und zog ein Fotoalbum heraus. Sie setzte sich damit auf die Bettkante und klopfte mit der linken Hand auf die Decke, als Zeichen, dass ich mich neben sie setzen sollte. Etwas suspekt war mir das schon. Ich war Nähe zu Mädchen nicht gewohnt, schon gar nicht zu Mädchen, die ich kaum kannte. Trotzdem setzte ich mich, denn Sandra war schon sehr nett, und es gab sicher keinen Grund, vor irgendetwas Angst zu haben.

Sie schlug das Fotoalbum auf und zeigte mir Bilder aus ihrer und Sabines gemeinsamer Kindheit.

Zu dem ein oder anderen erzählte sie mir eine lustige Geschichte und sie war in ihrer ganzen redseligen Art wirklich unterhaltsam, aber irgendwann fragte ich mich, warum wir überhaupt hier oben saßen und uns alte Fotos ansahen, statt unten mit den anderen zu feiern. Der Vorrat an langsamen Liedern musste ja schließlich auch irgendwann mal aufgebraucht sein. Als wenn sie meine Ungeduld bemerkte, blätterte sie schneller weiter, bis eines unserer Klassenfotos auftauchte. Den Gesichtern nach zu urteilen, musste es in der sechsten Klasse aufgenommen worden sein. Mehr als drei Jahre war das jetzt schon her. Sandra taxierte mich von der Seite und als ich das bemerkte, drehte ich meinen Kopf kurz zu ihr und erwiderte den Blick.

»Guck mal hier.« Sie deutete mit ihrem Finger auf das Bild.

Ich drehte meinen Kopf zurück zum Album und fixierte die Person, auf die ihr Finger zeigte. Das war ich. Und direkt darüber hatte jemand ein Herz gemalt. Für einen Augenblick verschlug es mir die Sprache, obwohl ein angenehmes Gefühl mich durchströmte. Ich sah Sandra fragend an.

»Ist zwar ein paar Jahre her, aber damals war Sabine unsterblich in dich verliebt«, erklärte sie. »Wochenlang hat sie nur von dir geredet.«

Mein Mund war auf einmal staubtrocken und ich musste schlucken.

Sandra bemerkte meine Verlegenheit. »Keine Angst, heute ist das nicht mehr so.«

Irgendetwas muss sie daraufhin wohl von meinem Gesicht abgelesen haben, denn sie fragte: »Enttäuscht?«

Ich schüttelte den Kopf, obwohl ich mir nicht sicher war. Ein Mädchen war in mich verliebt gewesen? Und ich hatte absolut nichts davon mitbekommen? Ich wusste gar nicht, ob ich mich jetzt freuen oder ärgern sollte. Aber wenn ich ehrlich war, fühlte ich mich geschmeichelt, als wenn meine Position in der Gesellschaft von einem auf den anderen Moment eine Stufe höher gestiegen wäre. Eine Klassenkameradin war in mich verliebt gewesen. In mich, mit all meinen Unzulänglichkeiten! Es war leider nicht die, von der ich es mir gewünscht hätte, aber da es eh schon länger her war, spielte das keine Rolle mehr.

»Ich hatte davon absolut keine Ahnung«, sagte ich zu Sandra. »Sabine hat nie etwas gesagt und ich habe es auch nicht bemerkt.«

»Na ja, ihr wart damals zwölf. Da tut man sich halt schon noch etwas schwer damit.« Sandra warf mir einen verständnisvollen Blick zu.

Ich betrachtete das Bild und musste lächeln. Manche Nachrichten sind zwar alt, tun aber trotzdem einfach gut.

»Und wie ist das bei dir heute so?«, fragte Sandra. »Was?«

»Na ja, mit den Mädchen, … wenn du eine toll findest. Sagst du es ihr?«

Es war ein eigenartiges Gefühl, hier mit einem Mädchen zu sitzen, das mir solche Fragen stellte.

Dazu noch mit einem sehr netten und hübschen Mädchen. Normalerweise kam spätestens jetzt der Zeitpunkt für meine übliche rote Birne, aber es passierte nichts. Sandra hatte eine derart natürliche, unverkrampfte Art an sich, dass es mir kein bisschen peinlich war, obwohl ich sie kaum kannte. »Nein, ich … kann das irgendwie nicht«, erklärte ich.

Sandra lächelte mich lieb an. »Gibt es denn aktuell jemand, den du gut findest?«

Ich nickte.

»Ist sie hier?«, fragte sie forsch weiter.

»Ja, ist sie«, antwortete ich, allein schon, um nicht erneut in Schweigen zu versinken.

»Aber sie hat einen Freund«, vermutete Sandra.

»Woher weißt du?«

»Sah man an deinem Gesichtsausdruck gerade.« Der Ausdruck in ihren grünen Smaragdaugen wechselte von neugierig auf mitleidig.

Ihr Blick hatte etwas Hypnotisches. Wenn Nicole nicht gewesen wäre, hätte ich sie durchaus mehr als nur nett finden können.

»Wie findest du mich?«, fragte sie unvermittelt, als könne sie meine Gedanken lesen.

»Wie ich dich …« Ich musste mich erst sammeln. Aber keinem Mädchen hätte ich diese Frage beantwortet, außer Sandra, in genau diesem Moment, an genau diesem Ort. »Du bist wirklich hübsch und unheimlich nett. Es ist fast schon ärgerlich, dass ich Nicole nicht vergessen kann.«

»Ach, Nicole ist die Glückliche?«, bemerkte Sandra vergnügt.

»Uups.« Ich hielt mir die Fingerspitzen der linken Hand vor den Mund. »Kennst du sie?«

»Nur flüchtig. Sie war die anderen Jahre auch schon zu Sabines Geburtstag eingeladen, daher. Sie ist mit diesem Klaus zusammen, oder? Eurem Klassensprecher.«

»Seit kurz vor Weihnachten.« Ich nickte

»Und du denkst, du hättest keine Chance gegen ihn«, vermutete Sandra.

Ich sah sie überrascht an. Sie war sehr direkt, aber unser Gespräch wirkte, trotz des für mich eher bedrückenden Themas, total befreiend auf mich. Noch nie hatte ich mich einem fremden Menschen derart geöffnet, aber aus irgendeinem Grund vertraute ich ihr. »Na ja, schau ihn halt an. Er ist nun mal der Mädchenschwarm in unserem Jahrgang.«

»Ich kenne ihn ja eigentlich kaum, aber auf mich wirkt er eher etwas überheblich. Mein Typ wäre er definitiv nicht.«

Ich musste lachen. Sandra hatte eine Gabe, Dinge so zu äußern, dass man ihr alles abnahm.

»Ich sag dir mal was, Flo.« Sie drehte sich zu mir, sah mir durchdringend in die Augen und nahm sogar meine rechte Hand in ihre. »Als ich dich eben da unten im Keller entdeckt habe, da habe ich dich von diesem Foto wiedererkannt. Und ich wollte den Typen einfach mal kennenlernen, wegen dem Sabine mir damals die Ohren vollgeheult hat. Und was soll ich sagen, ich kann sie total verstehen. Also bitte nicht in den falschen Hals kriegen, – ich will nichts von dir. Aber du bist ein unglaublich netter Kerl. Du bist gut so, wie du bist. Und mindestens so gut wie dieser Klaus. Ich bin mir sogar sicher, dass du ne ganze Ecke mehr auf dem Kasten hast als er.« Sie sah mich erwartungsvoll an.

»Danke, Sandra. So etwas Nettes hat noch nie jemand zu mir gesagt«, gab ich leise zurück.

»Aber?«

»Du hast gesagt, dass du nichts von mir willst. Und genauso ist es mit Nicole eben auch. Ein netter Kerl bin ich für fast alle.«

Sie legte den Kopf schief, lächelte mich liebevoll an und drückte meine Hände etwas fester. »Ja, aber doch nicht, weil ich mir das nicht vorstellen könnte. Guck mal, erstens kennen wir uns bislang kaum, zweitens wohnen wir viele Kilometer voneinander entfernt, gehen noch nicht mal in dieselbe Schule, – und drittens willst du ja auch gar nicht mit mir zusammen sein, sondern mit Nicole.«

Diese entwaffnende Offenheit machte mich sprachlos. Konnte eine Vierzehnjährige wirklich so rationell denken und das trotzdem so warmherzig rüberbringen? Ich war plötzlich so verlegen, dass ich nur zu Boden blickte, doch Sandra lies meine Hände los, strich mir mit einem Finger über die Wange und sagte aufmunternd: »Hey!«

Ich hob meinen Kopf und sah sie an. Vollkommen unerwartet beugte sie sich vor, legte beide Hände auf meine Wangen und gab mir einen kurzen, aber keineswegs flüchtigen Kuss. »Du bist ein toller Junge, Florian Andresen. Lass dir von niemandem etwas anderes einreden.«

»Du kennst meinen Nachnamen?« Etwas Besseres fiel mir nicht ein, da ich von diesem Mädchen und der ganzen Situation schlichtweg tief beeindruckt war.

»Na, rate mal, woher«, lachte sie und blickte auf das Bild im Fotoalbum.

Ich nickte nur und lachte mit.

»Nun lass uns aber wieder runtergehen.« Sie sprang von der Bettkante auf.

»Warte noch«, hielt ich sie auf. »Ich kann das nicht so gut wie du, aber ich will dir unbedingt sagen, dass du auch ein echt tolles Mädchen bist. Ich habe mich selten so wohl gefühlt, wie die letzten paar Minuten hier mit dir. Und dass es fast schon ärgerlich ist, dass ich Nicole nicht vergessen kann, habe ich vorhin nicht ohne Grund gesagt. Das war schon genauso gemeint.«

»Ich habe das schon richtig verstanden«, entgegnete sie vergnügt. »Wer weiß, vielleicht begegnen wir uns ja irgendwann mal wieder und dann sind die Vorzeichen günstiger.«

»Und danke für den Kuss«, sagte ich noch und wurde dann doch ein bisschen rot.

Sandra lachte mich nur an. »Komm!« Sie öffnete die Zimmertür und gemeinsam gingen wir wieder nach unten und mischten uns unter die Feiernden.

Gefühlt waren wir gar nicht so lange weg, aber als ich an der Theke bei Sabines älterem Bruder zwei Cola für Sandra und mich holte, stürzte Janne auf mich zu: »Wo warst du denn die letzte halbe Stunde?«

»Habe mich oben mit Sabines Freundin unterhalten.« Ich warf einen kurzen Blick zu Sandra hinüber.

Über Jannes Kopf schienen tausend Fragezeichen zu schweben. »Du redest ne halbe Stunde mit einem Mädchen?«, fragte er verdattert.

»Ja, ist für mich auch neu«, grinste ich, »aber die ist echt nett. War ein gutes Gespräch.«

»Worüber habt ihr denn gesprochen?«

»Über dies und das.« Es konnte durchaus sein, dass ich Janne das ein oder andere Detail irgendwann erzählen würde, aber noch war ich dazu nicht bereit.

Er nickte nur wissend und grinste.

»Nicht, was du jetzt denkst«, warf ich schnell ein.

»Schon klar«, entgegnete er lachend, »aber hübsch ist sie.«

»Ja, das stimmt. Soll ich was für dich klarmachen?«

»Wie bitte?«

»Soll ich euch miteinander bekanntmachen? Ich habe grad nen ganz guten Draht zu ihr.«

»Nee, so war das jetzt auch nicht gemeint«, wiegelte Janne ab. »Das war mehr eine allgemeine Feststellung.«

Es wurde dann tatsächlich der nette Abend, so wie er sich angekündigt hatte. Natürlich tat mir das Zusammensein von Nicole und Klaus unvermindert weh, insbesondere während der langsamen Lieder, aber für dieses eine Mal hatte Sandra mir den Abend gerettet, mit ihrer ganzen Erscheinung, und vor allem mit dem, was sie mir gesagt hatte. Trotz meines Liebeskummers fühlte ich mich gut, sogar annähernd so gut wie niemals zuvor. Ich sah Vieles in einem anderen Licht, auch die Gastgeberin, meine Klassenkameradin Sabine. Ich kam nicht umhin, besonders nett zu ihr zu sein, und hatte den Eindruck, sie merkte das nach einer Weile. Wie viel Sandra ihr vielleicht von unserem Gespräch erzählt hat, habe ich aber nie erfahren.

Wir tanzten viel an diesem Abend, sogar Janne, der sich damit sonst etwas mehr zurückhielt als ich. Einer meiner Lieblingssongs zu der Zeit war *Sussudio* von *Phil Collins*, der offensichtlich sonst nicht so beliebt war, denn ich fand mich bei dem Song plötzlich allein auf der Tanzfläche wieder. Ich ließ mich dadurch nicht beeindrucken, sondern rockte einfach weiter ab. Tanzen war eins der wenigen Dinge, das ich ganz gut konnte. Janne schaute mir grinsend zu, als ich plötzlich jemanden direkt hinter mir wahrnahm. Es war Sandra, die als einzige auch auf die Tanzfläche gestürmt war und mal richtig einen aufs Parkett legte. Es sah vielleicht nicht professionell aus, sprühte aber nur so vor Energie. Wir wurden von einigen Umstehenden schmunzelnd beobachtet, aber das störte mich kaum. Im Gegenteil: Es gefiel mir sogar. Ich war ein bisschen stolz auf all das.

Danach lief *You spin me round like a record* von *Dead or Alive*, der Discothekenkracher schlechthin zu der Zeit. Die Tanzfläche füllte sich wieder und ich tanzte weiter mit Sandra zusammen, – also im weitesten Sinne *zusammen*. Und dann kam *Foreigner* mit *I want to know what love is*. Eine amtliche Schmalz-Ballade. Der Song war wenige Wochen zuvor noch auf Platz eins der Charts gewesen und bedeutete für alle frisch verliebten sozusagen die Verpflichtung zum Engtanz, ob man nun wollte oder nicht. Ich setzte zur schnellen Flucht von der Tanzfläche an, um meinen obligatorischen Weg die Treppe hinauf anzutreten, als Sandra meine Hand nahm und mich zurückhielt. Ich sah sie unsicher an.

»Bleib hier«, sagte sie fast tonlos, aber ich konnte es ohnehin von ihren Augen und den Bewegungen ihrer Lippen ablesen.

Und dann ließ ich es einfach geschehen: Sandra legte ihre Arme locker um meine Hüfte und ihren Kopf an meine Brust. Ich umarmte sie ebenfalls und kippte meinen Kopf leicht zur Seite, sodass ich mit meiner Wange ihren Haarschopf berührte. Ich schloss die Augen und wir bewegten uns im Gleichklang langsam zur Musik. Ich bekam von dem eigentlichen Lied nicht viel mit, auch nicht von dem, was um uns herum geschah, wer noch tanzte, oder ob uns jemand beobachtete. Ich genoss einfach den Moment. Es war so faszinierend spannend und entspannend zugleich, weil zwischen Sandra und mir an diesem Abend die Chemie einfach stimmte. Wir tanzten nicht als Liebespaar miteinander, sondern weil wir uns mochten und beide einfach Lust darauf hatten, weil wir in diesem Moment einfach jemandem im Arm halten wollten. Ich hatte noch nie geschwoft und immer Angst davor gehabt, irgendetwas falsch zu machen, wenn es so weit wäre. Aber jetzt ging alles wie von selbst und es war einfach nur eine schöne Erfahrung.

Als das Lied zu Ende war und danach die ersten Töne von *1999* von *Prince* erklangen, trennten wir uns voneinander. Aber Sandra wäre nicht Sandra gewesen, wenn sie mir nicht noch einen Kuss auf die Wange gehaucht hätte. »Vielleicht hilft das ja ein bisschen«, flüsterte sie mir ins Ohr, machte mit ihrem Kopf einen kaum merkbaren Ruck nach links und zwinkerte mir zu. Ich sah Nicole dort stehen, die uns offensichtlich beobachtete, doch meine Aufmerksamkeit gehörte Sandra. Ich hielt sie an beiden Armen fest und drückte ihr ebenfalls einen Kuss auf die Wange. »Du bist echt unglaublich«, sagte ich mit belegter Stimme.

Wir lachten uns gegenseitig an, dann ging sie zurück zu Sabine und ich zu Janne, der an der Theke stand und grinste wie ein Japaner, dem man seinen verlorenen Fotoapparat zurückbrachte.

»Was ist?«, fragte ich.

»Ihr habt also nur geredet vorhin?« Janne bekam sich fast nicht mehr ein.

»Ja, echt jetzt, da läuft nix«, bestätigte ich, musste aber ebenfalls lachen. Es war mir natürlich klar, dass das für alle Anwesenden hier anders ausgesehen haben musste, aber das störte mich nicht im

Geringsten. Ich warf einen Blick hinüber zu Sabine und Sandra. Wie es den Anschein hatte, erklärte Sandra ihrer besten Freundin gerade die Situation, also klärte ich Janne auch auf.

»Alle Achtung. « Er schürzte die Lippen. »Nicole hat euch in der Tat leicht argwöhnisch beobachtet. Aber du hast schon gemerkt, dass du gerade ein anderes, sehr hübsches Mädchen im Arm hattest?«

»Na klar. Und es war auch wirklich schön. Aber ich kann nun mal nicht aus meiner Haut, zumindest nicht mal eben so, nur weil mir zufällig ein anderes, nettes Mädchen über den Weg läuft. Und davon abgesehen will Sandra auch gar nichts von mir.«

»Bist du dir da so sicher?«

»Ziemlich. Zumindest hat sie mehrere Gründe angeführt, warum es zwischen uns eh nicht klappen würde. Und die mögen vielleicht banal sein, aber sie stimmen. Ihr Hauptgrund war, dass ich doch in Wirklichkeit mit Nicole zusammen sein will.«

»Bemerkenswertes Mädchen.« Janne zog anerkennende den Mund schief.

»Ja, das stimmt. Also wie gesagt, falls ich da mal…«

»Ach, hör auf jetzt«, unterbrach er mich und wir gingen dazu über, den Rest des Abends zu genießen.

Ein paar Mal traf ich noch mit Sandra zusammen, mal auf der Tanzfläche, mal woanders. So kam es auch, dass sie und Janne sich doch noch kennenlernten, aber eine spezielle Atmosphäre konnte ich zwischen den beiden nicht ausmachen.

Mit Nicole sprach ich auch ein paar Worte, aber ich hielt es für besser, mich an diesem Abend von ihr fernzuhalten, – wenn es mir auch schwerfiel. Aber sie war ohnehin mit Klaus beschäftigt und ich versuchte, ein bisschen so zu tun, als würde es mir mit Sandra genauso gehen, die dabei dankenswerterweise weiter mitspielte.

Es wurde schließlich Mitternacht und die ersten Gäste traten den Heimweg an. Einige wurden von ihren Eltern abgeholt, der Rest wurde nach und nach von Sabines Eltern oder ihrem älteren Bruder nach Hause gebracht. Da sie zunächst die kürzeren Fahrten machten, waren Klaus' Kumpel Martin und ich irgendwann übriggeblieben. So waren wir gemeinsam mit Sabine und Sandra, die bei ihrer Freundin übernachtete, die Letzten auf dieser wirklich schönen Feier. Als Sabines Mutter dann im Keller auftauchte, um uns nach Hause zu kutschieren, schlug Sabine vor, dass sie und Sandra doch mitfahren könnten, weil der Weg so weit sei, und im Auto ja noch Platz wäre. Und das taten sie dann auch. Martin, Sandra und ich nahmen auf der Rückbank Platz, Sabine stieg vorne ein. Wir redeten ziemlich viel dummes Zeug und als wir Martin abgesetzt hatten, legte Sandra unvermittelt ihren Kopf an meine Schulter, griff mit ihrer Hand nach meiner und schloss die Augen. So blieb sie, bis Sabines Mutter meiner Wegbeschreibung folgend vor unserer Haustür hielt.

Sandra nahm ihren Kopf hoch und sah mich an. »Mach's gut, Flo Andresen.« Ihr warmes Lächeln grub sich in mein Herz. »Ich hoffe, wir sehen uns irgendwann mal wieder.«

»Das hoffe ich auch«, gab ich ein wenig wehmütig zurück. »Und danke für alles!«

Sie legte noch einmal den Kopf schief, und blinkerte mich vergnügt an.

»Eins muss ich dir noch sagen«, fügte ich kurz entschlossen hinzu. »Deine Augen sind der absolute Wahnsinn!«

Sandra schenke mir noch einmal ihr schönstes Lächeln, aber dann stieg ich aus. Ich weiß gar nicht mehr, ob ich vielleicht insgeheim gehofft hatte, einen Abschiedskuss zu bekommen, aber im Nachhinein war alles gut so, wie es war.

»Vielen Dank fürs Bringen!«, rief ich zu Sabines Mutter in den Wagen hinein. »Und du, Sabine, bis Montag in der Schule!« Ich schlug die Tür zu.

Während sich der Wagen in Bewegung setzte, winkte Sandra mir durch das Fenster noch einmal zu. Sie hatte mich an diesem Abend ein Stück weit verändert, hatte mir mein Selbstvertrauen zurückgegeben, das ich in den Wochen davor verloren hatte. Leider sollten wir uns nie wieder begegnen.

Verrückt nach dir

I see you through the smoky air,
Can't you feel the weight of my stare?
You're so close but still a world away,
What I'm dying to say is that I'm crazy for you.
*
Ich sehe dich durch die verrauchte Luft.
Kannst du nicht die Intensität meines Blickes spüren?
Du bist so nah und doch noch eine Welt entfernt.
Was ich so verzweifelt versuche zu sagen ist: Ich bin verrückt nach
dir!

Madonna – Crazy for you (1985)

Die schöne Erinnerung an diesen Abend verrauchte mit jedem dahingehenden Tag mehr und mehr. Was aber blieb, waren Sandras Worte. In der ersten Zeit danach trösteten sie mich oft, wenn mein Liebeskummer zu viel Raum einnahm. Was mir zunehmend durch den Kopf schwirrte, war Nicoles Blick, als Sandra und ich miteinander getanzt hatten. Ich schöpfte Hoffnung daraus, weil es den Anschein hatte, als wäre es ihr nicht einfach nur egal gewesen. In den ersten Tagen nach der Feier musste ich in der Schule mehrmals die Frage beantworten, ob zwischen Sabines bester Freundin und mir etwas liefe, aber das legte sich schnell wieder. Nicole und Klaus hingen weiterhin viel zusammen rum, und es war während der Pausen fast unmöglich, sie mal allein zu erwischen. Kurzum: Nach dem Hochgefühl auf Sabines Party normalisierte sich mein Gefühlsleben sehr schnell wieder. So verbrachte ich die nächsten Monate mehr oder weniger mit Träumen und hoffte, dass sich irgendetwas bei Nicole und Klaus tat, das ich für mich hätte nutzen können.

Ein bisschen hatte ich mich schon damit abgefunden, dass das Schicksal mir nicht helfen würde, als Ende April die Temperaturen dramatisch anstiegen, die Sonne tagelang ununterbrochen schien, und meine erste Liebe auf besondere Weise so noch einmal völlig neu entflammte. Es war wohl das, was man im Allgemeinen *Frühlingsgefühle* nennt und bis dahin war ich nicht überzeugt davon, dass es dieses Phänomen überhaupt gab. Aber irgendetwas tat sich bei mir. Vielleicht lag es nur daran, dass ich Nicole ein Stück weit neu entdeckte. Sie hatte wie die anderen Mädchen meist luftigere Klamotten an. Ab und an trug sie ein blaues Kleid mit kleinen bunten Blümchen darauf, das ich einfach an ihr liebte. Und auch die fast tägliche Veränderung ihrer Frisur, mal offen, mal hochgesteckt, mal mit Pferdeschwanz, machte sie jedes Mal auf ihre Weise besonders hübsch. Dazu trug sie gelegentlich Ohrringe, jeweils zu der Frisur passend. Sie hatte früher ihr Äußeres auch schon ab und an verändert, nur hatte ich nie wirklich darauf geachtet. Jetzt allerdings fiel mir jede noch so kleine Veränderung auf.

Ein stinknormaler Dienstag in der letzten Aprilwoche sollte dann meine *Beziehung* zu Nicole unerwartet reaktivieren. Im Physikraum war eine Versuchsreihe angesagt und das bedeutete Gruppenarbeit. Janne und ich führten unseren Versuch mit Laura und Lisa, den Zwillingen und Freundinnen von Nicole durch. Janne wurde von unserem Lehrer gebeten, ihm im angrenzenden Raum mit den Versuchsgeräten zu helfen und diese Gelegenheit nutzten Laura und Lisa, um mich direkt auf Nicole anzusprechen:

»Sag mal ...«, begann Laura vorsichtig, während sie eine Flüssigkeit in einem Reagenzglas schwenkte, »...ist zwischen dir und Nicole eigentlich mal irgendwas gelaufen?«

»Zwischen Nicole und mir? Was gelaufen? Nee, wie kommst du denn darauf?« Ich sah sie vollkommen perplex an.

Sie druckste ein wenig rum und blickte hilfesuchend zu ihrer Schwester Lisa.

»Na ja, du weißt ja, dass wir euch für ein schönes Paar halten ...«, sagte die dann.

»Ja, und?«

»Reden wir halt nicht um den heißen Brei rum. Wir finden es ziemlich doof, dass sie mit Klaus zusammen ist.«

»Und was habe ich damit zu tun?«

»Eigentlich nichts. Wir haben uns nur gefragt, ob du Nicole eigentlich magst?«

Die Situation wurde heikel. Ich wollte mich ungern outen, aber lügen natürlich auch nicht. »Ja, klar mag ich sie«, sagte ich knapp und möglichst unbedarft.

»Und wie sehr?«, bohrte Laura weiter.

Da sie sich damit nicht zufriedengaben, suchte ich mein Heil in der Offensive: »Wieso wollt ihr denn das so genau wissen?« Ich sah sie abschätzend an.

Laura räusperte sich: »Nun ja, wir hatten gehofft, dass das zwischen Nicole und Klaus nicht lange hält. Aber jetzt sind es ja schon mehr als vier Monate und wir dachten, man könnte da vielleicht ein bisschen nachhelfen.«

Ich sah beide mit hochgezogenen Augenbrauen an.

»Du und Janne, ihr mögt den Klaus doch auch nicht so besonders, oder liegen wir da falsch?«, fragte Lisa.

»Na ja, so direkt kann man das nicht sagen. Ist nicht so, dass ich ihn hassen würde. Ich finde nur, dass er nun auch nicht der tolle Hecht ist, für den ihn alle immer halten, … vor allem die Mädchen. Und er neigt zu einer gewissen Arroganz. Wenn er mal nicht kriegt, was er will, ist er ein ziemlicher Kotzbrocken. Aber meint ihr nicht, das sollte Nicole irgendwann selbst herausfinden?«

Laura und Lisa antworteten nicht, sondern fummelten geschäftig an unserem Versuchsaufbau herum.

»Wieso erzählt ihr denn eigentlich gerade mir das?«, fragte ich, weil mir ihr Schweigen suspekt war.

»Na ja, wir dachten, dass du die Nicole doch ganz gern hast und wollten dir helfen, ihr zu zeigen, welcher Junge der Richtige für sie wäre«, erklärte Laura.

»Und das bin ich, eurer Meinung nach?«

»Ja klar, wer denn sonst?«

»Na, wenn ich für Nicole der Richtige wäre, warum dann nicht auch für jemand anderen. Für euch zum Beispiel?«, fragte ich forsch.

»Weil wir Nicole schon seit Ewigkeiten kennen. Und ihr, ihr seid euch so was von ähnlich in allem, … ihr könntet Zwillinge sein«, meinte Laura und beide kicherten.

»Na, ihr müsst es ja wissen.« Ich sagte das mit einem scherzhaften Lachen, fühlte mich dennoch geschmeichelt.

»Genau. Aber da ist noch etwas, weshalb wir gerade auf dich kommen.«

Ich sah beide abwartend an. Lisa blickte sich kurz um, ob auch niemand mithörte, dann flüsterte sie: »Ja, wie soll ich das sagen … Nicole … also eigentlich, … seit sie mit Klaus zusammen ist ... sie redet so oft von dir.«

Ein innerer Schauer durchfuhr meinen Körper. Von einem Moment auf den anderen wuchs ein solches Glücksgefühl in mir empor, wie ich es noch nie erlebt hatte, schon gar nicht bei einer bloßen Bemerkung von jemandem. Ich war darauf bedacht, wenigstens äußerlich cool zu bleiben und mir nichts anmerken zu lassen. Da meine Stimmbänder belegt waren, schluckte ich zweimal, bevor ich fragte: »Sie redet oft von mir? Inwiefern denn?«

»Ja, ich weiß auch nicht so genau, irgendwie andauernd. Flo hier, Flo da, … Flo hatte seine Hausaufgaben wieder nicht, … habt ihr gesehen, was Flo heute für ein Hemd anhatte, … habt ihr Flos Spruch vorhin gehört, … sowas eben.«

Ich sah Laura und Lisa nur verdutzt an und wusste nichts zu sagen.

»Und deshalb dachten wir, dass da vielleicht mal irgendwas zwischen euch war«, meinte Laura.

Ich schüttelte den Kopf.

»Aber vorstellen könntest du es dir schon?«

Ich nickte.

»Was heißt das jetzt? Wär' ganz okay oder wünscht du es dir schon sehr?«

Ich sah beide abwechselnd an. Sie hatten mir jetzt so viel erzählt, dass ich wohl auch ehrlich sein konnte. »Ich wünsche es mir schon sehr«, bestätigte ich.

Sie freuten sich zwar darüber, es lag aber auch etwas Mitleid in ihren Blicken. »Das hast du bisher aber gut verborgen«, bemerkte Lisa.

»Muss ja nicht jeder wissen.«

»Weiß es denn niemand?«

»Doch, Janne!«

»Aha, sonst noch wer?«

»Na ja, falls Janne mit seiner Vermutung richtig liegt, weiß oder ahnt es noch jemand.«

»So? Und wer?«

»Nicole.«

«Nicole?«, entfuhr es Lisa und Laura gleichzeitig, und zwar so laut, dass einige Mitschüler ihre Köpfe hoben und die beiden grinsend ansahen. Nicole saß ein paar Reihen hinter uns und warf den beiden einen fragenden Blick zu, woraufhin sie beide sofort mit ihren Händen abwinkten. »Ging nicht um dich!«, rief Lisa hinüber und Nicole senkte ihren Kopf wieder, wenngleich sie nicht den Eindruck machte, als würde sie das glauben.

»Wieso sollte Nicole davon wissen? Du hast es ihr doch nicht gesagt, oder?«, zischte Lisa mir zu.

Ich erzählte ihr die Geschichte von dem Stoffhündchen und auch, was Janne daraus gefolgert hatte.

»Wie, der Hund ist von dir?«, fragte Laura erstaunt, als ich mit meinen Ausführungen fertig war.

Ich nickte.

»Süß! Dann hat sie dich ja praktisch immer dabei.«

»Sag mal«, Lisa stieß ihre Schwester mit dem Ellenbogen an, »dann läuft da aber doch von Nicoles Seite auch was. Immer wenn es im Unterricht irgendwie brenzlig wird, nimmt sie sich dieses Hündchen und drückt es ganz fest in ihrer Hand. Bei der letzten Mathearbeit hat sie es auch die ganze Zeit festgehalten.«

»Na ja, andere kauen auf den Fingernägeln. Das muss ja nicht unbedingt was heißen, oder?«, bemerkte Laura.

Lisa zuckte nur mit den Schultern, drehte sich dann zu mir und sagte: »Was mir gerade noch einfällt, … Wir haben da damals nichts von mitbekommen, aber auf Sabines Geburtstagsfeier, …

da musst du irgendwas mit einem anderen Mädchen gehabt haben.«

Ich musste schmunzeln. Die Geschichte mit Sandra hatte ich bereits ein bisschen verdrängt, erinnerte mich aber nichtsdestotrotz gerne daran. »Ja, … das heißt, nein«, stotterte ich.

Laura und Lisa sahen mich erstaunt an.

»Also, ich habe an dem Abend schon viel Zeit mit Sabines Freundin verbracht, aber wir hatten nichts miteinander. Weder an dem Abend noch danach. Wir haben uns einfach nur gut verstanden«, klärte ich die beiden auf.

»Ja, okay, ist ja auch egal«, Lisa zwinkerte ihrer Schwester zu, »also uns zumindest. Aber für Nicole war das damals ein ziemliches Thema. Die hat uns den nächsten Tag sogar angerufen und gefragt, ob wir irgendwas Näheres wüssten, was da zwischen dir und dieser Sandra abging.«

»Hat sie das?«, fragte ich überrascht.

Sie nickten bestätigend. »Wenn wir mal mit ihr über dich reden, passt dir das nicht, oder?« fragte Laura.

»Ganz und gar nicht«, wehrte ich den Vorschlag schnell ab. »Ist ja lieb, dass ihr mir helfen wollt, aber ich möchte schon, dass Nicole sich von selbst in mich verliebt, und nicht, weil irgendjemand nachhilft.«

»Ab und zu ein kleiner Anstupser in die richtige Richtung ist aber nicht verkehrt. So nett Nicole ist, was die Einschätzung von Jungs angeht, hat sie ein paar Defizite.« Laura zog die Brauen hoch.

»Trotzdem wäre es nett, wenn ihr euch da raushalten würdet. Falls ich doch mal eure Hilfe brauche, komme ich auch gerne auf euch zu.«

»Okay«, Laura nickte, »aber wir halten die Augen offen.«

Ich hob einen Daumen als in genau diesem Moment Janne wiederkam und sich zu uns setzte. Unser Gespräch über Nicole war aber ohnehin beendet.

Du bist alles für mich

Though you're close to me, we seem so far apart.
Maybe given time, you'll have a change of heart.
If it takes forever girl, then I'm prepared to wait.
The day you give your love to me, won't be a day too late.
*

Obwohl du mir nahe bist, sind wir doch so weit voneinander entfernt.
Vielleicht änderst du deine Meinung, wenn ich dir mehr Zeit lasse.
Wenn es auch ewig dauert, ich bin darauf vorbereitet, zu warten.
Der Tag, an dem du mir deine Liebe schenkst, ist kein Tag zu spät.

The Real Thing – You to me are everything (1976)

Am nächsten Tag war ich mit Janne verabredet, was üblicherweise hieß, dass wir direkt nach der Schule zu ihm oder zu mir fuhren, denn so mussten wir den langen Weg zwischen seinem und meinem Zuhause nur einmal in Kauf nehmen. Ab und an blieben wir auch über Nacht, aber das war für heute nicht geplant. Ich war mit zu ihm gefahren und nachdem wir mit seiner Mutter und seinen zwei älteren Schwestern zu Mittag gegessen hatten, zogen wir uns auf sein Zimmer zurück. Wir erledigten die Hausaufgaben, was meistens zügig ging, da Janne eine ziemliche Leuchte in der Schule war. Nachdem wir uns im Garten bei einer gepflegten Partie Fußball *Eins gegen Eins* verausgabt hatten, lagen wir erschöpft nebeneinander auf dem Rasen und starrten in den

Frühlingshimmel. Ich erzählte Janne von meinem Gespräch mit Laura und Lisa.

»Ich habe mich schon gewundert, dass du gar nicht mehr von Nicole sprichst«, bemerkte Janne.

»Ich wollte mich nicht unnötig unter Druck setzen lassen.«

»Hör mal, ich setze dich bestimmt nicht unter Druck. Wenn ich dir irgendwie helfen kann, tue ich das gerne, aber ich werde dich bestimmt nicht dazu drängen, irgendetwas zu unternehmen.«

»Okay«, gab ich nur zurück.

Eine Weile sagte keiner von uns etwas, dann meinte Janne: »Sollen wir mal bei Nicole vorbeifahren?«

Ich verbarg nicht, dass mich die Vorstellung nervös machte. Janne hätte es vermutlich ohnehin bemerkt.

»Komm schon, sie wohnt doch gleich hier um die Ecke«, spornte er mich an. »Wir fahren einfach mal kurz mit dem Rad vorbei.«

Ich war zwar begeistert von der Idee, versuchte aber zugleich, sie abzuwehren. Neben der Freude empfand ich genauso viel Angst. Ich war noch nie bei Nicole gewesen. Ich kannte ihre Eltern nicht, wusste nicht wie sie wohnte, noch nicht einmal, ob sie Geschwister hatte. Ich hatte Angst, mich zu blamieren, falls Nicole ein stinkvornehmes Elternhaus hatte und ich mich vielleicht benahm wie der letzte Bauer. Andererseits freute ich mich riesig darauf, sie zu Hause zu besuchen, ohne Mitschüler, Lehrer oder andere Störfaktoren. Und natürlich war ich neugierig darauf, wie ihr Zimmer aussah, was für Möbel sie hatte, welche Poster an der Wand hingen und all sowas. Irgendwie wusste ich noch viel zu wenig von ihr. »Können wir denn da jetzt einfach auflaufen?«, fragte ich.

»Wieso? Wie spät ist es denn?«

»Noch nicht mal ganz drei.«

»Na, dann warten wir noch ein halbes Stündchen. Tischtennis?«, schlug Janne vor.

Ich hob den Daumen.

Er lief kurz ins Haus, holte zwei Schläger und einen Ball und rollte die Tischtennisplatte aus der Garage in den Garten. So spielten wir noch eine halbe Stunde Tischtennis und lachten viel, insbesondere wenn eine Windböe den Ball in der Luft fast stehen blieben ließ.

Gegen halb vier schwangen wir uns auf unsere Fahrräder und machten uns auf den Weg zu Nicole. Janne fuhr voraus und es dauerte keine zwei Minuten, bis wir da waren. Wir standen am Ende einer Sackgasse vor einem großen Grundstück. Das darauf befindliche, recht neue Einfamilienhaus war weiß verklinkert, hatte rundum bodentiefe Sprossenfenster und ein schwarzes Walmdach. Wir lehnten die Räder gegen die Gartenmauer und Janne führte mich durch ein Gartentor, zweifelsfrei nicht der eigentliche Eingang. Über einen mit Rasengittersteinen gepflasterten Weg gingen wir durch den gepflegten Garten von hinten auf die große Terrasse des Hauses zu, auf der jemand in einem Liegestuhl lag und in einer Illustrierten blätterte. Nicoles Mutter senkte die Zeitung und hob mit einer Hand ihre Sonnenbrille hoch. »Hallo Janne! Dich hab' ich ja schon ewig nicht mehr gesehen«, begrüßte sie uns.

»Hallo, Frau Martens«, grüßte Janne freundlich zurück und deutete auf mich. »Das hier ist Florian, ein Klassenkamerad.«

Ich streckte Nicoles Mutter die Hand entgegen.

»Florian? Wie heißt du denn mit Nachnamen?«, fragte sie freundlich, als sie meine Hand ergriff.

»Andresen.«

»Ah, dann weiß ich, zu welchen Eltern du gehörst. Man lernt sich ja auf den Elternabenden kennen, nur die dazugehörigen Kinder nicht«, erklärte sie lachend. Dann drehte sie ihren Kopf zur Terrassentür und rief laut: »Nicole! Du hast Besuch!«

Wir warteten einen Moment, dann tat sich drinnen etwas, was wir durch die vorgehängten Gardinen aber nicht sehen konnten. Doch dann wurde die Gardine zur Seite gezogen, Nicole tauchte auf, und ich war völlig hin und weg und muss sie ganz schön angestarrt haben. Sie stand in der Terrassentür, eine Hand am Türrahmen, in Jeans, T-Shirt und Socken, die Haare zur Hälfte zu einem lockeren Zopf hochgebunden, die andere Hälfte hing ihr offen über die Schultern. Sie stand einfach nur so da in ihren Wohlfühlklamotten und war gerade deshalb eine einzige Augenweide. Mir blieb fast die Luft weg, so angenehm natürlich wirkte sie und so wunderschön war sie gerade deshalb für mich. Ich stand bei dem schönsten Mädchen der Welt im Garten.

Sie kam heraus, lächelte, und warf uns ein erfreutes »Hi!« entgegen. Ich weiß, das ist das Normalste auf der Welt, aber dieses "Hi!" habe ich bis heute nicht vergessen.

»Was macht ihr denn hier?«, fragte sie gut gelaunt.

»Wir sind zufällig vorbeigekommen, da habe ich gedacht, wir besuchen dich mal«, flunkerte Janne.

»Na, dann kommt rein.« Nicole trat ein paar Schritte zurück ins Wohnzimmer und hielt uns die Gardine auf. Wir traten ein und sie führte uns in den Flur über eine Treppe hinauf in ihr Zimmer. Das Haus war zwar wesentlich neuer, ansonsten aber ähnlich eingerichtet, wie mein eigenes Zuhause.

Dass Nicoles Zimmer ein Mädchenzimmer war, sah man sofort, aber es wirkte trotzdem einladend auf mich. Vielleicht hatte sie von allem ein bisschen weniger, als Mädchen es normalerweise hatten. Nur wenige Poster an der Wand, die farbliche Gestaltung wäre durchaus auch jungentauglich gewesen, und auf ihrem gemachten Bett, auf dessen Kante sie jetzt saß, thronte sogar ein riesiger, brauner Teddybär. Aber alles in allem wirkte das Zimmer sehr *normal*. Ich suchte reflexartig nach irgendwelchen Hinweisen auf Klaus, fand zu meiner Überraschung aber kein Foto oder Ähnliches auf ihrem Schreibtisch, an dem sie anscheinend gerade noch gesessen und ihre Mathe-Hausaufgaben erledigt hatte.

Nicole und Janne quatschten eine ganze Weile miteinander und ich fühlte mich währenddessen etwas deplatziert, war aber auf der anderen Seite auch ganz froh, denn ich hätte selbst überhaupt nicht gewusst, über was ich mit ihr hätte reden sollen.

Nach einer Weile sprang sie auf: »Ich muss Larry noch füttern. Wenn ihr wollt, könnt ihr mitkommen.«

»Wer oder was ist Larry?«, fragte ich, froh darum, mein Schweigen ablegen zu können.

»Mein Pferd«, antwortete Nicole. »Steht ein paar Straßen weiter auf der Weide.«

»Du reitest?«

»Nein, nicht mehr. Auf Larry kann man nicht mehr reiten, er ist schon ziemlich alt. Früher bin ich geritten, aber auch nur so zum Spaß. Also keine Turniere oder sowas.«

»Klar kommen wir mit«, nahm Janne mir die Entscheidung ab.

Wir standen auf, gingen wieder hinunter, über die Terrasse in den Garten und zu dem Gartenhaus, das im hinteren Bereich stand. Nicole holte einen Schlauch und einen Eimer Futter heraus und stellte beides vor dem Haus ab, während sie wieder absperrte. Ich schnappte mir den Eimer, Janne den Schlauch, dann gingen wir los, durch das Gartentor und die Straße entlang. Wir waren schon an der ersten Abzweigung angekommen, da schlug Nicole sich unvermittelt mit der flachen Hand vor die Stirn: »Ach, jetzt hab' ich die Bürste vergessen. Wartet mal eben, ich bin gleich wieder da.«

»Halt!«, hielt Janne sie auf. »Ich hol sie schon. Ihr könnt ja schon mal weitergehen. Ich weiß ja, wo es ist.«

»Okay, das ist nett. Die Bürste ist im Gartenhaus im Regal rechts hinter der Tür«, sagte Nicole und machte kehrt.

Janne nickte, gab Nicole den Schlauch und machte sich auf den Weg zum Haus zurück. Und so ging ich allein mit ihr ein paar Straßen und Feldwege entlang bis zu der Koppel, auf der ihr Pferd stand. Es war eine gefühlte Ewigkeit her, dass ich mit ihr allein gewesen war, – am letzten Schultag vor den Weihnachtsferien, als ich ihr das kleine Hündchen geschenkt hatte. Damals war ich mir über meine Gefühle noch nicht ganz im Klaren gewesen, jetzt allerdings schon. Leider machte es das aber überhaupt nicht leichter für mich. Jetzt bloß nichts falsch machen, dachte ich. Meine Standardlösung für solche Situationen war normalerweise, einfach meine Klappe zu halten, aber dass das in diesem Falle komplett falsch gewesen wäre, war sogar mir klar, zumal ich schon in ihrem Zimmer kaum etwas gesagt hatte. So suchte ich mühsam nach irgendeinem Thema, über das ich mit ihr sprechen konnte, als Nicole mir zuvorkam.

»Hast du eigentlich irgendwelche Haustiere?«, fragte sie.

»Nein, früher hatten wir mal einen Wellensittich, oder besser gesagt mehrere, weil die gerne ausgebüchst sind, sobald mal jemand den Käfig nicht geschlossen hat. Aber ansonsten gab's bei uns nie

Tiere. Meine Eltern haben immer Angst, dass zu viel Arbeit an ihnen hängen bleibt.«

»Das kenn ich«, lachte Nicole. »Da liegt mir mein Vater auch immer mit in den Ohren, wenn er sich mal um Larry kümmern muss. Dabei kommt das wirklich selten vor, aber ich bin halt auch nicht immer zu Hause.«

»Na ja, das verstehen meine Eltern auch nicht, dass man mittlerweile auch mal was anderes vorhat«, bemerkte ich.

»Ja, genau. Ich kann ja nicht andauernd Klaus versetzen, nur weil mein Pferd gefüttert werden muss.«

Autsch, das hatte gesessen. Ich versuchte mich hier mühsam anzunähern und sie knallte mir direkt irgendwas von Klaus vor den Latz. Natürlich war es keine böse Absicht, aber für einen Moment war ich orientierungslos und hatte Mühe, vor Enttäuschung nicht völlig zu verkrampfen.

Auf dem Feldweg, der direkt zu ihrer Pferdekoppel führte, kam uns ein junger Mann um die Zwanzig auf einem sehr alten und langsamen Trecker entgegen. Als er fast auf unserer Höhe war, brüllte er, den Motor übertönend, von oben herunter: »Hallo Nicole! Neuer Freund?«

»Ja klar!«, rief sie zurück und legte den Arm um meine Schultern.

Der Mann auf dem Trecker lächelte und fuhr an uns vorbei. Für ein paar Sekunden ließ sie ihren Arm um mich gelegt, dann nahm sie ihn zu meinem

Leidwesen wieder herunter. Erst jetzt bemerkte ich, dass ich wie automatisch meinen Arm um ihre Hüfte gelegt hatte, und zog ihn schnell zurück.

»Das war Rolf, der Sohn unserer Nachbarn. Er hilft ab und zu beim größten Bauern hier im Dorf aus. Will vielleicht später mal in seine Fußstapfen treten und den Hof übernehmen. Ist voll in Ordnung, der Typ.« Nicole ging einfach so wieder zur Tagesordnung über, aber sie konnte ja auch nicht ahnen, was sie mit dieser kurzen Umarmung bei mir ausgelöst hatte. Mein Herz klopfte bis zum Anschlag und mein Körper schüttete mir bis dahin unbekannte Hormone aus, denn ich war sowas von glücklich, dass ich es kaum hätte beschreiben können.

»Warum hast du das gemacht?«, fragte ich.

»Was meinst du?«

»Na, ihm gesagt, ich wäre dein Freund.«

»Bist du das denn nicht?« Nicole sah mich erstaunt an.

Ich war perplex. »Doch ... klar ..., aber er meinte das ja wohl anders, oder?«, entgegnete ich nicht ohne Stolz.

»Rolf liegt mir immer in den Ohren wegen Klaus«, erklärte sie. »Er mag ihn nicht besonders, sagt, er sei ein arroganter Fatzke.«

»Na ja, da ist er ja auch nicht allein mit seiner Meinung.« Ich hatte noch nicht ganz ausgesprochen, da ärgerte ich mich schon darüber. Einmal, ein einziges Mal hatte ich einfach geredet, wie mir der Schnabel gewachsen war, statt dreimal darüber nachzudenken, und schon hatte ich Mist gebaut.

Nicole sah mich skeptisch an. »Was soll das denn jetzt heißen?«

»Na ja, höre ich in letzter Zeit öfter.«

»So? Von wem denn?«

»Das kann ich dir jetzt wohl schlecht auf die Nase binden.«

Nicole wirkte ziemlich sauer und sah mich dementsprechend an. Sie zu verärgern war das Letzte, was ich wollte, aber trotzdem konnte ich ihr nicht verraten, was Laura und Lisa mir anvertraut hatten. Ich hoffte, sie hatte bei aller Verärgerung Verständnis dafür.

»Ihr Jungs seid doch alle nur neidisch auf ihn, weil er halt das gewisse Etwas besitzt«, giftete sie mich unvermittelt an, »und außerdem mochtet ihr, du und Janne, ihn doch noch nie besonders, wenn mich nicht alles täuscht.«

»Was den letzten Teil angeht, hast du schon recht«, verteidigte ich mich und wurde ungewohnt bestimmt, angesichts dessen, dass ich mit meiner großen Liebe sprach.

»Was den ersten Teil angeht mit Sicherheit auch«, fauchte Nicole zurück. Sie schien wirklich ernsthaft böse auf mich zu sein und wurde eine Spur ungerecht. Eine Seite, die ich von ihr noch nicht kannte.

Eben noch hatte sie mich als ihren Freund bezeichnet, das wollte ich natürlich nicht sofort wieder ins Gegenteil verkehren. »Ja, mag sein, dass du recht hast«, gab ich klein bei, »aber eigentlich ist das auch völlig wurscht. Was interessiert mich Klaus?«

Nicole sagte nichts mehr, sondern fummelte wütend den Schlauch an eine Regentonne, da wir mittlerweile auf der Pferdekoppel angekommen waren. Sie drehte einen Absperrhahn auf, ging mit dem anderen Schlauchende zu einer Tränke, ließ Wasser hinein, woraufhin Larry sofort angelaufen kam. Sie streichelte ihn einen Moment, kam dann zurück zur Regentonne, stellte das Wasser ab und montierte den Schlauch wieder ab. Dann schüttete sie den Eimer mit dem Futter in eine Ecke des kleinen Stalls am Rande der Koppel und verteilte etwas Heu darin. Ich wartete am Zaun und beobachtete sie. Schließlich kam sie zu mir zurück, sah mich aber nicht mal an.

»Wo bleibt Janne denn jetzt mit der Bürste? Der müsste doch längst hier sein«, meckerte sie aufgebracht. Ich musste darüber kurz schmunzeln, aber sie merkte es glücklicherweise nicht. Ich kannte Nicole so überhaupt nicht. Noch nie hatte ich sie wirklich sauer erlebt, aber selbst jetzt war sie auf ihre Art irgendwie süß. Mein Schmunzeln erstarb jedoch sofort wieder, denn so wollte ich mit ihr nicht auseinandergehen. Ich musste zwar all meinen Mut dafür zusammennehmen, sagte dann aber: »Nicole?«

Sie hob ihren Kopf und sah mich endlich wieder an.

»Ich ... ja ... wie soll ich das sagen? ... Ich will nur, dass du weißt ... ich würde nie etwas tun oder sagen, was dir irgendwie schaden könnte. ... Ich hoffe, du weißt das«, stammelte ich.

Erstaunlicherweise wich die Verärgerung sofort aus ihrem Gesicht und dieses zauberhafte Lächeln nahm wieder von jedem Quadratzentimeter Besitz ein. Sie kam einen Schritt auf mich zu und legte wahrhaftig ihre Arme um mich. »Entschuldige, Florian, das weiß ich ja. War auch nicht böse gemeint.« Sie zog mich in eine kurze Umarmung.

Am liebsten hätte ich sie ewig festgehalten, aber leider löste sie sich schnell wieder von mir, sah mir dafür aber mit einem ganz besonderen Blick in die Augen. »Ich wollte dir schon länger mal was sagen.« Sie blickte kurz nervös auf ihre Hände hinunter, um dann wieder meine Augen zu fixieren. »Ich mag dich wirklich sehr gern. Du bist ein total netter Kerl.«

Ich lächelte sie an. Na ja, wahrscheinlich strahlte ich heller als die Sonne, aber es sollte eigentlich nur ein Lächeln sein. »Danke!«, sagte ich und sah ihr dabei weiter in die Augen, in der Hoffnung, dieser Moment ginge nie vorbei.

Sie lächelte zurück, wandte dann aber zu meinem Leidwesen den Blick von mir ab, den Feldweg hinunter. »Da kommt er ja endlich!«, rief sie.

Ich drehte mich um und sah Janne auf uns zukommen.

»Entschuldige, dein Vater kam grad von der Arbeit und ich sollte ihm noch was tragen helfen«, sagte er zu Nicole, als er uns erreicht hatte, und hielt ihr die mitgebrachte Bürste entgegen.

Sie ging wieder auf die Weide zu Larry und Janne sprach leise zu mir herüber: »Hey, hab' ich mich da eben verguckt oder war das ne erstklassige Umarmung?«

»Erzähl ich dir später«, flüsterte ich zurück.

Wir halfen Nicole noch, die Sachen wieder zurück ins Gartenhaus zu bringen und ich lernte noch ihren Vater kennen, der mir sympathisch war und ich ihm wohl auch, denn er sprach mit mir, als würden wir uns schon seit Ewigkeiten kennen. Da ihre Mutter schon dabei war, den Abendbrottisch zu decken, verabschiedeten wir uns dann schnell. Nicole kam noch bis zur Straße mit.

»War schön bei dir«, sagte ich, obwohl ich derart geschwollene Bemerkungen sonst nicht von mir gab.

Nicole nahm mich noch einmal flüchtig in den Arm. »Bis morgen«, sagte sie und umarmte Janne ebenfalls kurz, der etwas verdutzt dreinschaute. Anschließend schwangen wir uns auf unsere Räder und fuhren zurück.

Wir waren kaum um die erste Straßenecke herum, da fragte Janne: »Was hatte denn diese Umarmung zu bedeuten? Das macht sie doch sonst nicht, - also zumindest nicht bei uns.«

Ich erzählte ihm, was in der gar nicht so langen Zeit seiner Abwesenheit alles vorgefallen war.

»Junge, Junge, du magst es aber auch tun, was?«, ulkte er, als ich damit fertig war.

»Die Bemerkung mit Klaus ist mir nur so rausgerutscht. Ich habe in dem Moment nicht daran gedacht, dass ich mit Nicole spreche«, verteidigte ich mich.

»Ist ja auch egal. Letztendlich ist doch alles gut gelaufen, oder?«

»Ja, ich hab grad noch so die Kurve gekriegt«

»Hinten kackt die Ente!«

Als ich später, ununterbrochen leise vor mich hin singend, nach Hause geradelt war, warf ich mich nach dem Abendessen zufrieden auf mein Bett, hörte Musik und ließ den Tag noch einmal vor meinem geistigen Auge Revue passieren. Ich war mir nicht sicher, ob sich zwischen Nicole und mir tatsächlich etwas geändert hatte, aber es fühlte sich irgendwie so an. Und gleichzeitig fragte ich mich, ob Mädchen eigentlich wissen, was sie bei Jungs wie mir mit ihren kleinen Gesten anrichten können? Aber trotz aller Unwägbarkeiten schlief ich in dieser Nacht so gut wie schon lange nicht mehr.

Am nächsten Tag hatte ich alles generalstabsmäßig geplant, kompliziert, wie ich damals war. Denn ich wollte Nicoles Umarmung unbedingt noch einmal erleben und es hätte tausend Möglichkeiten geben können, warum eine Begrüßung per Umarmung nicht zustande gekommen wäre. Für Nicole spielte das sicher keine Rolle, aber für mich würde das Gelingen des kompletten Tages davon abhängen.

Ich war sehr früh in der Schule und auch einer der Ersten im Klassenraum, der dann aber schon zur

Hälfte gefüllt war, als Nicole auftauchte. Ich hatte mich extra so positioniert, dass sie an mir vorbeimusste, wenn sie zu ihrem Platz wollte. So brauchte ich nicht direkt auf sie zugehen und es sah nicht so gezwungen aus. Soweit zumindest mein Plan. Ich weiß, was ihr jetzt denkt: Dass es vollkommen bekloppt ist, eine simple Begrüßung in der Schule bis ins letzte Detail planen zu wollen, und dass es besser gewesen wäre, einfach locker zu bleiben. Und ihr habt natürlich recht. Aber ich konnte damals nicht anders, auch wenn ich mit dieser Art der Planung von Ereignissen schon oft genug auf die Nase gefallen war.

Aber diesmal klappte tatsächlich einmal etwas exakt so, wie ich es mir ausgemalt hatte. Als Nicole an mir vorbeikam, - ich saß betont locker auf einem Tisch, die Füße in den Gang baumelnd, – umarmte sie mich kurz zur Begrüßung und lächelte mich mit einem vergnügten »Hi!« an. Dann setzte sie sich wie immer auf ihren Platz, packte ihre Sachen aus, und quatschte mit Anja. In mir explodierte zwar ein kleines Feuerwerk, aber da ich auf alles vorbereitet war, gelang es mir, äußerlich cool zu bleiben. So hielt sich das Getuschel der Mitschüler in Grenzen, die uns zufällig beobachtet hatten. Klaus schien nichts mitbekommen zu haben oder er ließ es sich nur nicht anmerken. Vielleicht war eine flüchtige Umarmung zur Begrüßung aber auch nicht für jeden so ein Riesenereignis wie für mich!?

Opfer der Liebe

I don't wanna look, like some kind of fool,
I don't wanna break, my heart over you.
I'm building a wall, everyday it's getting higher,
This time I won't end up, another victim of love!
*
Ich möchte nicht aussehen, wie irgendein Idiot.
Ich möchte mir nicht wegen dir mein Herz brechen.
Ich baue eine Mauer, die jeden Tag höher wird.
Ich werde diesmal nicht enden, wie ein weiteres Opfer der Liebe!

Erasure – Victim of Love (1987)

Die nächsten Wochen waren zunächst unbeschreiblich schön. Zwischen Nicole und mir entwickelte sich tatsächlich so etwas, wie richtige Freundschaft. So, wie ich es mir noch kurz zuvor erträumt, aber nie zugetraut hatte. Und jetzt ging auf einmal alles wie von selbst. Nicole bezeichnete mich sogar öffentlich als ihren besten Freund. Aber eben nicht als ihren festen Freund! Das war immer noch Klaus und der war über unsere Freundschaft nicht gerade begeistert, aber anscheinend auch schlau genug, sich nicht laut darüber zu beklagen. Wenn Nicole auch mit der Zeit über fast alles mit mir sprach, – das Thema Klaus und alles, was überhaupt mit Liebe zu tun hatte, vermied sie konsequent. Und auch ich sprach sie nicht darauf an. Ich dachte, früher oder später würde sie schon so viel Vertrauen zu mir

148

haben, dass sie von sich aus darauf zu sprechen käme. Aber sie mied das Thema in der ganzen Zeit offensichtlich sehr bewusst und ich fragte mich, warum sie das tat. Im Prinzip führte sie zwei Leben. So wie Klaus in dem Leben, das sie mit mir führte, keine Rolle spielte, so war es vermutlich andersherum auch. Sie ließ auch niemanden an das Leben heran, das sie mit Klaus führte. Der Grund mag gewesen sein, dass sie gerade von ihren besten Freunden nichts über Klaus hören wollte. Ich wusste ja, dass andere meine Meinung über ihn teilten, und Nicole wusste das sicherlich auch.

Es fiel mir damals schon auf, dass sie außerhalb der Schule entweder mit Klaus oder mit anderen etwas unternahm, aber niemals mit beiden Seiten gemeinsam. Selbst wenn wir alle auf einen Geburtstag eingeladen waren, verbrachte sie den Abend nur mit Klaus und war für andere, – auch für mich, –praktisch nicht ansprechbar. Andere Paare isolierten sich da nicht so sehr, fand ich. Aber während es den anderen egal zu sein schien, tat es mir oft weh. Wenn Nicole in dem Leben unterwegs war, das sie mit mir und anderen führte, dann gab es Berührungen zwischen uns: kurze Umarmungen, (nicht ganz zufällige) Berührungen der Hände, zärtliche Blicke, Verbindungen der Seele. Wenn sie in ihrem Leben mit Klaus war, dann war all das zwischen uns nicht existent und manchmal sah ich neidvoll zu ihnen hinüber und wünschte mir so sehr, ich wäre an Klaus' Stelle.

Und sogar meine Träume gingen manchmal in Erfüllung, zumindest kleine Teile davon. So werde ich niemals den 13. Juli 1985 vergessen, den Tag des Live-Aid-Konzerts. Klaus war an diesem Wochenende bei irgendeiner Familienfeier in Süddeutschland. Nicoles Eltern waren auch über das Wochenende weg und so hatten wir uns mit ein paar Leuten bei ihr verabredet, um dem sechzehnstündigen Konzertereignis beizuwohnen.

Für uns war Live Aid damals, trotz des zweifellos traurigen Anlasses, einfach nur gigantisch, und im Prinzip ist es das heute noch. Wir hatten uns im Wohnzimmer von Nicoles Eltern ausgebreitet, reichlich Getränke und Chips besorgt, und wir Jungs abends bei der Pizzeria um die Ecke Pizza für alle geholt. Wir hockten vor dem Fernseher, konnten bei jedem zweiten Lied mitsingen, und wie so vielen anderen, ist auch mir der grandiose Auftritt der Gruppe Queen am meisten im Gedächtnis hängengeblieben.

Wir hatten einen wunderschönen Tag, doch als es später wurde, verabschiedeten sich nach und nach immer mehr Leute. Zu guter Letzt verschwand auch Janne Richtung Heimat, und als spätabends das Konzert in London beendet war und nur noch aus Philadelphia gesendet wurde, fand ich mich mit Nicole alleine auf dem Sofa wieder. Wir saßen da, jeder eine Chipstüte an der Seite, die Füße auf dem Couchtisch und fachsimpelten über die Bands, Sängerinnen und Sänger. Bei Liedern, die wir toll fanden, sangen wir nach wie vor mit und Nicoles hohe Stimme klingt mir heute fast noch im Ohr, wenn ich daran denke. Irgendwann mitten in der Nacht ließ aber sogar ihre Energie nach und sie rutschte an der Lehne des Sofas etwas herunter und lehnte ihren Kopf an meine Schulter. Nur kurz danach war sie eingeschlafen und nachdem ich die körperliche Nähe ausgiebig genossen hatte, schloss auch ich meine Augen und schlief neben ihr ein. Eigentlich war verabredet, dass ich bei Janne übernachten würde, aber der hatte sich nicht grundlos zeitig aus dem Staub gemacht und war sicher nicht sauer über diese Planabweichung.

Wir waren dann nicht nur gemeinsam eingeschlafen, sondern wachten Stunden später auch in annähernd gleicher Position wieder gemeinsam auf. Wir frühstückten zusammen, räumten gemeinsam auf, dann verabschiedete ich mich. Und bei diesem Abschied empfand ich Nicoles Blick als besonders liebevoll und ihre Umarmung als besonders innig. In der ganzen Zeit, in der unsere Freundschaft in diesen Monaten immer weiter zusammenwuchs, entdeckte ich nur Seiten an ihr, die mir gefielen, und so wurden meine Gefühle für sie immer tiefer.

Doch genau dieser 13. Juli 1985 und die darauffolgende Nacht hatten mir ein solches Hochgefühl beschert, dass ich nur wenige Tage danach in ein riesiges, emotionales Loch fiel. So schön die Wochen davor im Allgemeinen, und die Live-Aid-Nacht im Besonderen auch gewesen waren,

– ich kam an einen Punkt, ab dem ich bezweifelte, dass diese Entwicklung gut war. Denn ich mochte Nicole nicht nur als Mensch und Freundin, sondern ich war nach wie vor unsterblich in sie verliebt. Und je mehr unsere Freundschaft zusammenwuchs, desto weniger konnte ich mir vorstellen, ihr meine Liebe jemals zu gestehen – und umso größer wurde das Risiko, dass an einem Liebesgeständnis auch unsere Freundschaft zerbrechen würde. Und so schob ich dieses Problem viele Wochen vor mir her, aber dadurch wurde es nur noch größer. Unzählige Male hatte ich mir vorgenommen, ihr endlich die Wahrheit zu sagen, doch wenn ich dann vor ihr stand, konnte ich es einfach nicht.

In meiner Verzweiflung machte ich einen letzten, vollkommen naiven, und im Nachhinein bescheuerten Versuch: Ich versuchte sie und die Gefühle, die ich für sie hatte, zu vergessen. Ich nutzte die Sommerferien dazu. Nicole fuhr ohnehin drei Wochen mit ihren Eltern weg und in den Wochen danach meldete ich mich einfach nicht bei ihr. Am Telefon ließ ich mich von meinen Eltern und meinem Bruder verleugnen und ich brachte es sogar fertig, sie, nachdem der Unterricht wieder begonnen hatte, einfach links liegen zu lassen. Ich ignorierte sie völlig. In meiner Verzweiflung reagierte ich schlichtweg nicht, wenn sie mich ansprach, was sie nach einiger Zeit ohnehin aufgab. Nicht nur Nicole schüttelte verständnislos und enttäuscht den Kopf über mich, auch der Rest der Klasse fragte sich irgendwann, ob ich noch ganz dicht sei. Janne hatte ich erklärt, warum ich das tat, aber er hatte von Anfang an seine Zweifel, dass es funktionieren würde.

Tatsächlich aber hatte ich es geschafft, nicht wie in den Monaten zuvor nur noch pausenlos an Nicole denken zu müssen. Endlich konnte ich mal wieder anderen Dingen nachgehen, ohne dass ständig ein Mädchen in meinem Kopf rumschwirrte, das eh unerreichbar für mich war. Und nachdem ich gut drei Monate kein Wort und keinen Blick mit ihr gewechselt hatte, fühlte ich mich tatsächlich besser.

Nein, das stimmte nicht. Ich fühlte mich beschissen. So beschissen, wie ich mich nie wieder in meinem Leben fühlte! Ich kam mir vor, wie ein riesengroßes Arschloch und genau das war ich auch, zumindest Nicole gegenüber. Ich tat ausgerechnet dem Menschen weh, den ich am meisten mochte, nur um meine Probleme zu lösen, und kam immer mehr zu der Überzeugung, dass ich den falschen Weg eingeschlagen hatte.

Nicole war ohnehin völlig verunsichert. Zuerst war sie nur irritiert, dass ich sie ignorierte, dann sah man für einige Tage eine gewisse Traurigkeit in ihren Augen, aber schließlich war da nur noch Wut und Enttäuschung. Und ich konnte sie verstehen. Das war ja auch meine Absicht gewesen. Sie sollte mich hassen, so wie ich diese Aussichtslosigkeit hasste. Was ich mir davon versprach, weiß ich nicht mehr. Wahrscheinlich hoffte ich insgeheim, sie würde irgendwann reumütig angekrochen kommen, wenn ich sie so behandelte. Aber eigentlich wusste ich genau, dass solch ein Vorhaben bei Nicole niemals funktionieren würde.

Den Höhepunkt erreichte mein peinliches Benehmen auf einer Zeltdisco anlässlich des Schützenfestes in Jannes Nachbardorf. Janne und ich waren am Freitagabend dort mit einigen Klassenkameraden verabredet und ich wollte gemeinsam mit Lars bei Janne übernachten. Wie üblich fuhren wir am Freitag direkt nach der Schule mit zu ihm. Später am Nachmittag stießen Uwe und Stefan dazu und pünktlich um acht Uhr machten wir uns mit den Rädern auf den Weg. Es war damals meine erste Zeltfesterfahrung und auch mein erster Abend, den man (mit Ausnahme der schulischen Veranstaltungen und der Geburtstagsfeiern) als so etwas wie *richtiges Ausgehen* bezeichnen könnte.

»Und du bist sicher, dass wir da überhaupt reinkommen«, sorgte sich Stefan, als wir unsere Räder an die hölzerne Zeltwand lehnten und zusammenschlossen.

»Ja sicher, Alter. Bis fünfzehn Jahre ist zehn Uhr auf jeden Fall erlaubt«, beruhigte ihn Janne, »und ab sechzehn sogar bis zwölf. Mach dir mal keine Sorgen.«

»Und außerdem gucken die da sowieso nicht so genau nach, sagt mein Bruder«, warf Uwe ein. »Wir sollen nur aufpassen, falls die Bullerei nen Rundgang macht.«

Tatsächlich kamen wir problemlos in das Zelt, bekamen den obligatorischen Stempel auf den

Handrücken und wurden nach unserem Alter auch nicht gefragt, wobei ich schon immer ein wenig nervös war, sobald ich auch nur ansatzweise etwas Verbotenes tat. Aber das war im Moment ja noch nicht der Fall, also konnte ich den Abend erstmal entspannt genießen.

»Junge, Junge, ich merke schon, das wird hart heute«, stöhnte Uwe, die Hüfte an die Theke gelehnt, als später am Abend der DJ nach irgendeinem Song von *C.C.Catch* direkt *Frankreich, Frankreich* von den *Bläck Fööss* auflegte.

»Komm, er hat immerhin auch schon *Queen* und die *Simple Minds* gespielt«, meinte Stefan.

»Oh ja, das war natürlich die ganz harte Schiene«, lästerte Uwe.

»Geh doch hin und wünsch dir was anderes«, rief ich hinüber.

»Meinst du, das habe ich noch nicht versucht?«, gab Uwe zurück. »Aber Iron Maiden hat der nicht mal. Wahrscheinlich kann ich schon froh sein, dass ihm der Name überhaupt was sagt. Ich nehme mal an, härter als Queen wird's bei dem nicht werden.«

»Na, mich stört's nicht«, grinste Stefan.

»Klar, du mit deinem Italo-Wahn bist ja auch schon bestens bedient worden«, frotzelte Uwe zurück. »Fehlt eigentlich nur noch Modern Talking.«

»*Cheri, Cheri Lady* kommt bestimmt bald«, scherzte ich.

»Das Lied geht ja im Vergleich zu den anderen beiden sogar noch«, maulte Uwe, »wenn ich nur nicht immer die dumm grinsende Visage von dem

Bohlen vor mir sehen würde, wie er affektiert seine Faust ballt und so tut, als würde er Gitarre spielen.«

Augenblicklich machte Janne genau diese Bohlen-Pose nach, was uns alle zum Lachen brachte.

»Hier Jungs, ihr seht durstig aus!«, rief plötzlich von links ein jüngerer Mann und drückte uns jedem nacheinander ein volles Bierglas in die Hand. Er prostete uns noch kurz zu und verschwand dann in der Menge. Es war jetzt bereits das dritte Bier, das uns irgendwelche Unbekannten spendierten, und mit den Getränken, die wir schon selbst bezahlt hatten, kamen wir auf eine Alkoholmenge, die in unserem jugendlichen Alter, – wenn auch mit Verzögerung, – ihre Wirkung hinterließ.

»Die haben alle zu viel Geld«, bemerkte Lars lapidar.

»Mein Bruder sagt, das ist hier auf dem Dorf so«, meinte Uwe lachend. »Die bestellen einfach immer eine bestimmte Menge Bier und wenn nicht genug Freunde oder Bekannte in der Nähe sind, verschenken sie den Rest an den Erstbesten.«

»Insofern schlau von uns, hier an der Theke zu stehen«, meinte Janne trocken.

Als schlau stellte sich das aber im Laufe des Weiteren Abends für mich nicht unbedingt heraus, denn damals stellte ich zum ersten Mal fest, dass ich größere Mengen Alkohol nicht so gut vertrug wie manch anderer. Das wurde mir aber natürlich nicht während, sondern erst nach diesem Abend klar. Zunächst einmal war die gesunkene Hemmschwelle durchaus angenehm, allein schon weil ich, auch als es bereits auf Mitternacht zuging, keinerlei Befürchtungen mehr hatte, von irgendwem auf mein Alter angesprochen zu werden.

»Ja, wen haben wir denn da?«, rief während unserer lustigen Gesprächsrunde plötzlich jemand von außen herein. Ich kannte diese Stimme, hoffte, dass ich mich irrte, aber als ich mich umdrehte, hatte ich Gewissheit: Klaus. Und neben ihm, sein Arm um ihre Schultern gelegt und ihr Arm um seine Hüfte: Nicole.

Vor Schreck fiel mir das halb volle Bierglas aus der Hand, knallte auf den Boden, zerbrach aber nicht, sondern rollte zur Seite weg. Ich sprang hinterher, wollte das Glas aufheben, doch das ruckartige Bücken in Kombination mit dem Alkohol brachte mich ins Wanken. Ich machte einen Ausfallschritt nach links, fiel aber trotzdem auf die Knie. Gott, war das peinlich! Ich sammelte mich einen Moment, hob dann das Bierglas auf und hievte mich wieder hoch. Kurz wurde mir auch dabei schwindelig, aber mir gelang es, das Glas unfallfrei auf die Theke zu stellen.

»Na, da hat wohl jemand seine Trinkfestigkeit deutlich überschätzt«, feixte Klaus und obwohl ich Probleme hatte, meinen Blick zu fokussieren, entging mir sein überhebliches und spöttisches Grinsen nicht. Noch schlimmer aber war Nicoles Gesichtsausdruck. Sie sah mich nur kurz an, aber so, als wäre ich Ungeziefer, irgendeine Kakerlake, die mühsam versuchte, am Badewannenrand emporzuklettern. Hätte sie gekonnt, hätte sie in diesem Moment wohl die Brause genommen und mich endgültig aus ihrem Leben gespült.

Irgendwie muss ich auf diese selbst verursachte Erniedrigung reagiert haben, denn Lars hielt mich plötzlich am Arm fest und Janne stellte sich zwischen mich und Klaus, sagte irgendwas zu ihm und er und Nicole verschwanden wieder in der Menge.

»Flo, ich weiß, dass das wehtut, aber mach hier jetzt keinen Stress«, zischte Janne mir zu, als er sich wieder zu mir gedreht hatte, und schüttelte mich dazu an beiden Schultern.

»Ich habe doch gar nichts gemacht«, verteidigte ich mich.

»Du wolltest grad auf ihn losgehen, Alter.«

Das konnte ich kaum glauben. Normalerweise war ich gar nicht der Typ für sowas, hatte auch viel zu viel Schiss vor dem Echo. Musste wohl am Alkohol liegen.

»Verdient hätte er es ja auch«, verteidigte ich mich.

»Da kann Klaus auch nichts dafür, dass du ein paar Bier zu viel getrunken hast«, meinte Uwe.

»Bestell ihm mal ne Cola!«, rief Janne, der mich immer noch festhielt, Stefan zu. Kurze Zeit später drückte dieser mir das Glas mit dem zuckerhaltigen Getränk in die Hand, welches ich schnell hinunterkippte und sofort ein weiteres gereicht bekam. Dieses trank ich langsamer und tatsächlich verschwand der Schwindel, und der Schleier des leichten Rausches, der sich über mich gelegt hatte, zog sich etwas zurück.

»Geht's wieder?«, fragte Janne und ließ mich los.

Ich nickte. »Vielleicht sollte ich etwas langsamer weitermachen.«

»Gute Idee.«

»Sag mal, es geht mich ja vielleicht nichts an. Aber was ist zwischen dir und Nicole eigentlich vorgefallen«, fragte Uwe mich mit lallender Stimme. »Ihr wart doch mal gut befreundet, aber so, wie die dich eben angeguckt hat, da kann man ja glatt Angst kriegen. Wobei ich davon ausgehe, dass das nur die Retourkutsche ist, so bescheuert wie du dich die letzten Wochen verhalten hast.«

Anscheinend hatte der Alkohol nicht nur bei mir Wirkung gezeigt, sondern auch Uwes Zunge gelöst. Aber ich war fast froh, dass mich mal jemand darauf ansprach. Zumindest machte es mir im momentanen Zustand nicht viel aus. »Kommst du selbst drauf oder muss ich es dir wirklich sagen?«, fragte ich.

»Du bist in sie verknallt!?«

»Volltreffer!«

»Aber dann versteh' ich dein Verhalten noch weniger.«

»Ich hatte keine Kraft mehr, Uwe. Sie erwidert meine Liebe nicht und das tut so unheimlich weh. Ich hatte gehofft, wenn sie mich hasst, wenn gar nichts mehr zwischen uns ist, dass es dann besser wird.«

»Und? Ist es besser geworden?«

»Kein bisschen«, gab ich zu und senkte den Kopf. »Weißt du, eben dieser blöde Spruch von Klaus, der war mir eigentlich egal. Es war die Art, wie Nicole mich angesehen hat. Das hat mich für einen Moment betäubt.«

»Ganz ehrlich, Alter«, Uwe musste sich kurz an der Theke abstützen, »das ist das Dämlichste, was ich je gehört habe. Kein Wunder, dass dich mittlerweile fast alle für einen Idioten halten.«

Ich zuckte mit den Schultern.

»Aus der Nummer kommst du auch nicht mehr raus«, fuhr Uwe fort. »Selbst wenn du der ganzen Klasse beichtest, warum du dich so bescheuert verhalten hast ... das glaubt dir doch kein Mensch, dass du das aus Liebe getan hast.«

»Du auch nicht?«

»Es fällt mir schwer, aber verstehen kann ich's schon irgendwie. Vor allem weiß ich jetzt, warum Janne nie was dazu sagen wollte.«

»Er fand das von vornherein schwachsinnig.«

»Womit er auf jeden Fall recht hatte.«

»Na ja, passiert ist passiert. Hab ich mir wohl selbst eingebrockt den Mist.«

»Ja, aber meinst du nicht, du solltest dich gelegentlich mal bei Nicole entschuldigen?«

»Wie denn? Sie redet ja nicht mal mehr mit mir.«

»Schreib ihr nen Brief«, schlug Uwe vor.

»Habe ich schon versucht. «

»Und? «

»Alle wieder zerrissen.«

»Verfahrene Situation.«

»Allerdings.«

»Ich muss mal pinkeln!«, rief Janne plötzlich dazwischen, der sich mit Lars, Stefan und zwei anderen Jungs unterhalten hatte, die ich nicht kannte.

»Ich komme mit!«, rief ich zurück, auch weil ich es als gute Gelegenheit sah, das Gespräch mit Uwe zu beenden. Er war aufgrund seines Alkoholpegels einfach nur sehr ehrlich, aber mein Pegel schützte mich leider nicht davor, dass das ziemlich wehtat.

Ich folgte Janne aus dem Festzelt heraus und an die Seite auf einen Feldweg, an dessen Rand wir nebeneinander unsere Blasen entleerten.

»Wieder klar im Kopf?«, fragte Janne über seine Schulter hinweg.

»Ja, alles wieder im Griff«, bestätigte ich. »Ich glaube, ich kann auch mal wieder ein Bier trinken.«

»Du kannst anscheinend nicht viel ab, Flo. Mehr getrunken als ich hast du doch eigentlich nicht.«

»Vielleicht nur schlechte Tagesform. Aber ich bin Alkohol nun auch nicht gerade gewöhnt.«

»Ich aber auch nicht.« Janne zog sich den Reißverschluss seiner Jeans zu. »Ich geh schon mal wieder rein.« Er verschwand Richtung Festzelt.

Irgendwie funktionierte bei mir im Moment alles etwas schlechter und langsamer als bei den anderen. Selbst zum Pinkeln brauchte ich doppelt so lange. Als ich dann fertig war und mich zurück zum Zelteingang bewegte, stolperte ein junger Mann, bestimmt fünf oder sechs Jahre älter als ich, leicht schwankend heraus und blieb direkt vor mir stehen.

»Dich kenn ich doch auch irgendwoher«, sagte er und zeigte mit dem Finger auf mich, wobei seine

Stimme, ganz im Gegensatz zu seinen Bewegungen, keinen Hinweis auf erhöhten Alkoholkonsum gab.

Mir kam sein Gesicht zwar auch bekannt vor, aber ich hatte keine Ahnung, woher, schon gar nicht hier auf dem Dorf, so viele Kilometer von meinem Zuhause entfernt.

Mein Gegenüber blickte mir leicht schwankend in die Augen, ließ aber den Zeigefinger nicht sinken. »Jetzt hab' ich's!«, rief er plötzlich. »Ich habe dich mal mit Nicole Martens auf dem Weg zur Pferdekoppel gesehen. Sie hat behauptet, du wärst ihr neuer Freund!«

Da fiel es mir ein. Na klar, der Kerl auf dem Trecker. »Ja, dann bist du ihr Nachbar. Rolf glaube ich, oder?«

Er nickte.

»Ich heiße übrigens Florian, aber die meisten nennen mich nur Flo.«

»Sehr erfreut, Flo.« Rolf reichte mir die Hand und blickte sich dann unruhig um. »Wart' mal eben hier, ich muss kurz für kleine Treckerfahrer. Bin sofort wieder da.«

»Alles klar.«

Er verschwand, war aber erstaunlich schnell zurück. »Auch noch ne Bratwurst? Die Bude macht gleich zu.« Er zeigte zum Bratwurststand, der draußen vor dem Festzelt aufgebaut war, und an dem sich niemand mehr aufhielt, außer dem Personal, das bereits mit den Aufräumarbeiten begonnen hatte. Auf dem Grill lagen noch ein paar restliche Bratwürste.

»Gern«, gab ich zurück. Das viele Bier hatte mich hungrig gemacht.

Ich folgte Rolf an den Tresen und er rief einem der Griller zu: »Hey, Rüdiger! Gibst du mir und meinem jungen Freund hier noch zwei von den verkohlten Prengeln da?«

Der dickliche Mann um die vierzig drehte sich um und zeigte mit seiner Grillzange auf uns. »Ach, der Rolf. Habe mich schon gewundert, dass du mir noch nicht über den Weg gelaufen bist, heute. Senf oder Ketchup?«

»Bin erst später gekommen. Ketchup!«

»Für mich Senf bitte!«, rief ich.

Rüdiger legte zwei Würste auf Pappen, fügte je eine schräg geschnittene Hälfte Toastbrot und aus zwei Spendern Senf und Ketchup hinzu.

»Lasst mal stecken, die bekommt ihr so«, sagte er, als er uns die Wurst brachte und wir beide unser Portemonnaie zücken wollten. »Würden ja sonst eh im Müll landen und haben auch nicht mehr die beste Qualität.«

Wir bedankten uns und Rüdiger machte mit seinen Aufräumarbeiten weiter.

»Das stimmte damals gar nicht, dass du Nicoles neuer Freund bist, oder?«, fragte Rolf, während er seine Bratwurst in den Ketchup tunkte und zum ersten Bissen ansetzen wollte.

»Wie man's nimmt«, sagte ich, »Freunde waren wir schon. Aber nicht in dem Sinne, wie du das sicherlich verstanden hast.«

»Ihr wart Freunde?«

»Ja, haben uns leider zerstritten.«

»Warum?«

»Weil ich genau damit nicht klargekommen bin.«

»Womit?«

»Dass wir nur Freunde waren.«

»Also wolltest du mehr?«

»Genau.«

»Aber sie nicht und das hast du nicht ausgehalten.«

»Exakt.«

»Was hast du dann getan?«

»Ich habe sie wochenlang ignoriert. Ich weiß, das klingt bescheuert, aber ich wusste nicht mehr weiter.«

»Was wolltest du denn damit erreichen, frage ich mich?«

»Sie vergessen.«

»Wart mal. Ich dachte immer, ihr währt in derselben Klasse.«

»Ja, sind wir ja auch.«

»Was ist denn das dann für ne bescheuerte Idee, sie zu vergessen, wenn du sie jeden Tag siehst?«

»Hat ja auch nicht funktioniert. Ich habe mich nur selber zum Idioten gemacht.«

Rolf wollte lachen, bekam aber einen mittelschweren Hustenanfall, da er noch am Kauen war. »Das heißt, du bist immer noch in sie verknallt?«, fragte er dann.

»Ja«, bestätigte ich.

»Und wie steht sie jetzt zu dir?«

»Ehrliche Antwort? Wenn ich an den Blick denke, den sie mir vorhin zugeworfen hat … ich würde sagen, sie verachtet mich.«

»So schlimm?«

»Ja. Liegt aber sicher auch an Klaus, ihrem Freund. Wir verstehen uns nicht besonders gut.«

»Was dich allerdings auf Anhieb sympathisch macht. Den Typen konnte ich noch nie leiden.«

»Hat sie mir erzählt … damals. Aber hast du denn viel mit ihr zu tun?«

»Nein, eigentlich nicht. Ich bin ja auch ein paar Jahre älter und eben nur der Nachbarsjunge. Aber Nicole ist wie eine kleine Schwester für mich, – auch wenn wir uns in letzter Zeit nur noch sehr selten sehen.«

Rolf erzählte mir noch eine Menge, einige lustige Geschichten von früher, und auch, dass Nicole schon immer für eher extrovertierte Typen schwärmte und jemand wie ich eigentlich gar nicht ihr Typ wäre. Während unseres Gespräches wurden uns von irgendwelchen Leuten, die Rolf kannte, mehrere Getränke hingestellt, die meine Zunge immer mehr lösten, so dass ich mich in Rage redete. Über die Situation an sich, über Nicoles Dummheit in Bezug auf Jungs und über Klaus und seine arrogante Art. Irgendwann musste ich mich immer häufiger an der Theke der Bratwurstbude festhalten, um nicht umzufallen. Rüdiger hatte mittlerweile längst Feierabend gemacht, aber die leere Bude wurde wohl über Nacht so stehengelassen und Rolf und ich nutzten sie als Debattierplatz.

Zwischendurch kamen Janne, Lars, Uwe und Stefan aus dem Zelt und wollten mich wieder mit reinnehmen, aber mir gefiel der Platz und das Gespräch hier ganz gut. Endlich war da mal jemand, der meine Ansichten über Nicole und Klaus voll und ganz teilte. Endlich mal jemand, der mich verstand.

Ich hatte keine Ahnung, wie spät es mittlerweile war, als Klaus und Nicole unvermittelt vor dem Zelt auftauchten. Klar denken konnte ich zu diesem Zeitpunkt schon lange nicht mehr und Rolf vermutlich auch nicht. Ich ließ ihn einfach stehen, stolperte in meiner alkoholgetränkten Sorglosigkeit auf Nicole und Klaus zu und baute mich vor ihnen auf. Es dauerte einen Moment, bis ich meinen Körper stabilisiert hatte, was Klaus zu seinem mittlerweile üblich gewordenen, herablassenden Grinsen veranlasste. Aus dem Zeltinneren dröhnte der *Unknown Stuntman* von *Lee Majors*, die Titelmusik der TV-Serie *Ein Colt für alle Fälle* nach draußen. Passend irgendwie.

Ich richtete drohend den Finger auf ihn und lallte: »Du bist n … nicht der Rrrr … richtige für sss … sie!«

Klaus lachte nur amüsiert und sagte dann trocken: »Du musst es ja wissen.« Er grinste zu Nicole hinüber.

Ich drehte meinen Blick ebenfalls zu ihr, doch meine Augen kamen irgendwie nicht schnell genug mit der Drehung des Kopfes mit, und es gelang mir kaum, ihr hübsches Gesicht scharf zu stellen. Zudem kam ich ins Ungleichgewicht und musste einen kurzen Ausfallschritt nach hinten machen, um nicht umzufallen. Als ich mich gefangen hatte, sah Nicole mich mit einer Mischung aus Verachtung, Mitleid und Abscheu an. Trotz meines Zustandes verursachte dieser Blick einen solchen Schmerz in mir, dass es mir fast das Herz verbrannte. Einen kurzen Moment war mein Leid stärker als der Rausch, den der Alkohol verursacht hatte. »Esss … tut mir ll … leid«, stotterte ich.

»Florian … ganz ehrlich … du benimmst dich wie ein Kleinkind«, ging Klaus dazwischen.

Mein Blick wechselte wieder zu ihm und erneut dauerte es eine Weile, bis ich ihn fokussiert hatte. Dieses Grinsen war anscheinend in sein Gesicht eingemeißelt. Ich hasste ihn in diesem Moment so sehr, wie ich noch nie einem Menschen gehasst hatte. Nicht mal meinen kleinen Bruder, als der mir im Streit mal mit voller Wucht in die Weichteile getreten hatte.

»Halt du d … doch einfach mal d … dein d… dummes Mmm… Maul, ss … sonst…«, brachte ich mühsam heraus.

»Sonst was?«, unterbrach mich Klaus. »Willst du mir eine reinhauen, oder was?«

»Gute Idee«, sagte ich.

Vielleicht dachte ich es auch nur. Ich weiß es nicht mehr. Nur, dass ich zu einem Schlag ausholte, aber die reine Ausholbewegung mich schon so aus dem Gleichgewicht brachte, dass ich beim Zuschlagen weder Klaus noch irgendjemand anderes traf, sondern durch den Schwung selbst zu Boden ging und mit dem Gesicht knirschend im Splitt landete, der vor dem Zelt verteilt worden war. Über mir hörte ich Gelächter, dann Klaus' Stimme: »Lasst ihn einfach liegen. Lohnt sich nicht, dass sich dafür jemand die Hände schmutzig macht.«

Ich versuchte, mich mühsam wieder hochzurappeln, doch ich war so betrunken, dass ich allein nicht wieder auf die Beine kam. In der Ferne meinte ich gerade noch Klaus und Nicole zu sehen, wie sie Arm in Arm den Festplatz verließen, dann wurde mir links und rechts unter die Arme gegriffen und ich wurde hochgezogen.

»Flo, Alter, was ist denn mit dir los, Mann?«, hörte ich Lars' Stimme.

»Zu viel gesoffen, was wohl sonst?«, sagte Janne auf der anderen Seite. »Wir hätten doch besser auf ihn aufpassen müssen.«

»Und wie kriegen wir ihn jetzt zu dir?«

»W … wo ist R … Rolf?«, rief ich dazwischen.

»Wer ist Rolf? Der Typ, mit dem du die ganze Zeit an der Bratwurstbude gesoffen hast?«, fragte Lars.

»Nicoles Nachbar und selbst ernannter großer Bruder«, bestätigte Janne augenrollend.

Die beiden hatten mich jetzt wieder komplett zum Stehen gebracht, wenn sie mich auch stützen mussten.

Lars nahm meinen Kopf in seine Hände: »Falls du meinst, dass das dein neuer bester Kumpel ist … der steht drinnen im Zelt und trinkt mit den anderen einfach weiter.« Er blickte mir prüfend in die Augen, um zu sehen, ob ich überhaupt etwas mitbekam.

»Komm, wir gehen jetzt mit ihm nach Hause, solang er überhaupt noch halbwegs aufrecht gehen kann«, sagte Janne. »Die Räder können wir auch morgen holen.«

»Okay«, pflichtete Lars ihm bei, »ich geh nur schnell noch mal rein und sage Stefan und Uwe Bescheid. Aber halt ihn gut fest.«

Lars kam schnell wieder, dann hakten mich beide unter und gerade als wir den Zeltplatz verlassen hatten und in den Feldweg einbogen, fuhren hinter uns zwei Polizeiautos vor.

»Oh, jetzt kommt doch tatsächlich noch die Ausweiskontrolle«, meinte Janne.

»Na, dann ist das Ganze ja doch noch für was gut«, lachte Lars. »Hoffentlich können Stefan und Uwe sich noch rechtzeitig verdrücken.«

»D … das habt ihr n … nur m … mir su verd … danken«, brachte ich noch raus, dann erinnere ich mich an gar nichts mehr. Erst wieder an den Morgen danach, an dem ich mit einem fürchterlichen Schädel und schmerzendem, zerkratztem Gesicht, – vermutlich von dem Sturz in den Splitt, – auf der Matratze in Jannes Zimmer aufwachte. Neben mir stand ein Eimer, – allerdings leer. In der Ecke des Zimmers lagen meine total verdreckten Klamotten. Jannes Bett war leer. Ein Blick zur Wand verriet mir, dass es schon fast zwölf Uhr war. Ich stand vorsichtig auf. So vorsichtig, wie es mein Kopf zuließ. Ich wankte ins Badezimmer und blickte als erstes in den Spiegel. Mein Gesicht hatte ein paar Kratzer abbekommen, sah aber gottlob nicht so schlimm aus, wie es sich anfühlte. Ich hielt meinen Kopf eine knappe Minute unter laufendes, kaltes Wasser, wusch mich dann und putzte mir die Zähne. Langsam kehrten die Lebensgeister zurück und als ich wieder in Jannes Zimmer ging, kam er mir auf dem Flur schon entgegen. »Hi Flo! Wieder alles okay bei dir?« Wir gingen nacheinander in sein Zimmer.

»Ja, so langsam. Der Schädel brummt nur ziemlich.«

»Ich lös dir gleich ne Aspirin auf.« Er warf einen Blick in den Eimer. »Na, wenigstens der ist leer geblieben.«

»Wie schlimm war ich letzte Nacht?«

»Na, was das angeht, das hast du noch draußen am Straßenrand erledigt. Vielleicht auch besser so.« Er lachte.

Nachdem Janne mir das Glas mit der aufgelösten Aspirin gebracht hatte (Frühstück hatte ich dankend abgelehnt), und er und Lars mir die Dinge vom gestrigen Abend erzählt hatten, an die ich mich nicht mehr erinnern konnte, packten wir unsere Sachen zusammen, holten unsere Fahrräder vom Zeltplatz ab und fuhren auf direktem Wege nach Hause.

Je später es an diesem Tag wurde und je besser es mir körperlich ging, umso größer wurde die Gewissheit, dass ich mich vor Nicole und Klaus letzte Nacht zum absoluten Vollhorst gemacht hatte. Und schon alleine deshalb ging es mir richtig schlecht. In dieser Zeit damals war es tatsächlich so, dass ich das Gefühl hatte, weder mit noch ohne Nicole sein zu können. Es hatte so wehgetan, als ein guter Freund nie ganz bei ihr sein zu können. Doch jetzt von ihr verachtet und vielleicht sogar gehasst zu werden, – was ich mit meinem bescheuerten Benehmen ja beabsichtigt hatte, – war noch um ein Vielfaches schlimmer. Sie bedeutete mir so viel und ich tat alles, um ihr zu zeigen, dass genau das nicht der Fall war. An diesem Wochenende, als ich über all das nachdachte und noch das schlechte Gefühl der Zeltfestnacht in mir arbeitete, brach ich in meinem Zimmer irgendwann in Tränen aus und es dauerte lange, bis ich mich wieder einigermaßen beruhigt hatte. Ich war in der Nacht zwar sehr betrunken gewesen, doch trotzdem hatte ich ja irgendwie versucht, ihr zu sagen, wie leid mir das alles tat. Nur war es der falscheste aller Momente und sie hatte auf meinen erbärmlichen Versuch der Entschuldigung ja auch nicht reagiert. Ich musste unbedingt noch einmal mit ihr reden, ihr es irgendwie erklären, doch die Zeit, in der wir über alles reden konnten, war schon lange vorbei. Durch meine Schuld! Ich war so ein Hornochse und hatte mich selbst ins Abseits gestellt. Zwei oder drei Anläufe nahm ich in den nächsten Wochen in der Schule, versuchte mit ihr zu sprechen, aber sie behandelte mich jetzt genauso, wie ich sie behandelt hatte, und ignorierte mich. Wer wollte es ihr verdenken? In der Klasse machte man sich immer häufiger über mich lustig und für viele war ich gar nicht mehr der nette Florian, sondern nur noch ein riesengroßes Arschloch.

Vielleicht hätte ich mehrere Hebel in Bewegung setzen müssen, um noch einmal mit ihr zu sprechen, doch in der Schule war immer Klaus in der Nähe und einfach zu ihr zu fahren, oder gar anzurufen, traute ich mich nicht mehr. Aber vermutlich hätte sie sich ohnehin verleugnen lassen, wenn sie erfuhr, wer sie sprechen wollte.

Ich suchte also verzweifelt nach einer anderen Chance und die bot sich schließlich in einer Woche im November. Im Musikunterricht durfte jeder, der ein Instrument spielte, ein selbst komponiertes Lied vortragen. Und während die anderen dies für ihre gute Note taten, sah ich darin die Chance, mich bei Nicole zu entschuldigen. Zwar spielte ich nur leidlich Klavier und Orgel, aber dass sich jetzt plötzlich diese Möglichkeit vor mir auftat, gab mir neuen Mut. Ich hatte Mist gebaut, aber ich würde kämpfen. Ich hatte meine Krise überwunden und ich würde mich auch völlig lächerlich machen, wenn es mir nur gelänge, mich bei Nicole zu entschuldigen. So setzte ich mich zu Hause an mein Keyboard und begann zu komponieren. Ich hatte zuvor für mich selbst schon kleinere Lieder geschrieben, hatte also wenigstens ein bisschen Erfahrung damit, aber diesmal kam wirklich alles an Emotionen aus mir heraus, was sich in den letzten Monaten angesammelt hatte und floss in diesen einen Song. Irgendein Komponist hat mal in einem Fernsehinterview gesagt, Balladen sollte man schreiben, wenn's einem richtig dreckig geht. Und ich muss sagen: Er hatte recht!

Mein Geheimnis

All I want is to hold your hand,
To see the sun and walk the sand.
You make me sad as you make me glad,
And now you see all my secret is this love!
*

Alles, was ich will, ist deine Hand zu halten,
mit dir die Sonne zu sehen und durch den Sand zu laufen.
Du machst mich genauso traurig, wie du mich glücklich machst,
und jetzt weißt du, mein ganzes Geheimnis ist diese Liebe!

Orchestral Manoeuvres in the Dark – Secret (1985)

Erst zwei Tage vor der besagten Musikstunde wurde ich mit dem Song fertig. Als der Tag dann gekommen war, stand ich schon beim Frühstück völlig neben mir. Es war für mich normalerweise schon eine Tortur, vor der ganzen Klasse ein Referat zu halten, aber mein jetziges Vorhaben könnte durchaus als Lampenfieber-Supergau in die Geschichte eingehen. Trotzdem war ich wild entschlossen, meinen Plan durchzuziehen. Viel schlimmer konnte es eh nicht mehr werden, und wenn ich noch eine Chance haben wollte, meine Beziehung zu Nicole zu kitten, dann brauchte es etwas Großes dafür. Und auch wenn ich mich an diesem Morgen kleiner und elender fühlte als jemals zuvor, ich glaubte daran, dass ich etwas Großes daraus machen könnte.

Also saß ich in der zweiten Stunde wie immer ganz hinten im Musikraum, mein Puls raste, und ich wartete darauf, dass ich mit meinem Vortrag an der Reihe war. Natürlich kam es, wie es kommen musste, und die teilnehmenden Schüler wurden in alphabetisch umgekehrter Reihenfolge drangenommen, sodass ich auch noch die Ehre hatte, Letzter zu sein. Es wäre mir lieber gewesen, ich hätte es schnell hinter mir gehabt, denn mit zunehmender Dauer der Stunde, stieg meine Nervosität ins Unermessliche. Meine Hände begannen zu zittern und ich fragte mich, wie ich so überhaupt Klavier spielen sollte. Ich hatte den Song zwar zu Hause so oft geübt, dass ich ihn mit geschlossenen Augen spielen konnte, aber eine derart extreme Nervosität hatte ich nicht einkalkuliert.

Dann war es so weit. Die Stunde war fast vorüber und nur noch ich war an der Reihe. Ohne einen Blick zur Seite zu werfen, schlich ich nach vorne und legte meine Notenblätter in den Ständer. Eigentlich brauchte ich sie nicht, aber falls ich vor lauter Aufregung den Text vergas, konnte ich ihn dort wenigstens ablesen. Ich setzte mich auf den Hocker und unser Musiklehrer bat die Klasse ein letztes Mal um Ruhe. Ich war erst der Zweite an diesem Tag, der zu seiner Musik auch sang, und es ist nicht so, dass ich besonders gut singen konnte, – aber das war alles egal. Das einzig Wichtige in diesem Moment war Nicole. So hatte ich es mir die letzten Tage immer wieder eingebläut, und auch jetzt, bevor ich begann, betete ich mir das in Gedanken noch einmal vor.

»Der Song heißt *Alles ist egal*«, sagte ich mit gesenktem Blick und kratziger Stimme. Ich räusperte mich noch einmal, dann begann ich zu spielen.

Zunächst kam ein kurzes Intro ohne Gesang, bei dem ich ganz bewusst von der Klaviatur hoch, direkt zu Nicole sah. Es war als Signal für sie gedacht, damit sie mir zuhörte. Laura, die neben ihr saß, flüsterte ihr irgendetwas ins Ohr. Mein Signal schien also angekommen zu sein. Ich sah wieder auf mein Notenblatt, das Intro war zu Ende, und ich begann zu singen:

Plötzlich waren sie da,
Gefühle, die ich nicht kannte,
Für Monate war alles wunderbar,
Bis ich mich schrecklich verrannte.

Jede Umarmung, jedes Lachen,
Jeder nette Blick, den du mir schenkst,
Kann Dinge mit mir machen,
An die DU dabei gar nicht denkst.

Wenn wir zwei zusammen sind,
Wenn du mir so viel von dir gibst,
Macht es mich vor Schmerz fast blind,
Dass du dabei einen anderen liebst.

Jetzt kam die letzte Strophe vor dem Refrain. Ich wandte meinen Blick vom Notenblatt ab und schaute Nicole direkt an.

Ich habe versucht, dich zu vergessen, zu hassen,
Doch nicht mal das hast du zugelassen.
Was so schön für mich begann, wurde zur Qual,
Und doch weiß ich jetzt: Ohne dich ist alles egal!

Ich konnte eine Regung in Nicoles Augen sehen. So gut kannte ich sie mittlerweile, dass sie mir nichts vormachen konnte. Sie war bewegt, das sah ich ihr an. Ich blickte schnell wieder hinunter auf meine Hände und sang den Refrain:

Alles ist egal - weil es zwischen uns doch so gut passt,
Alles ist egal - weil nur du mich richtig glücklich machst,
Alles ist egal - auch, dass du einen anderen liebst,
Und ich kann nur hoffen, dass du mir noch einmal vergibst.

Mir sackte kurz die Stimme weg, aber ich fokussierte mich wieder auf mein Notenblatt und machte unbeirrt mit der nächsten Strophe weiter. Irgendwie war ich wie in einem Tunnel.

Immer wenn ich euch zusammen seh,
Wenn du ihn küsst, in seiner Umarmung gefangen,
Tut's in mir drin beschissen weh,
Für dich bricht meine ganze Welt zusammen,

Ich habe richtig Mist gebaut,
Unsere Freundschaft mit Füßen getreten,
Habe mir damit viel verbaut,
Und dich nicht mal um Verzeihung gebeten.

In mir drin tut alles weh,
Mein Herz, Alarmstufe Rot!
Doch wenn ich's realistisch seh,
Bin ich wohl selber der Idiot.

Du fehlst mir so sehr, deine Wärme, dein Lachen.
Aber was kann der Idiot jetzt schon noch machen,
Außer dich zu bitten, ein weiteres Mal,
Mir zu verzeihen, denn ohne dich ist alles egal.

Alles ist egal - weil es zwischen uns doch so gut passt,
Alles ist egal - weil nur du mich richtig glücklich machst,
Alles ist egal - auch, dass du einen anderen liebst,
Und ich kann nur hoffen, dass du mir noch einmal
vergibst.

Während dieser Passage sang ich nicht nur. Gleichzeitig zogen all die schönen Momente an mir vorbei, die ich mit Nicole erlebt hatte. All diese kurzen Gegebenheiten, die mich hatten auf mehr hoffen lassen und die mich so unendlich glücklich gemacht hatten. Ich merkte, dass sich Feuchtigkeit in meinem Augenwinkel sammelte und wollte unbedingt vermeiden, loszuheulen. Aber jetzt kam die Stelle des Songs, bei der ich Nicole ansehen musste. Das hatte ich mir vorher vorgenommen und das würde ich jetzt durchziehen. Als ich meinen Kopf hob, sah ich, dass auch sie den Tränen nahe war. Mein Plan ging also auf. Sie empfand noch etwas für mich. Es war ihr nicht egal, was ich hier vorne anstellte.

Finden alle mich auf einmal blöd, mir ist's egal,
Und auch wenn ich dich niemals wirklich kriege,
Ich sag's dir jetzt zum allererten Mal,
Dass ich dich über alles liebe!

Es sammelte sich immer mehr Feuchtigkeit in meinem Augenwinkel und rollte mir dann als Träne über die Wange. Meine Stimme war belegt und leierte etwas, aber irgendwie brachte ich das Lied noch zu Ende:

Alles was ich tu, ohne dich ist es egal.
Alles was ich denk, ohne dich ist es egal.
Alles was ich will, ohne dich ist es egal.
Alles was passiert, ohne dich ist es egal.

Das wiederholte ich noch einmal, dann hatte ich es geschafft. Ich vergrub mein Gesicht in den Händen, als könne ich mich so vor Nicole und den anderen verstecken. Es war mir nicht vor Nicole peinlich, dass sie mich weinen sah, vor dem Rest meiner Schulklasse aber schon. Ich hörte, wie sie schluchzend an mir vorbei aus dem Musikraum stürzte, ansonsten war es mucksmäuschenstill. Keiner meiner Mitschüler gab auch nur einen Laut von sich. Dann berührte mich eine Hand von hinten an der Schulter. Es war unser Musiklehrer. »Florian, ist alles in Ordnung mit dir?«, fragte er vorsichtig.

Ich nahm die Hände vom Gesicht und nickte. In dem Moment klingelte es zur Pause. Meine Mitschüler verließen den Klassenraum, nicht mit dem sonst üblichen Getöse, sondern leise und bedächtig. Sven, ein Klassenkamerad, mit dem ich sonst nicht viel zu tun hatte, klopfte mir im Vorbeigehen ermutigend auf die Schulter und danach folgten einige seinem Beispiel.

Als schließlich alle den Raum verlassen hatten und ich mich erhob, um meine Sachen zusammenzupacken, sagte mein Musiklehrer: »Florian, ich weiß zwar nicht, was zwischen dir und Nicole vorgefallen ist, … aber der Song, der war richtig gut.«

»Vielen Dank«, entgegnete ich nur knapp und schnäuzte mich in mein Taschentuch. Ich nahm meine Schultasche und wollte hinausgehen. Als ich schon an der Tür war, rief unser Lehrer mir hinterher: »Ich wünsche dir viel Glück, Florian. Das wird schon alles gut werden!«

Ich drehte mich um und nickte, dann verließ ich wortlos den Raum. Ich war dankbar für seine aufmunternden Worte, tatsächlich war ich mir aber nicht im Geringsten sicher, ob er rechtbehalten würde.

In der großen Pause wollte ich für mich allein sein. Ich war noch so bewegt, ich konnte nicht mal groß über Nicole nachdenken, oder darüber, warum sie so eilig aus dem Raum gestürzt war. Ich ging also nicht auf den Schulhof, wo wir uns sonst während der Pausen trafen, sondern blieb im Gebäude, zog mir eine Cola aus dem Automaten und setzte mich auf einen Heizkörper nahe der Haupteingangstür.

Wie aus dem Nichts kam Klaus auf mich zugestürmt. »Kannst du mir mal sagen, was der Scheiß soll?«, schrie er aufgebracht.

Er war wirklich der Letzte, mit dem ich jetzt reden wollte. Aber ich hatte tatsächlich verdrängt, dass Nicoles Freund alles mitanhören würde. Ich reagierte nicht.

»Meinst du, mit dieser Show erreichst du irgendwas?«, ereiferte er sich und wollte mich zwingen, ihn anzusehen, in dem er mir mit beiden Händen gegen die Schultern stieß.

Er nervte mich nur. Es war mir so egal, was er mir erzählte, dass ich nur den Kopf hob und sagte: «Weißt du was? Halt die Klappe!«

Plötzlich zog er mich am Hemdkragen zu sich hoch. »Ich hab' die Schnauze langsam voll von dir«, brüllte er. »Von Anfang an pfuschst du mir bei Nicole dazwischen. Mir reicht es jetzt endgültig. Such dir gefälligst ne andere!«

Um uns herum sammelten sich schon Schüler aus anderen Klassen, die mit einer Schlägerei rechneten, doch ich reagierte weiterhin kaum. Vielleicht war ich nur zu feige, vielleicht hatte ich aber auch all meine Kraft im Musikraum gelassen. Klaus schien dadurch etwas irritiert und er ließ mich wieder los. Eine

Prügelei mit ihm hätte ich ohnehin verloren, denn neben all den anderen Missständen hatte mich die Natur auch nur mit einem absoluten Mindestmaß an Muskelmasse ausgestattet. Körperlichen Auseinandersetzungen war ich daher schon seit frühester Kindheit aus dem Weg gegangen.

Ich streifte mein Hemd wieder glatt und sagte mit betont ruhiger Stimme: »Da gibt es nur ein Problem: Ich kann mir keine andere suchen, … ich liebe Nicole nämlich … im Gegensatz zu dir.«

KNALL

Eine Faust flog mir ins Gesicht, kurzzeitig ging das Licht aus und ich sank zu Boden. Mein Kiefer schmerzte fürchterlich. Klaus kniete sich neben mich, hielt meine Arme fest und funkelte mich drohend an. »Du stehst mir schon die ganze Zeit im Weg. Und jetzt, wo ich fast am Ziel bin, lass ich mich nicht von so einem erbärmlichen Würstchen wie dir aufhalten, nur weil du meinst, einen auf Romantik machen zu müssen«, zischte er, sodass die umstehenden Schüler es nicht hören konnten.

In mir schrillten alle Alarmglocken. Was meinte er mit *am Ziel*? Hoffentlich nicht das, was ich befürchtete!

»Lass bloß deine Finger von ihr«, keuchte ich zurück.

»Du wirst mich nicht aufhalten mit deinen armseligen Versuchen«, flüsterte Klaus drohend. »Schließlich hat Nicole ja in letzter Zeit sehr genau gesehen, wie gut man sich auf dich verlassen kann.« Da war wieder dieses hämische Grinsen.

Und das Schlimmste war, – er hatte recht. Ich hatte unsere Freundschaft mit Füßen getreten. Nur, um mich selbst zu bemitleiden, hatte ich Nicole verraten. Hätte ich mich nicht so blöd angestellt und wir wären noch Freunde, könnte ich sie vor diesem Fehler vielleicht bewahren. Doch jetzt würde sie nicht mehr auf mich hören. Nicht ausgerechnet ich konnte sie davor warnen, Dinge zu tun, die sie später bereuen würde. Aber vielleicht war meine Reue noch nicht zu spät. Irgendwie musste ich an Nicole rankommen. Klaus ging es gar nicht um Nicoles Liebe, zumindest nicht mehr. Ich hatte zwar immer schon meine Vorbehalte gegen ihn gehabt, aber dass er so niederträchtig war, habe ich nicht geahnt.

»Du bist ein solches Schwein«, presste ich hervor, aber es klang mehr verzweifelt als drohend.

Er lachte nur. »Du glaubst doch wohl nicht, dass ich neun Monate mit ihr zusammen bin, ohne am Ende auch was dafür zu bekommen, oder? Schlimm genug, dass sie sich überhaupt so ziert.« Er verdrehte genervt die Augen.

»Das kannst du nicht wirklich tun«, stammelte ich verzweifelt.

»Ach Florian, leb' du mal schön weiter in deiner heilen Kleinkinderwelt. Ich bekomme sowieso, was ich will, und das ist auch bei Nicole nur noch eine Frage der Zeit, daran wirst du mich nicht hindern. Aber ich mache dir nen Vorschlag: Du lässt Nicole in Ruhe, ich schlafe mit ihr, und dann kannst du sie meinetwegen haben.«

»Niemals!«, schrie ich, geradezu schockiert von so viel Skrupellosigkeit und Gefühlskälte.

»Na dann«, er ließ mich los und stand auf, »kannst du ewig auf deine Nicole warten. Da werde ich schon für sorgen.« Mit seinem typischen Grinsen drehte er sich um und ging.

Die Schüleransammlung löste sich langsam auf, einige Jüngere musterten mich entgeistert und ich kroch zurück zu der Heizung, auf der ich gesessen hatte. Und kaum, dass ich dort saß, musste ich wieder mein Gesicht in den Händen verstecken, da ich erneut weinen musste. Das durfte Nicole nicht angetan werden! Zudem fühlte ich mich mitschuldig daran. Ich musste ihr irgendwie helfen, doch würde sie sich gerade von mir helfen lassen?

Als ich mich wieder gefangen hatte, ging ich absichtlich ein paar Minuten zu spät in den nächsten Unterricht. Ich wollte ungern auf die Musikstunde angesprochen werden und so schlich ich allein die Treppe hoch und klopfte an die Tür.

»Herein!«, rief Herr Brandauer, bei dem wir Mathe hatten. Ich öffnete vorsichtig die Tür, schlüpfte hindurch und wollte unauffällig auf meinen Platz schleichen, als plötzlich jemand anfing zu klatschen und nach und nach fast die ganze Klasse in lauten Applaus ausbrach. Herr Brandauer sah sich verwundert um und ich musste trotz des Kummers, den ich in mir trug, lächeln. Nicole saß nicht an ihrem Tisch, aber der Rest der Klasse hatte mir meine erbärmlichen Auftritte der letzten Monate anscheinend verziehen, jetzt, wo sie wussten, warum ich mich so blöd aufgeführt hatte. Ich trottete auf meinem Platz und setzte mich.

»Kann mir irgendjemand vielleicht erklären, was das zu bedeuten hat?«, fragte Herr Brandauer in die Klasse hinein, als der Lärm sich gelegt hatte.

»Wäre zu kompliziert«, antwortete Birgit aus der ersten Reihe und winkte ab.

Herr Brandauer gab sich glücklicherweise damit zufrieden und fuhr mit dem Unterricht fort.

Als ich meinen Kopf zur Seite drehte, sah Janne mich abschätzend an. »Was ist denn da passiert?« Er zeigte mit dem Finger auf meine Wange, dort, wo mich Klaus' Fausthieb getroffen hatte.

Obwohl es verdammt wehtat, spürte ich den Schmerz kaum. Andere Dinge lenkten mich davon ab. »Erzähl ich dir später.«

»Okay,« er knuffte mich sachte auf den Oberarm, »aber der Auftritt eben … nicht schlecht, Alter, echt nicht schlecht.«

»Danke«, gab ich knapp zurück, »aber in Wirklichkeit war es die Hölle!«

Wann immer du jemanden brauchst

Whenever you need somebody,
I'll bring my love to you,
You don't have to say you love me,
I just wanna be with you.
*
Wann immer du jemanden brauchst,
bin ich mit meiner Liebe bei dir.
Du musst nicht sagen, dass du mich liebst.
Ich möchte nur mit dir zusammen sein.

Rick Astley – Whenever you need somebody (1987)

Nicole tauchte den ganzen Tag nicht mehr auf. Vermutlich war sie nach meinem *Auftritt* nach Hause geflüchtet. Als ich nachmittags selbst dort ankam, fragte ich mich, wie es ihr wohl ginge. Dass sie geweint hatte, fand' ich nicht schlimm, ich war ja selbst in Tränen aufgelöst gewesen. Aber dass sie gleich ganz verschwunden war, verunsicherte mich. Ich fragte mich, ob das ein gutes oder eher ein schlechtes Zeichen war. Zudem hatte ich ein schlechtes Gewissen, denn nur wegen mir saß sie jetzt wahrscheinlich zu Hause in ihrem Zimmer und war völlig durcheinander. Und zu allem Überfluss würde ausgerechnet Klaus sie trösten. Dass er an meiner Aktion kein gutes Haar lassen würde, war keine Frage. Andererseits traute ich Nicole schon zu, die Situation ganz gut allein beurteilen zu können. Ich konnte sowieso nicht wirklich glauben, dass sie sich von Klaus zu irgendetwas überreden ließ. Aber klar, ich hatte sie zutiefst enttäuscht und jetzt hoffte ich, durch einen kurzen, vierminütigen Auftritt, alles wieder aus der Welt schaffen zu können. Das würde Klaus sich zunutze machen, indem er ihr genau das immer wieder vor Augen führen würde. Und das Schlimmste dabei war, dass er nicht mal unrecht hatte. Es war ja so. Nur war er selbst noch viel schlimmer. Im Gegensatz zu mir handelte er aus niederen Beweggründen. Aber dabei stellte er sich halt bei Weitem nicht so dämlich an wie ich.

Ich fasste einen neuerlichen Entschluss und wieder wusste ich schon währenddessen nicht, ob es richtig oder sinnvoll war. Ich setzte mich an meinen Schreibtisch und schrieb Nicole einen langen Brief. Da ich nicht in der Lage war, mit ihr wirklich offen zu reden, was vor ein paar Monaten noch das Selbstverständlichste auf der Welt für uns war, und da es damals weder E-Mail noch WhatsApp oder SMS gab, blieb mir nur der gute, alte Liebesbrief. Auch wenn ich ihn nicht wie einen klassischen Liebesbrief aussehen lassen wollte, schließlich waren wir kein Paar. Aber allein schon das Schreiben half mir ein wenig aus meiner Verzweiflung. Ich schrieb mir so ziemlich alles von der Seele, entschuldigte mich alle paar Zeilen für mein blödes Verhalten und versuchte ihr glaubhaft zu machen, dass ich es auch wirklich so meinte. Von Klaus jedoch erwähnte ich nichts. Das musste ich ihr irgendwann mal, falls sie mich je wieder an sich ran lassen würde, persönlich sagen. Als ich den Brief fertig geschrieben hatte, schnappte ich mir meinen Walkman, ging auf kürzestem Wege zum Briefkasten, und warf ihn ein. So war er unterwegs und ich konnte ihn nicht mehr aufhalten.

Die nächsten Schultage waren der reinste Horror. Zwar waren die meisten Klassenkameraden, Klaus ausgenommen, wieder nett zu mir, aber Nicole war immer noch nicht wieder da und ich machte mir langsam ernsthaft Sorgen um sie. Eines Nachmittags fasste ich mir ein Herz und rief sie an. Ihre Mutter nahm ab und sagte mir, dass Nicole nicht mit mir reden wolle. Ich fragte nach, ob mit ihr alles in Ordnung wäre und bekam die Auskunft, dass ihr körperlich nichts fehle, aber dass sie darum gebeten hätte, ihre ganze Klasse einfach mal ein paar Tage nicht sehen zu müssen. Meine Mutter wäre so einer Bitte niemals nachgekommen, aber vielleicht verhielten Eltern sich da anders, wenn man sonst ein guter Schüler oder eine gute Schülerin war, und das war Nicole zweifellos. Ob Nicoles Mutter irgendetwas von meinen ganzen Aktionen bekannt war und ob sie wusste, dass ich nicht ganz unschuldig am Verhalten ihrer Tochter war, ließ sie damals nicht durchblicken.

»Bestellen Sie ihr bitte ganz liebe Grüße von mir«, sagte ich, bevor wir das Gespräch beendeten. Mein

Brief musste sie zu dieser Zeit eigentlich schon erreicht haben.

Nicole hatte die ganze Woche im Unterricht gefehlt, aber am Samstagmorgen lag ein Brief für mich auf dem Küchentisch, auf den meine Mutter immer die eingehende Post legte. Ich erkannte sofort Nicoles Handschrift, schnappte ihn mir, rannte damit in mein Zimmer, riss den Umschlag auf und las. Und allein die Anrede erleichterte schon ein wenig mein Herz …

Lieber Florian,

komisch ist es ja schon, dass wir uns jetzt Briefe schreiben, wo wir uns doch eigentlich mal alles sagen konnten. Aber vielleicht ist das im Moment der beste Weg!?

Du hast mir sehr, sehr wehgetan und ich kann das nicht einfach so vergessen. Ich dachte, Du wärst mein bester Freund - aber was ist das für ein Freund, der einen plötzlich nicht mehr grüßt, nicht mehr mit einem spricht, ja einen nicht mal mehr ansieht???

Gut, ich verstehe jetzt, was Dich dazu bewogen hat, aber das rechtfertigt Dein Handeln noch lange nicht!

Ich will versuchen, in diesem Brief ehrlich zu Dir zu sein, auch wenn es mir schwerfällt. Aber das bin ich Dir vielleicht - trotz allem - schuldig.

Es ist nicht so, dass ich für Dich nichts empfinden würde. Ich weiß nicht, ob Du Dich überhaupt daran erinnerst, aber als wir letztes Jahr die Weihnachtsfeier vorbereiten mussten, sind wir uns in Raum 213 ganz kurz etwas nähergekommen und das hat mich damals ein bisschen verwirrt. Da war irgendeine Zuneigung zu Dir, die ich noch nie gespürt hatte, aber erklären kann ich mir das bis heute nicht - auch nicht, warum das gerade bei Dir so war - denn verliebt war ich auch damals schon in Klaus. Er hat - entschuldige meine Offenheit – einfach Dinge, die bei Dir irgendwie fehlen. Du bist immer so ruhig und besonnen und lieb und nett. Man hat das Gefühl, dass Du Dir alles gefallen lässt, dass Du keinen Mumm in den Knochen hast. Auch setzt Du Dich nie richtig für etwas ein. So kommt es zumindest rüber. Weißt Du, Klaus ist ein Junge, zu dem man aufschauen kann und Du bist eher unauffällig. Ein guter Kumpel eben, aber nicht mehr. Ich hoffe, Du bist mir nicht böse dafür, dass ich Dir das so ehrlich schreibe!

Ich frage mich ja selbst manchmal, ob das wirklich wichtig ist für eine Beziehung, aber verlieben tut man sich ja nun mal nicht mit dem Kopf.

Irgendwo bin ich ja auch ein bisschen in Dich verliebt, so ist das ja nicht, nur eben anders! Ich mag Dich echt total, und wenn das nicht so wäre, würde ich mir auch nicht die Mühe machen, Dir diesen Brief hier zu schreiben. Jetzt weiß ich nur nicht, wie es mit uns weitergehen soll?! Du liebst mich über alles, schreibst Du, aber ich liebe Klaus. Andererseits mag ich Dich aber auch, und auch wenn Du diesen Sommer echt eine einzige Enttäuschung warst (von Deinem Auftritt beim Schützenfest neulich will ich mal gar nicht reden) … Ich glaube Dir, dass es Dir leidtut, und nehme Deine Entschuldigung an! Nur weiß ich echt nicht, wie das jetzt alles funktionieren soll. Wie soll ich jemals wieder so offen mit Dir sprechen können, wenn ich doch eigentlich immer ein schlechtes Gewissen haben muss, weil ich Deine Gefühle nicht erwidern kann?

Ich bin wirklich gerne mit Dir zusammen und würde gerne eine Freundin von Dir bleiben. Weißt du, wenn im Fernsehen irgendein Ausschnitt von Live Aid läuft, muss ich immer an unsere „gemeinsame Nacht" denken. Es war echt irgendwie schön mit Dir und ich bin Dir im Nachhinein unheimlich dankbar, dass Du nicht versucht hast, die Situation auszunutzen. Du musst ja damals ganz schön gelitten haben ... Aber ich hoffe, du hast trotzdem auch angenehme Erinnerungen daran!? Leider ging ja kurz danach alles ziemlich schnell den Bach runter, daher hatte ich die Idee, dass diese Nacht vielleicht der Auslöser dafür war!?

Ich habe die letzten Monate viel gegrübelt, warum Du so ekelhaft zu mir warst, habe manchmal sogar geweint, weil ich einfach nicht wusste, was los war. Irgendwann haben mir Laura und Lisa dann erzählt, dass Du in mich verknallt bist, aber ich habe das nicht wirklich geglaubt. Ihnen passt meine Beziehung zu Klaus ja auch nicht, und deshalb bin ich immer skeptisch, wenn sie mir mit sowas kommen. Aber jetzt weiß ich ja, dass sie recht hatten ...

Vielleicht hättest Du doch lieber mit mir als mit ihnen darüber reden sollen? Aber ich kann schon verstehen, dass Dir das nicht gerade leichtgefallen wäre.

Das Lied, das Du für mich geschrieben hast, ist echt total schön und ich fühle mich unheimlich geschmeichelt, dass ein Junge so etwas für mich tut! Und ich weiß auch zu schätzen, dass gerade Du das getan hast, denn ich kann mir denken, wie schwer Dir das gefallen sein muss. Darum gehe ich auch davon aus, dass Du es mit Deiner Entschuldigung wirklich aufrichtig meinst. Ich habe allerdings lange gebraucht, um das alles auf die Reihe zu kriegen. Deshalb bin ich auch aus dem Musikunterricht getürmt und war letzte Woche nicht in der Schule.

Ich habe ziemlich lange überlegt, ob ich Dir nach allem, was Du mir angetan hast, noch eine zweite Chance geben sollte. Und dass Du in mich verliebt bist, macht es nicht gerade einfacher. Aber spätestens, als du gestern bei uns angerufen hast, bin ich zu dem Entschluss gekommen, dass Du mir als Freund einfach zu wichtig geworden bist, als dass ich das jetzt einfach so beiseitelegen könnte. Ich hoffe nur, solche Auftritte wie auf dem Schützenfest sparst Du Dir in Zukunft. Du bist so ein netter Kerl – dieses Machogehabe passt einfach nicht zu Dir!

Ich würde Dich wirklich gerne als Freund behalten! Ich weiß nur nicht, ob Du das überhaupt willst oder kannst. Denn lieben, das musst Du wissen, tue ich nicht Dich, sondern Klaus!

In Freundschaft, Deine Nicole ♥

In Freundschaft, Deine Nicole las ich immer wieder. Sie hatte nicht etwa nur *Nicole* geschrieben, sondern

Deine Nicole. Und dazu noch ein Herzchen dahinter gesetzt.

Ich kannte sie, sie hatte das nicht einfach nur unbedacht dorthin geschrieben. Ich sah sie praktisch vor mir, wie sie zu Hause an ihrem Schreibtisch saß und überlegte, ob sie nach dem Komma dieses Wort mit den fünf Buchstaben noch einfügen sollte, oder nicht. Ob sie das Herzchen dahinter malte, oder nicht. Für mich hatte es eine ungeheure Bedeutung, dass sie beides getan hatte!

Ich legte den Brief beiseite und wischte mir ein paar Tränen aus den Augen. Mein Herz schlug in einem Tempo, als hätte ich gerade eine Sportplatzrunde hinter mir, dabei war der Brief keineswegs nur schön, sondern auch ziemlich grausam für mich. Doch in diesem ersten Moment überwog das Schöne und Rührende an ihm. Sie war wirklich sehr ehrlich zu mir, aber die Freude über ihre Ehrlichkeit überstieg die Enttäuschung darüber, was sie geschrieben hatte. Der Brief drückte gegenseitiges Vertrauen aus, und das wir das wieder zueinander haben würden, war mir sehr wichtig.

Ich war ungemein erleichtert, dass sie mir noch eine Chance geben wollte, denn bei aller Verliebtheit bedeutete mir unsere Freundschaft eine Menge, wenn ich sie auch lange mit Füßen getreten hatte. Nicoles Frage, wie es weitergehen sollte, konnte ich natürlich auch nicht beantworten. Unmissverständlich hatte sie mir klargemacht, dass sie Klaus liebte, und nach allem, was vorgefallen war, würde sie gerade von mir erwarten, dass ich diese Liebe akzeptierte. Aber wie konnte ich das, nachdem, was ich von Klaus kurz zuvor erfahren hatte? Ich saß gewaltig in der Zwickmühle, – wieder einmal.

Der Brief enthielt aber auch deutliche Aussagen, warum ich für sie nicht der Typ zum Verlieben war. Ich war also zu ruhig, zu gleichgültig, einfach zu uninteressant? Genau das, was ich schon vermutet hatte. Aber ich war nun mal so und bin es bis heute noch. Ich rege mich nicht schnell auf und wenn ich für eine Sache wirklich eintrete, dann tue ich das lieber leise und im Hintergrund. Ein bisschen war ich schon enttäuscht von Nicole, dass sie Dingen, die zunächst einmal nur Fassade sind, so viel Bedeutung beimaß. Andererseits betrachtete ich diese Passage ihres Briefes auch ein bisschen als Aufforderung. Eine Aufforderung, wie ich sie eventuell doch noch bekommen konnte. Aber sollte ich mich darauf einlassen? Eine Rolle spielen? Die des weltoffenen, energischen, an allem interessierten und sich überall einmischenden Florian? Ich entschied mich noch im selben Moment dagegen. Entweder Nicole mochte mich so, wie ich war, oder eben nicht. Und wenn sie sich so nicht in mich verlieben konnte, - auch wenn ich nicht verstand, warum solche Oberflächlichkeiten für sie so wichtig waren, - dann war das eben so. Ich hatte schon so viel gelitten und sicher auch einiges falsch gemacht, da würde ich wenigstens mir selbst treu bleiben.

Ich hatte das ganze Wochenende überlegt, ob ich sie anrufen sollte, konnte mich aber nicht dazu durchringen. Ich hoffte, ich würde sie am Montag in der Schule wiedersehen und so war es dann auch.

Vor der ersten Stunde suchte ich noch am Schwarzen Brett nach einem Aushang. Ich hatte gerade gefunden, was ich suchte, und wollte mich in Richtung Klassenraum aufmachen, als Nicole durch die große Eingangstür hereinkam. Sie erblickte mich genau im gleichen Moment, wie ich sie. Beide stockten wir kurz, dann ging ich einmal tief durchatmend auf sie zu. Sie blieb zunächst stehen, kam mir dann aber ein paar Schritte entgegen.

Nun hatte ich für diesen Moment nicht, wie sonst so oft, irgendetwas Besonderes geplant. Mir fiel auch nicht viel ein, womit ich meine Dankbarkeit für ihren offenen und lieben Brief hätte ausdrücken können, darum nahm ich sie kurz entschlossen einfach in den Arm. Sie ließ es zu und im Gegensatz zu unseren sonstigen, früheren Umarmungen, drückte ich sie diesmal etwas fester, einfach um ihr zu zeigen, wie sehr ich sie mochte. Und dann machte sie mir das allerschönste Geschenk, indem sie das erwiderte. Wir standen ein paar Sekunden so da, und ich nahm den Schülerstrom, der links und rechts an uns vorbeifloss, gar nicht wahr, sondern genoss ihre Nähe einfach.

Als wir uns voneinander lösten, sagte ich betont sachlich: »Danke für den Brief, Nicole. Ich bin echt froh, dass du mir noch eine Chance gibst.«

»Und ich danke dir, dass du nicht sauer bist wegen dem, was ich geschrieben habe.« Sie lächelte unsicher.

»Wieso sollte ich sauer sein?«

»Weil ich sehr ehrlich war?«

»Ach Nicole, das finde ich doch gerade gut. Ich hätte auch viel eher ehrlich zu dir sein sollen.«

»Du hättest einfach mit mir reden sollen.«

»Ich weiß. Ich war einfach so verzweifelt und dann habe ich mich da in irgendwas reinmanövriert und kam nicht wieder raus.«

Sie sah mich mitfühlend an. »Es tut mir ja wirklich leid, dass ich deine Gefühle nicht erwidern kann.« Nach einer kurzen Pause fügte sie hinzu: »Ich wollte, ich könnte es.«

Ich fühlte mich geschmeichelt, auch wenn das damals für mich alles unheimlich schwer zu verstehen war.

Die Schulglocke läutete und wir gingen gemeinsam die Treppe hinauf in den Klassenraum. Unser gemeinsames Erscheinen sorgte zwar für allerlei Getuschel, allerdings war an den Gesichtern der meisten Mitschüler abzulesen, dass sie sich darüber freuten, dass wir uns wieder vertragen hatten. Lediglich ein gewisser Klaus blitzte mich argwöhnisch an. Was ihn anging, hatte ich leider immer noch keinen Plan, und da ich der Meinung war, ich würde seine Absichten allein nicht durchkreuzen können, wollte ich zumindest mit irgendwem darüber reden. Ich verabredete mich deshalb für den Nachmittag mit Janne und wir trafen uns, wie meist, bei ihm.

Ich erzählte ihm alles, was in den letzten Tagen vorgefallen war: Die Briefe, den Streit mit Klaus, das, was er mit Nicole vorhatte, und ich versuchte ihm die Zwickmühle klarzumachen, in der ich steckte. Janne verstand die Problematik sofort, nickte während meiner Ausführungen oft, und man sah im an, dass er währenddessen schon an einer Lösung arbeitete. Als ich fertig war, sah er lange aus dem Fenster.

»Das Problem ist, dass sie von niemandem eine Warnung bezüglich Klaus annehmen wird, der ohnehin schon gegen diese Beziehung ist«, sagte ich, um die lange Stille irgendwann zu durchbrechen.

Janne sah mich an und meinte: »Wenn ich das richtig sehe, haben wir eigentlich zwei Probleme. Problem 1: Wie verhindern wir, dass Klaus sein Ziel erreicht? Problem 2: Wie kriegen wir es hin, dass Nicole sich doch noch in dich verliebt?«

»Problem 2 muss sich irgendwann von selbst lösen, … wenn überhaupt. Meine Sorge geht im Moment eher dahin, wie wir Klaus aufhalten.«

»Gut«, Janne nickte, »wenn sie auf die Warnungen ihrer Freundinnen und Freunde nicht hört, müssen wir uns etwas anderes einfallen lassen.«

»Nur was?«

Janne sah wieder aus dem Fenster. Nach einer Weile drehte er den Kopf zu mir und fragte: »Glaubst du, du könntest Klaus dazu bringen, das Ganze nochmal zu wiederholen? Oder sogar, dass er dir nochmal eine reinhaut?«

»Verlockende Aussicht«, entgegnete ich und zog die Schultern hoch.

»Das ist unsere einzige Chance. Wenn Nicole deinen Streit mit Klaus mitbekommen hätte, wäre sie doch jetzt schon nicht mehr mit ihm zusammen. Also müssen wir ihn einfach so weit bekommen, dass er es wiederholt und zusätzlich dafür sorgen, dass Nicole es diesmal mitbekommt.«

»Ich bin aber kein besonders guter Schauspieler«, gab ich zu bedenken. »Klaus durchschaut bestimmt sofort, dass ich irgendwas im Schilde führe.«

»Du musst ihn ja nicht direkt ansprechen«, meinte Janne. »Vielleicht lästerst du einfach mit irgendwem fürchterlich über ihn ab, aber natürlich so, dass er es auf jeden Fall mitbekommt. Das muss nur richtig mies sein, damit es ihn auch auf die Palme bringt. Er würde das nicht einfach so hinnehmen, so viel ist sicher.«

»Dann würde Nicole aber mir die Schuld an dem folgenden Streit geben.«

»Sie darf natürlich erst später dazukommen. Da könnten wir vielleicht Laura und Lisa mit einspannen, dann fällt es nicht so auf, als wenn ich das mache.«

Ganz wohl war mir bei der Sache nicht, denn im Grunde würde ich Nicole damit hintergehen. Aber ich hatte auch keine bessere Lösung parat und schließlich geschah es zu ihrem Besten. Allerdings sah ich mich außerstande, selbst an diesen Planungen mitzuwirken, sodass ich Janne darum bat, sich allein etwas auszudenken. Ich hatte schlichtweg ein beschissen schlechtes Gewissen und wollte deshalb so wenig wie möglich involviert sein. Janne verstand das auch und so verließ ich ihn schon am frühen Nachmittag, während er einen Schlachtplan entwerfen wollte. Bei solchen Dingen war er eh ganz in seinem Element. Ich dagegen schwang mich aufs Rad und wollte mich auf den Weg nach Hause machen. Dann überlegte ich kurz, drehte um, und fuhr die Straße in die andere Richtung – Richtung Nicole.

Du verschenkst dich an ihn

He may have got you now, but he ain't won your heart completely,
He tries to put me down, but that's just jealousy.
You may be in his arms, but I know it's me you're missing,
So I'm gonna set every wheel in motion, to win your love for me!

*

Er ist mit dir zusammen, aber er hat dein Herz nicht ganz gewonnen.
Er versucht mich runterzumachen, aber das ist nur Eifersucht.
Du magst in seinen Armen liegen, aber ich ahne, dass du mich vermisst,
Deshalb werde ich alles dafür tun, deine Liebe für mich zu gewinnen!

Brother Beyond – He ain't no competition (1988)

Ich stellte mein Rad am Zaun ab, ging zur Haustür und klingelte. Für meine Verhältnisse war ich erstaunlich ruhig, obwohl ich nicht mal genau wusste, warum ich überhaupt hier war. Ich hoffte wohl, mein gerade erst entstandenes, schlechtes Gewissen beruhigen zu können, konnte Nicole aber natürlich schlecht erzählen, was Janne und ich vorhatten.

Ihre Mutter öffnete die Tür. »Guten Tag Frau Martens«, sagte ich betont höflich. »Ist Nicole wohl da?«

Nicoles Eltern waren mir zwar ohnehin sympathisch, aber ihre Mutter schien geradezu übermäßig erfreut, mich zu sehen. »Florian! Das ist aber schön, dass du mal wieder hier bist. Komm rein, ich hole Nicole gleich«, empfing sie mich.

Ich wartete im Flur, während sie die Treppe hinauf zu Nicoles Zimmer stieg, und schon nach wenigen Sekunden wieder herunterkam. »Du kannst hochgehen. Du weißt ja, wo es ist.«

Mit einem »Danke!« sprang ich förmlich nach oben. Die Zimmertür stand offen, doch ich klopfte trotzdem an den Türrahmen. Nicole saß über ihren Hausaufgaben.

»Hi, was treibt dich denn den weiten Weg hierher?«, fragte sie zwar freundlich, aber offensichtlich skeptisch.

Tja, was trieb mich hierher? Das hätte ich auch gerne gewusst. Aber mir fiel kein auch noch so kleiner Grund ein, außer der, den ich Tag und Nacht gehabt hätte, nämlich dass ich sie einfach sehen wollte. Aber ich dachte, es wäre besser, ihr das jetzt nicht so direkt zu sagen. »Ich war bei Janne und wollte jetzt noch in die Stadt. Und da kam mir die Idee, dich zu fragen, ob du vielleicht mitkommen magst.« Für meine Verhältnisse war das verdammt offensiv und mutig, aber da ich kreativ sein musste, platzte es einfach so aus mir heraus.

Nicole sah mich abschätzend an.

»Keine Angst, ich hab' deinen Brief schon richtig verstanden«, ergänzte ich hastig, »aber ich habe dich so vermisst, da würde ich einfach gerne mal einen Nachmittag mit dir verbringen.« Hoffentlich war das jetzt nicht zu dick aufgetragen, aber andererseits stimmte es ja: Ich hatte sie vermisst. Und wie!

»Na ja, warum eigentlich nicht?« Sie ließ ihren Stift fallen und zog sich ihre dunkelblaue Jeansjacke über, die über der Stuhllehne hing.

Wir polterten die Treppen hinunter und sie rief durch den Flur: »Ich fahre mit Flo in die Stadt!«

Ihre Mutter gab ein lautes »Okay, viel Spaß!« zurück.

Nicole holte ihr Rad aus der Garage, wir radelten gemeinsam durch die warme Herbstsonne die sechs Kilometer in Richtung Innenstadt und ich war vorübergehend der glücklichste Mensch auf der Welt.

»Sag mal, ist deine Mutter immer so überschwänglich?«, fragte ich, als wir auf den Radweg der Hauptstraße eingebogen waren.

»Das kommt darauf an. Meine Mutter kann dich ziemlich gut leiden.«

»Ach tatsächlich? Sie kennt mich doch kaum.«

»Stimmt schon, aber sie nennt das Menschenkenntnis. Bei der hast du echt nen Stein im Brett.«

Ich antwortete nur mit einem Lächeln, überlegte aber im selben Moment, warum das wohl so war. Vielleicht mochten Nicoles Eltern Klaus auch nicht? Irgendwann hatte sie mal so etwas angedeutet. Je mehr Verbündete, desto besser, dachte ich. So ziemlich jeder, dem oder der Nicole etwas bedeutete, – ihre Eltern, Laura und Lisa, Anja, Janne, der Nachbar auf dem Trecker, ich – keiner war glücklich über diese Beziehung. Also warum ignorierte sie das? Vielleicht war ich gerade deshalb ihr bester Freund geworden, weil ich niemals mit ihr über Klaus gesprochen hatte? War sie vielleicht nur froh, dass sie endlich einmal jemand damit in Ruhe ließ? Und das war auch noch ausgerechnet ich? Derjenige, der mit Sicherheit das größte Interesse daran gehabt hätte, ihre Beziehung mit Klaus in die Brüche gehen zu sehen?

In der Stadt angekommen zogen wir durch verschiedene Geschäfte und ich wunderte mich, dass uns gar nicht langweilig wurde, dass nie dieses betretene Schweigen eintrat, dass man in solchen Situationen oft hat, weil man einfach nicht mehr weiß, was man sich noch erzählen soll. In der Stadt fiel mir sonst nicht viel mehr ein, als in ein paar Schallplattengeschäfte zu gehen, aber mit Nicole war das alles anders. Wir gingen in alle möglichen Läden, blödelten manchmal einfach nur rum, unterhielten uns aber auch ganz ernsthaft, kauften uns ein Eis und setzten uns damit auf die Steinstufen des Marktplatzes. Wir ließen uns die Sonne ins Gesicht scheinen und lästerten über optisch fragwürdige Passanten. Es war einfach nur ein wunderschöner Nachmittag, aber auch der musste leider irgendwann zu Ende gehen.

Als wir wieder bei unseren Fahrrädern waren, setzte ich wie automatisch meinen Dackelblick auf und sagte: »Danke für den schönen Nachmittag.«

Nicole sah mich nur an und lächelte leicht. Ich konnte aus ihrem Blick ablesen, dass sie sich nicht sicher war, ob es die richtige Entscheidung gewesen war, mitzukommen. Sicherlich fürchtete sie, mir wieder Hoffnungen gemacht zu haben.

Um diese Sorge nicht noch zu unterstreichen, umarmte ich sie diesmal nicht, sondern strich ihr nur leicht mit dem Zeigefinger über die Nasenspitze. Dann schwang ich mich auf mein Rad und fuhr unter einem »Bis morgen!« davon.

»Ich fand den Nachmittag auch sehr schön!«, rief sie mir noch hinterher und ich hob, ohne mich noch einmal umzusehen, einen Arm, als Zeichen dafür, dass ich es noch gehört hatte. Nur die Leute, die mir entgegenkamen, konnten sehen, dass ich bis über beide Ohren zufrieden grinste.

Auf der Heimfahrt bläute ich mir immer wieder ein, mir nicht zu viele Hoffnungen zu machen, doch ich kam nicht umhin, diesen Nachmittag als kleinen Schritt nach vorn zu betrachten. In all den Blicken, die Nicole mir entgegengebracht hatte, meinte ich oft genug eine Art Unsicherheit abgelesen zu haben. Manchmal sah sie mich so an, als versuchte sie, meine Gedanken zu lesen, und auf mich machte es den Eindruck, als wenn sie irgendetwas in oder an mir suchte. Vielleicht den Grund, warum sie sich in mich verlieben könnte?

Ich war kaum zu Hause angekommen, da klingelte das Telefon. Es war Janne. Er hatte einen Plan ausgeklügelt, den er mir mitteilen wollte.

»Hör mal, Alter«, begann er, »ich hab' mir das folgendermaßen gedacht: Wir halten dich da erst mal völlig raus. Ich versuche, Klaus auf die Palme zu bringen. Ist ja nicht besonders schwer bei ihm. Und dann werde ich ihm bei der Gelegenheit irgendwas auftischen, dass du bei Nicole wieder rumgräbst wie ein Wahnsinniger oder irgendwie sowas ...«

»Stimmt ja sogar ein bisschen«, unterbrach ich ihn.

»Ach ja? Na ja, is ja aber auch egal ... Auf jeden Fall hast du so mit der Sache erst mal gar nichts zu tun und Nicole kann auch nicht sauer auf dich sein, falls irgendwas schiefgeht. Die Idee kam nebenbei bemerkt von Laura und Lisa.«

»Die wissen schon davon?«

»Ich war vorhin mit dem Rad bei ihnen. Hab' gedacht, sie helfen uns bestimmt. Ach übrigens, kann es sein, dass ich dich und Nicole gemeinsam Richtung Stadt hab' radeln sehen?«

Jannes Tonfall brachte mich zum Lachen. »Ja, wär schon möglich.«

»Na, bestens. Ist denn bei euch jetzt wieder alles beim Alten?«

»Im Großen und Ganzen schon. Ist nur alles ein bisschen komplizierter, weil sie jetzt weiß, dass ich in sie verliebt bin. Ich glaube, sie hat Angst, dass sie mir zu viel Hoffnungen macht, verstehst du?«

»Ja, schon klar. Mach da bloß nicht zu viel. Ich glaube, es bleibt dir jetzt nichts anderes übrig, als zu warten, dass sie vielleicht irgendwann auf dich zukommt.«

»Ich weiß.«

»Is hart, was?«

»Verdammt hart. Bei jedem Kontakt und jeder Umarmung weiß ich nicht, ob ich sie nicht vielleicht gerade zu doll drücke oder zu lieb angucke.«

»Das spielt sich bestimmt ein mit der Zeit. Aber vielleicht löst sich das Problem ja vorher auch in Luft auf. Aber nun zurück zum Plan: Also ich kümmere mich um Klaus, Laura und Lisa sorgen dafür, dass Nicole nicht zu früh und nicht zu spät dazukommt. Ich hab' mir gedacht, die Jahrgangsstufenfeier in zwei Wochen wäre ne gute Gelegenheit.«

»Und was soll ich nun dabei tun?«

»Das ist es ja: Nichts! Du bleibst völlig außen vor. Selbst wenn Klaus oder Nicole durchschauen, dass wir ihn reingelegt haben, kannst du behaupten, du wüsstest von nichts. Im Nachhinein ist es schon fast blöd, dass wir das nicht sowieso ohne dein Wissen geplant haben, dann wüsstest du ja wirklich von nichts und bräuchtest nicht mal ein schlechtes Gewissen haben.«

Natürlich war mir das vollkommen recht, auch wenn ich mich bei all dem mies fühlte. Ich wollte, nachdem ich mich gerade erst wieder mit Nicole vertragen hatte, ehrlich zu ihr sein, aber in diesem Fall ging das einfach nicht. Aber leichter konnte ich von der Sache wirklich nicht abkommen, und außerdem sagte ich mir immer wieder, dass wir Nicole damit helfen, und keineswegs schaden wollten. Wenn sie hinter unseren Komplott kommen würde, wäre unsere Freundschaft trotzdem endgültig beendet, egal was für ehrbare Gründe wir auch hätten. Dafür kannte ich Nicole mittlerweile.

»Warum tut ihr das eigentlich alles für mich?«, fragte ich.

»Na, für nen Kumpel tut man das ja wohl«, entgegnete Janne fast entrüstet.

»Okay, aber Laura und Lisa?«

»Die tun es für Nicole. Außerdem sind sie der Meinung, dass du der ideale Freund für sie wärst.«

»Ich weiß.«

»Du weißt?«

»Sie erwähnten das schon mal.«

»Aha.« Janne klang mehr fragend als sagend.

»Ich hoffe nur, in den zwei Wochen bis dahin, passiert nicht schon irgendwas«, gab ich zu bedenken.

»Auch da haben wir vorgesorgt.« Janne schien voll in seinem Element. »Laura und Lisa checken laufend ab, wann und wo sie mit Klaus verabredet ist, und werden gegebenenfalls Störmanöver einrichten, dauernde Telefonanrufe und sowas. Ich kann mir gut vorstellen, was los ist, wenn Nicoles Mutter mehrmals hochruft, dass da jemand für sie am Telefon ist. Da hat Klaus keine Chance.«

»Und wenn sie sich bei ihm treffen?«

»Ja, dann wird's natürlich schwieriger. Aber wenn ich dich richtig verstanden habe, will sie es doch eigentlich auch noch gar nicht. Kann ich mir bei Nicole irgendwie nicht vorstellen, dass gegen ihren Willen was passiert«, versuchte Janne mich zu beruhigen.

»Da bin ich ja ganz deiner Meinung, aber bedenke, dass Klaus bislang alles erreicht hat, was er wollte.

Und nach meiner Auseinandersetzung mit ihm, befürchte ich sogar, er könnte auch gegen ihren Willen etwas tun.«

»Und genau das werden wir verhindern«, meinte Janne entschlossen. »Also, bis morgen in der Schule.«

«Ja, bis morgen«, entgegnete ich und legte den Hörer auf.

Im Bett lag ich lange wach und dachte an Nicole. Ich ließ den Tag noch einmal Revue passieren, genoss in Gedanken das Gefühl, mit Nicole gemeinsam auf dem Marktplatz zu sitzen, wir beide ein Eis in der Hand, und einfach nur mit ihr zu quatschen. Im Prinzip hatte ich, seitdem ich mich vor etwa zehn Monaten in Nicole verknallt hatte, schon ganz schön viel erreicht. Mehr, als ich mir anfänglich je erträumt und zugetraut hätte. Und trotzdem reichte es mir nicht. Ich wollte Nicoles Herz ganz für mich gewinnen.

Die zwei Wochen bis zur Jahrgangsstufenfeier brachten eine unangenehme Spannung mit sich. Zum einen rückte der Tag näher, an dem es zwischen Nicole und Klaus zum großen Knall kommen sollte, – zum anderen war ich bemüht, Nicole genau im Auge zu behalten und dabei fiel mir auf, dass in ihren Augen nicht mehr dieses Leuchten war, wenn sie Klaus ansah. Die Frage war nur, ob das nach längerem Zusammensein vielleicht normal war, oder ob ich es mir eventuell nur einbildete. Ich wagte sogar zu denken, dass sie mich mehr anstrahlte als

Klaus, doch das war dann wohl wirklich nur eine Wunschvorstellung meinerseits.

In der Schule versuchte ich in dieser Zeit, ihr noch näher zu sein, als ich es ohnehin war. Abgesehen davon, dass ich immer gerne in ihrer Nähe war, hoffte ich, dass es Klaus vielleicht schon im Vorfeld der Jahrgangsstufenfeier etwas anstacheln würde. Er konnte es nach wie vor nicht leiden, dass Nicole und ich uns vertragen hatten, und je mehr ich ihn schon jetzt damit reizte, desto eher würde er hochgehen, wenn Janne ihn genau damit konfrontierte. Wenn sich die Gelegenheit ergab, verbrachte ich so die Pausen mit Nicole und ihren Freundinnen, wenn mir die typischen Mädchenthemen auch nicht allzu viel gaben. Auf Dauer würde es auffallen, aber für die zwei Wochen müsste es gehen, dachte ich.

Wer wird dich heimfahren heute Nacht?

Who's gonna pick you up, when you fall?
Who's gonna hang it up, when you call?
Who's gonna pay attention to your dreams?
And who's gonna plug their ears, when you scream?

You can't go on thinking nothing's wrong.
Who's gonna drive you home, tonight?
*
Wer wird dich aufrichten, wenn du fällst?
Wer wird dir zuhören, wenn du anrufst?
Wer wird deinen Träumen Aufmerksamkeit schenken?
Wer wird ihnen die Ohren zuhalten, wenn du schreist?

Du kannst nicht weiterhin denken, alles sei in Ordnung.
Wer wird dich heimfahren heute Nacht?

The Cars – Drive (1984)

Als der Vorabend der Jahrgangsstufenfeier gekommen war, steigerten sich meine Unruhe und mein schlechtes Gewissen ins Unermessliche. Am liebsten hätte ich mich für ein paar Tage eingebuddelt und wäre erst wieder aufgetaucht, wenn alles vorüber war. Mir war wegen der bevorstehenden Aktion sowieso schon mulmig und es plagten mich immer größere Zweifel, ob wir auch das Richtige taten. Immer mehr wurde mir bewusst, dass morgen Abend, sollte irgendetwas von unserem

Plan zu Nicole vordringen, meine Freundschaft mit ihr endgültig beendet wäre. Niemals würde sie mir verzeihen, dass ich hinter ihrem Rücken eine solche Situation absichtlich herbeiführte, oder auch nur davon wusste und es trotzdem nicht zu verhindern versuchte. Allein die Tatsache, dass Janne, Laura und Lisa erheblich weniger Skrupel hatten als ich, verhinderte, dass ich die ganze Aktion noch abblies.

So fand ich mich dann am Abend der Jahrgangsstufenfeier pünktlich in der Schule ein. Wie so oft, war ich einer der Ersten. Als irgendwann Nicole mit Klaus kam, hielt ich mich zunächst bedeckt und blieb in meiner Ecke sitzen, in der ich mich mit Uwe, Lars und Stefan unterhielt. Erst als Klaus und Nicole nicht mehr beisammenstanden, ging ich auf sie zu und begrüßte sie möglichst unspektakulär per flüchtiger Umarmung. Es konnte eventuell die Letzte sein, die ich jemals von ihr bekommen würde, dachte ich kurz. Doch ich war darauf bedacht, mir möglichst wenig von meiner Nervosität anmerken zu lassen. Nicole wäre nach Janne schließlich die Erste gewesen, die es gemerkt hätte, wenn mit mir irgendetwas nicht stimmte.

Die Jahrgangsstufenfeier fand auf dem gesamten Flur im ersten Stock und in den Klassenzimmern der zehnten Klassen statt. Etwa 120 Schüler und deren Lehrer waren schließlich versammelt und ich war etwas überrascht, dass Janne als einer der Letzten erschien.

Nachdem er sich etwas zu trinken geholt hatte, kam er zu mir und zog mich in eine ruhige Ecke. »Und, nervös?«

»Ich habe ja nicht viel zu tun. Eigentlich müsstest du doch viel nervöser sein«, antwortete ich schulterzuckend.

Er schmunzelte. »Ein bisschen bin ich das auch, aber für mich geht's ja nicht um so viel. Aber keine Angst, wir kriegen das schon hin.«

»Noch irgendwelche Änderungen in der Planung?«

»Nein, alles wie gehabt. Ich warte einfach einen günstigen Moment ab, gebe Laura und Lisa ein Zeichen, und dann ab die Motten.«

»Mich macht das alles ziemlich fertig. Ich wäre am liebsten gar nicht hier«, sagte ich bedrückt.

Er sah mich fragend an. »Na, dann hau doch wieder ab.«

»Das kann ich doch nicht machen. Ihr reißt euch hier für mich den Arsch auf und ich bleib schön gemütlich zu Hause sitzen?«

»Flo, du kannst uns eh nicht helfen. Im Gegenteil, … vielleicht wäre es sogar besser, du wärst nicht hier. Klaus wird sowieso behaupten, dass du dahintersteckst.«

»Meinst du, er ahnt etwas?«, fragte ich erschrocken.

»Nein, dann könnten wir die ganze Aktion ja gleich abblasen«, beruhigte er mich. »Aber wenn ich mir vorstelle, dass alles so läuft, wie es soll: Ich bringe Klaus zum Ausrasten, … er erzählt mir alles, was ich hören will, ... Laura und Lisa kommen mit Nicole um die Ecke, ... Nicole hört alles mit, ... Nicole macht Klaus zur Sau und trennt sich von ihm, ... da wird er irgendwelche Ausreden suchen. Und was wäre wohl naheliegender, als zu versuchen, es dir in die Schuhe zu schieben?«

»Gesetzt den Fall, es läuft wirklich alles so perfekt, – meinst du, Nicole würde sich noch irgendwelche Entschuldigungen von ihm anhören?«, fragte ich unsicher.

»Nein, ich hoffe nicht. Aber du kennst doch Klaus. Das gibt nen Tobsuchtsanfall per excellence. Ich freue mich jetzt schon drauf.« Er lachte schelmisch.

Ich musste einen Moment darüber nachdenken, dann sagte ich: »Gut, dann mach ich mich jetzt wirklich vom Acker. Ich bin froh, wenn ich von all dem nichts mitkriege. Falls mich jemand vermisst, sag einfach, mir wäre übel geworden.«

»Alles klar«, bestätigte Janne. »Ich melde mich dann, wenn die ganze Sache vorüber ist.«

Ich hob nur den Daumen meiner rechten Hand, schnappte mir meine Jacke und verließ so unauffällig wie möglich das Schulgebäude. Als ich auf meinem Rad saß und nach Hause fuhr, fühlte ich mich schon etwas erleichtert, fragte mich aber auch, ob ich nicht einfach nur feige war. Aber ich fühlte mich durch die Aufregung tatsächlich wie krank, und so war das eine passende Ausrede, wenn jemand nach meinem Verbleib fragen würde.

Zu Hause angekommen schmiss ich mich vor den Fernseher in meinem Zimmer. Aber ich schaute gar nicht richtig hin, sondern wartete nur darauf, dass endlich das Telefon klingelte. Und je länger der Apparat stumm blieb, desto nervöser wurde ich. Es war schon fast elf Uhr, und ich fragte mich schon, wie ich jemals in den Schlaf finden sollte, als es doch noch klingelte.

Ich hatte den Hörer schon abgenommen, bevor das erste Klingeln zu Ende war und meldete mich nur mit einem hektischen »Ja?«

»Ich bin's, Janne!«, erklang es am anderen Ende.

»Und?«

»Ist alles soweit gut gelaufen.«

»Was heißt *soweit*? Hat Nicole Schluss gemacht?«

»Nicht so direkt. Oder noch nicht.«

»Wie, noch nicht?« Mir wurden kurz die Knie weich. Das durfte doch nicht wahr sein.

»Na ja, wie wir schon vermutet hatten: Klaus hat den Braten gerochen, und sich damit verteidigt, wir hätten ihn in eine Falle gelockt.«

Einen Moment lang herrschte Stille, dann sagte ich: »Und was hat Nicole dazu gesagt?«

«Nichts. Sie hat ihn gar nicht ausreden lassen, war sich aber anscheinend doch nicht so ganz sicher. Dass ausgerechnet du so klammheimlich verschwunden bist, hat sie irgendwie stutzig gemacht.«

»Was hast du ihr denn erzählt?«

»Dass du dich nicht wohlfühltest und deshalb wieder nach Hause bist. So wie wir es besprochen hatten.«

»Ist ja eigentlich noch nicht mal gelogen.«

»Dachte ich mir auch. Sie wundert sich wohl nur, dass du ihr nicht Bescheid gesagt hast. Sie meinte, du würdest das normalerweise tun.«

»Da hat sie ja auch recht. Aber muss sie das jetzt gleich misstrauisch machen?«

»Ach, wäre ihr ja gar nicht aufgefallen, wenn Klaus nicht versucht hätte, sich damit rauszureden.«

»Und was ist jetzt mit den beiden?«

»Na, was soll schon sein? Große Krise natürlich. Wo Klaus abgeblieben ist, weiß ich gar nicht. Der reagiert bestimmt an irgendwem seinen Frust ab. Um Nicole kümmern sich Laura und Lisa gerade. Nur gut zu wissen, dass sie auf deiner Seite sind ...«, Janne brach plötzlich ab, dann sagte er: »Wart mal, Lisa kommt gerade.«

In der Folge hörte ich Lisa und Janne zwar sprechen, aber verstehen konnte ich kein Wort. Anscheinend hielt Janne den Hörer mit einer Hand zu oder die beiden unterhielten sich draußen vor der Telefonzelle.

»Hör mal«, meldete er sich wieder, »Lisa sagt, dass Nicole gejammert hätte, wenn du doch jetzt wenigstens hier wärst, und sie haben sie überredet, dich anzurufen, – trotz der Uhrzeit. Ich mach dann jetzt schnell Schluss, damit sie mich nicht hier in der Telefonzelle sieht. Und du lässt dir gefälligst nichts anmerken, wenn sie anruft.«

»Ich werds versuchen«, gab ich verdattert zurück und schon hörte ich, wie am anderen Ende der Hörer auf die Gabel flog.

Da saß ich nun, erleichtert zwar, aber zugleich unvermindert nervös, weil Nicole mich anrufen würde, und ich wahrscheinlich gezwungen wäre, sie anzulügen. Außerdem war sie zweifellos in einem Zustand, in dem ich sie nicht kannte. Und ich wusste nicht, ob sie nur jemandem zum Sprechen brauchte, oder mich vielleicht doch verdächtigte, mit all dem zu tun zu haben.

Kurz danach ging das Telefon erneut. Gut, dass meine Eltern nicht da waren, denn bewusst ließ ich es erst ein paarmal klingeln, bevor ich mich möglichst unbedarft mit meinem Nachnamen meldete.

»Flo?«, hörte ich Nicole am anderen Ende schluchzen.

»Nicole?«, fragte ich in gespielter Verwunderung.

»Wo bist du denn vorhin plötzlich gewesen?«

»Entschuldige, mir war nicht gut und da bin ich nach Hause. Ich hab dich grad nicht gefunden, sonst hätte ich Bescheid gesagt. Was ist denn mit dir? Ist irgendwas passiert?«

»Ach Flo, … ich hatte gehofft, das kannst du mir vielleicht sagen.«

Einen Moment überlegte ich, dann gab ich zurück: »Entschuldige Nicole, wovon sprichst du? Was ist denn los?« Ich war selbst überrascht über meine schauspielerische Leistung.

»Klaus…«, schluchzte sie am anderen Ende jetzt noch mehr, »er … du hattest mit allem recht, was ihn betrifft.«

»Was ihn betrifft?«

»Na, mit seinen Absichten. Er liebt mich wirklich gar nicht mehr … Ihm ging's tatsächlich nur noch darum … also … er wollte mich wirklich nur noch ins Bett kriegen. Kannst du dir das vorstellen?«

»Schon, aber woher weißt du das denn jetzt auf einmal?«

»Ich habe es zufällig mitgekommen, wie er es zu Janne gesagt hat. Ich komme mir so blöd vor. Ihr habt mich alle vor ihm gewarnt und ich habe euch auch noch angegriffen, statt darauf zu hören.«

Ich sagte nichts. Ich wusste einfach nicht, was. Ich konnte Nicole schließlich schlecht recht geben, auch wenn sie es in diesem Falle hatte.

»Hast du es gewusst, Flo?«, fragte sie plötzlich.

»Was?« Mein Herz setzte für einen Schlag aus.

»Dass Klaus nur noch mit mir ins Bett wollte?«

»Ja«, sagte ich erleichtert in den Hörer.

»Warum hast du mir dann nichts gesagt?«, schluchzte sie.

»Hättest du mir denn geglaubt? Ausgerechnet mir?«, hauchte ich zurück und verdrückte mir eine Träne. Ich konnte es einfach nicht ertragen, wenn Nicole traurig war. Es zog mich automatisch mit runter, immer schon. Schlimm genug, dass ich sie vor Kurzem sogar noch selbst traurig gemacht hatte mit meinem bescheuerten Verhalten.

»Nein, hätte ich nicht«, weinte Nicole in den Hörer, »aber ich hätte trotzdem erwartet, dass du es mir sagst.«

Jetzt war ich doch etwas perplex. Sie wollte mir nicht ernsthaft ankreiden, dass ich ihr nichts gesagt hatte, nach all den Gedanken, die ich mir unentwegt wegen ihr machte? Ich kam aber nicht dazu, mich wirklich darüber zu ärgern, denn schon sah ich mich dem nächsten Verdacht ausgesetzt: »Habt ihr da vielleicht irgendwie nachgeholfen?«, erkundigte sie sich.

»Nachgeholfen? Wobei?« Obwohl es die Frage war, vor der ich am meisten Angst gehabt hatte, blieb ich fokussiert. Meine Nervosität war wie weggeblasen und Nicole würde mir sicher nichts anmerken.

»Dabei, dass ich zufällig genau in dem Moment dazukomme, wenn Klaus Janne davon erzählt.«

»Wie sollte ich denn? Ich war doch gar nicht da«, stellte ich eine Gegenfrage, um der Notlüge aus dem Weg zu gehen.

»Aber Janne, … hat er das vielleicht eingefädelt?«

»Was denn eingefädelt, verdammt? Kannst du mir mal sagen, wovon du sprichst?« Es war nicht nur gespielt, ich wurde tatsächlich ärgerlich.

»Davon, dass die Situation nicht zufällig entstanden ist.«

»Und wenn es so wäre? Was würde das denn für einen Unterschied machen?«, schrie ich jetzt schon fast in den Hörer.

Nicole antwortete nicht. Es gab eine lange Pause, aber an dem Schniefen und Schluchzen konnte ich hören, dass sie noch dran war.

»Du suchst doch nur schon wieder nach einer Ausrede, warum du Klaus verzeihen könntest,

Nicole«, sagte ich dann. »Aber gesetzt den Fall es wäre so, ... wäre es deswegen weniger schlimm?«

»Nein, du hast ja recht«, schluchzte sie. »Es ist nur alles so maßlos enttäuschend.«

»Soll ich noch kommen?«, fragte ich schließlich.

»Jetzt noch? Mit dem Fahrrad? Bist du verrückt? Außerdem geht es dir doch nicht gut, denke ich?«, wunderte sich Nicole.

»Stimmt auch. Aber wenn du möchtest, komme ich trotzdem noch.«

»Nein, Flo. Du hast schon genug für mich getan. Ich komme schon klar. Ich rufe gleich meine Mutter an, dass sie mich abholt. Hier halte ich es jedenfalls nicht länger aus. Darf ich dich morgen vielleicht noch mal anrufen?«

»Jederzeit.«

»Schlaf gut.«

Noch bevor ich das erwidern konnte, hörte ich an einem *Klick*, dass sie am anderen Ende aufgelegt hatte.

Jetzt saß ich da mit meinem Talent. Eigentlich hätte ich froh sein sollen, dass alles so gut geklappt hatte, aber es wollte sich bei mir keine rechte Freude einstellen. Ich litt mit Nicole mit. Ich hätte mir gewünscht, wir hätten ihr weniger schmerzhaft helfen können, doch letzten Endes hatte sie selbst zugegeben, dass sie unsere Warnungen einfach nicht hören wollte. Aber immerhin hatten wir sie vor einem großen Fehler bewahrt, und jetzt, da alles gut verlaufen war, fand ich meine Idee nach Hause zu fahren ziemlich bescheuert. Ich hatte das Gefühl, dass sie mich brauchte und darüber hinaus machte ich mir Sorgen, dass noch irgendetwas passieren könnte, bis ihre Mutter endlich käme.

Letztlich schlief ich an diesem Abend aber noch zufrieden ein. Was immer die nächsten Tage und Wochen bringen würden – zunächst einmal war es uns gelungen, Klaus und Nicole zu trennen. Nicht um meinetwillen, sondern um ihretwillen!

Hey, kleines Mädchen!

Hey little girl, where will you hide?
Who can you run to now?
Hey little girl, where will you go?
Who can you turn to now?
*
Hey kleines Mädchen, wo wirst du dich verstecken?
Zu wem kannst du fliehen?
Hey kleines Mädchen, wo willst du hin?
An wen kannst du dich jetzt wenden?

Icehouse – Hey little girl (1983)

Als ich am darauffolgenden Samstag schon vor dem Frühstück eine kleine Runde joggen ging, ertappte ich mich dabei, dass ich schon wieder neue Pläne schmiedete. Schließlich lag mein eigentliches Ziel, Nicole ganz für mich zu gewinnen, nach wie vor in weiter Ferne. Und gerade jetzt durfte ich keine übertriebenen Annäherungsversuche unternehmen. Solang Nicole unter der Trennung von Klaus litt, wäre das schlechter Stil, völlig egal, wie diese Trennung zustande gekommen war. Und Nicole selbst würde wohl auch Skrupel haben, sich gerade von mir trösten zu lassen, wo sie doch wusste, was ich für sie empfand, wenn sie das manchmal auch verdrängte.

Als ich geduscht und gefrühstückt hatte, versuchte ich in meinem Zimmer die nötigsten Hausaufgaben für die nächste Woche zu erledigen. Zunächst gelang mir das auch, aber je später es wurde, desto häufiger ertappte ich mich dabei, dass ich bei jedem kleinen Geräusch horchte, ob es nicht vielleicht das Telefon sei. Tatsächlich klingelte es auch mehrmals an diesem Morgen, doch alle Gespräche waren für meine Eltern. Irgendwann klopfte meine Mutter zwar an meine Zimmertür, aber da das Telefon nicht geklingelt hatte, musste es einen gewöhnlichen Grund haben. »Herein!«, rief ich.

Meine Mutter öffnete und steckte den Kopf durch den Türspalt. »Da ist Besuch für dich an der Haustür, Florian. Ein Mädchen. Ich war gerade vorne am Saubermachen, deshalb hat sie nicht geklingelt. Sie hat sich aber nicht vorgestellt, schien mir ziemlich nervös zu sein.«

Meine Eltern kannten Nicole nicht, weil sie noch nie bei uns gewesen war und gesprochen habe ich über das ganze Thema zu Hause auch nie. »Lange, blonde Haare?«, fragte ich.

Meine Mutter nickte. »Und bildhübsch«, fügte sie mit einem Lächeln hinzu.

»Das ist Nicole Martens – ein Mädchen aus meiner Klasse.« Ich hoffte, dass sie mir mein plötzliches Herzklopfen nicht anmerkte.

»Ach ja, an die Eltern kann ich mich erinnern. Sie wartet vorne.« Anstandshalber wählte meine Muttern den Umweg über Flur und Wohnzimmer, während ich direkt zur Haustür stürzte.

Unten, vor der ersten von drei Eingangsstufen, stand Nicole. In Jeans und weißen Turnschuhen mit einer rosa Bluse und ihrer Jeansjacke darüber. Ihre offenen Haare kräuselten sich leicht im Wind, der um die Hausecke wehte. Nie werde ich diesen Anblick vergessen, wie sie dastand, wunderschön, und mich ansah wie ein kleiner Hund, dem man etwas Fürchterliches angetan hatte, der aber zugleich zu stolz war, mir einfach winselnd in die Arme zu springen.

»Hallo«, sagte sie fast schüchtern.

»Hi, komm doch rein«, versuchte ich möglichst gut gelaunt zu entgegnen.

Nicole kam die drei Stufen hinauf und ich ging voran in mein Zimmer. Ich hatte die Tür kaum geschlossen, da fiel sie mir laut schluchzend um den Hals und weinte und weinte und weinte. Ich ließ sie weinen. Es war vermutlich das Beste für sie. Ich strich ihr tröstend über das Haar und sagte nichts. Es dauerte eine ganze Weile, bis der Tränenstrom langsam abriss und Nicole ihren Kopf wieder von meiner Schulter nahm. »Entschuldige«, schluchzte sie kaum verständlich, »ich bin echt egoistisch, dass ich mich ausgerechnet hier bei dir ausheule.«

»Lieber bei mir als bei irgendjemand anderem«, antwortete ich, woraufhin ihr von Neuem Tränen in die Augen schossen und sie sich wieder in meine Arme legte.

Es dauerte eine Weile, bis ihr Körper sich merklich entspannte, dann setzten wir uns nebeneinander auf mein Bett und sie erzählte mir mit gefasster Stimme alles, was am Vorabend vorgefallen war. Den Verdacht, jemand könnte die Situation provoziert haben, sprach sie allerdings nicht mehr aus.

»Tja, was soll ich da jetzt sagen, Nicole?«, fragte ich, als sie geendet hatte. »Du weißt ja, dass es mich nicht unbedingt überrascht.«

»Aber so schlimm? Hast du wirklich geahnt, dass Klaus zu sowas fähig ist?«

»Ich weiß nicht, Nicole. Was ich nur sicher weiß, ist, dass er dich nicht mehr liebt, dass er dich vielleicht noch nie richtig geliebt hat.«

«Warum war er denn dann so lange mit mir zusammen? Das kann doch nicht alles nur gewesen sein, weil er mit mir ins Bett wollte?«

»Sicher nicht. Wie ich Klaus einschätze, war er einfach in die Situation verliebt. In die Tatsache, dass er mit dem schönsten Mädchen der Schule zusammen ist. Das war es, was ihn angetrieben hat, nicht du als Mensch oder seine Liebe zu dir.«

Nicole blinzelte mich ungläubig an. »Was meinst du denn damit … Das schönste Mädchen der Schule?«

»Ach, Nicole, willst du mir jetzt wirklich erzählen, dass du das selbst gar nicht merkst? Mich darfst du ja eh nicht fragen, du weißt ja, wie ich zu dir stehe, … aber du musst doch merken, dass du bei den Jungs ziemlich beliebt bist.«

»Aber warum denn? Sonja oder Birgit zum Beispiel sehen doch viel besser aus als ich und sind dazu auch noch viel besser gekleidet, oder etwa nicht?«

»Sie haben vielleicht aufwendigere Frisuren und teurere Klamotten und sie sehen auch zweifellos gut aus«, gab ich zu, »aber was ihnen fehlt, und was sie auch nie bekommen werden, ist deine Ausstrahlung. Wenn man dich ansieht, geht einfach die Sonne auf. Dieses Leuchten in deinen Augen, wenn du lächelst, … das hat kein anderes Mädchen so wie du.«

Nicole sah mich verlegen an und wurde zu meinem Erstaunen knallrot. Dass ich mich traute, ihr das einfach alles so zu sagen, wunderte mich selbst. Es muss an der besonderen Situation gelegen haben.

»Na ja, es ist ja irgendwie klar, dass du das sagst«, flüsterte sie mit gesenktem Kopf.

»Nein, Nicole! Das hat jetzt nichts mit meinen Gefühlen für dich zu tun. Du bist einfach so ein Mensch, mit dem jeder gern zusammen ist. Und gerade, dass du das selbst gar nicht bemerkst, macht dich noch sympathischer.«

»Und ich verliebe mich ausgerechnet in den Jungen, der es nicht ehrlich mit mir meint.« Sie schnäuzte kopfschüttelnd in ein Taschentuch.

»Sieht so aus.«

»Und seit wann hast du es nun gewusst?«

»Gewusst habe ich gar nichts, Nicole. Ich habe es auch immer nur vermutet. Und ich habe mich oft gefragt, ob ich da nicht nur etwas sehe, was ich sehen wollte. Ich brauche dir ja nicht zu sagen, dass mir eure Beziehung auch aus rein egoistischen Beweggründen ein Dorn im Auge war.«

»Oh Mann, das tut mir alles so leid. Langsam verstehe ich, warum du letzten Sommer nichts mehr mit mir zu tun haben wolltest. Du musst ja fürchterlich gelitten haben. Und ich bin auch noch so blöd und lasse dich auflaufen.«

»Lass mal, Nicole«, versuchte ich sie zu beruhigen, »die Aktion letzten Sommer war von mir echt nicht okay. Ich bin froh, dass du überhaupt noch mit mir sprichst, nach dem Blödsinn, den ich da verzapft habe.«

»Na, ansonsten müsste ich mich ja wohl spätestens jetzt bei dir entschuldigen. Mann, was komme ich mir dumm vor. Alle meine Freundinnen und Freunde hatten was gegen Klaus und ich war so blind.« Sie schlug sich mit der flachen Hand vor die Stirn.

»Was haben denn eigentlich Laura und Lisa dazu gesagt?«, erkundigte ich mich.

»Na, die waren gestern nicht gerade traurig. Laura hat mir ganz schön zugesetzt, hat gesagt, dass es so besser für mich wäre.«

»Womit sie zweifellos recht hat.«

»Ja, aber das Letzte, was ich gestern Abend hören wollte, waren Vorwürfe. Ich hab' mich doch sowieso schon gefühlt, wie das Arschloch der Nation. Und dann warst du auch noch nicht mal da. Die Einzige, die mich in Ruhe gelassen hat, war meine Mutter, – obwohl ich weiß, dass sie genauso über Klaus denkt, wie ihr alle.«

»Nicole, ich will nur mal kurz was klarstellen: Ich denke nicht generell schlecht über ihn. Er hat sicher auch seine guten Seiten. Zum Beispiel ist er zweifellos ein guter Klassensprecher, aber als

Freund, – oder zumindest als dein Freund, – taugt er halt nichts.«

Nicole nickte. »Keine Angst, das weiß ich jetzt.«

Es klopfte an der Zimmertür. »Florian, es gibt gleich Pfannkuchen! Möchte dein Besuch vielleicht zum Essen hierbleiben?«, rief meine Mutter von draußen.

Ich blickte zu Nicole, die nach kurzem Zögern nickte.

»Ja!«, rief ich.

»Gut, dann kommt bitte in fünf Minuten!«

»Machst du grad Schularbeiten?« Nicole war aufgestanden und sah sich auf meinem Schreibtisch um.

»Ja, Englisch. Nicht gerade mein Lieblingsfach.«

»Soll ich dir helfen?«, fragte sie. »Ich hab's gestern Nachmittag schon gemacht.«

»Gerne«, gab ich erfreut zurück. Fremdsprachen waren nicht gerade meine Stärke, daher war jede Hilfe willkommen, und so nette Hilfe sowieso. »Aber erst nach dem Essen«, fügte ich schnell hinzu, da Nicole sich schon daran machte, das Englischbuch durchzublättern.«

»Okay«, sagte sie und hatte glücklicherweise ihr Lächeln wiedergefunden. Das Lächeln, das sofort wieder meine Kniegelenke zu Pudding werden, und mein Herz schneller schlagen ließ.

»Dann komm.« Ich wollte gerade meine Zimmertür öffnen, doch Nicole sprang unvermittelt auf mich zu und legte ihre Hand auf die Klinke.

Ich sah sie verdutzt an. Sie stand sehr nah vor mir und blickte mir in die Augen, intensiver, als sie es sonst tat. Ich hatte diesen alles durchdringenden Blick schon einmal gespürt: damals in Raum 213. Mein Herzschlag beschleunigte sich.

»Flo, ich möchte, dass du das hier jetzt nicht falsch verstehst, aber ich habe dir so viel zu verdanken, dass ich gar nicht weiß, wo ich anfangen soll. Du bist echt der beste Freund, den man sich wünschen kann. Es ist einfach schön, dass es dich gibt.« Ohne den Blick auch nur einmal von meinen Augen abzuwenden, legte sie ihre Hände auf meine Wangen, zog meinen Kopf ein kleines Stück zu sich heran, und küsste mich wahrhaftig auf den Mund.

In dem Moment, in dem ich ihre Lippen spürte, schoss ein Schwall von Emotionen und Hormonen durch meinen Körper, der alles durcheinanderzuwirbeln schien. Meine ohnehin schon weichen Knie gaben fast nach und um mein Herz herum breitete sich eine Wärme aus, wie ich sie noch nie zuvor empfunden hatte. Erst einmal hatte mich ein Mädchen geküsst, doch Sandras Kuss damals hatte, so schön er auch war, nicht annähernd die Größe und Wirkung, wie dieser von Nicole.

»So, nun lass uns essen gehen«, sagte sie dann, lächelte dabei und sah mich einfach nur lieb an.

Ich wusste, wie ich diesen Kuss zu verstehen hatte. Es war kein Kuss aus Liebe. Es war nur ihre Art, Danke zu sagen. Denn natürlich wusste sie, dass ich mir nichts sehnlicher gewünscht hatte. Ich lächelte zurück, zog sie kurz in meine Arme, drückte sie einmal und ließ sie dann wieder los, als Zeichen, dass ich ihre Geste richtig verstanden hatte. Dann gingen wir gut gelaunt in die Küche.

Meine Eltern dachten sicherlich, dass Nicole meine Freundin sei, oder dass sich zumindest so etwas anbahnte. Ich hatte schließlich das erste Mal Mädchenbesuch zu Hause und sie merkten uns sicher an, dass wir uns sehr gut verstanden. Nicole war halt auch eine *Schwiegertochter*, wie sie im Buche stand: freundlich, hübsch, gut erzogen und immer ein Lächeln auf den Lippen. Dass meine Eltern Nicole sehr nett fanden, sagten sie mir dann später am Abend auch noch mehrfach, aber zunächst war da noch der Nachmittag, und den verbrachten Nicole und ich, nachdem sie mir bei den Englisch-Hausaufgaben geholfen hatte, zusammen in der Stadt. Es war schon wieder Anfang November, aber das Wetter meinte es erneut gut mit uns und die Sonne strahlte noch einmal mit einer angenehmen Wärme vom Himmel. Vermutlich war es der letzte richtig schöne Tag des Jahres. Ich lud Nicole auf ein Eis ein und nachdem wir ein paar wirklich tolle Stunden zusammen verbracht hatten und ich sie noch den weiten Weg mit dem Fahrrad nach Hause begleitet hatte, standen wir vor ihrer Haustür, um uns voneinander zu verabschieden.

»Danke fürs nach Hause bringen, Flo«, sagte sie, »und … für den schönen Tag. Für ein paar Stunden hatte ich glatt vergessen, wie mies es mir eigentlich geht.«

»Das freut mich«, antwortete ich. »Du weißt ja, …
ich bin immer für dich da, wenn du mich brauchst.«

»Ja, ich weiß.« Sie nickte, nahm mich zum
Abschied noch einmal in die Arme und drückte mich
kurz, aber fest. Ich erwiderte es, so gut es mit dem
Fahrrad zwischen den Beinen ging.

Erfreut und enttäuscht zugleich sah ich sie an, als
wir uns aus dieser Umarmung lösten. Erfreut über
die kleinen Zärtlichkeiten, die sie mir gab, aber
enttäuscht darüber, dass nie mehr daraus werden
würde. Nicole sah mir diese Enttäuschung offenbar
an, wie sie überhaupt alle Gefühlsregungen von
meinen Augen ablesen konnte. Kein Mensch außer
ihr konnte das, nicht einmal meine Eltern. Dabei war
sie auch der einzige Mensch, bei dem mir das nicht
unangenehm war. Früher war das mal anders
gewesen. Da wäre es mir megapeinlich gewesen,
wenn sie gemerkt hätte, was ich für sie empfand. So
lange waren diese Zeiten auch noch gar nicht her.

Nicole sah mich mitleidig an, und so, wie sie bei
mir Vieles von den Augen ablesen konnte, so konnte
ich das umgekehrt auch bei ihr. Sie suchte nach
Worten, da sie meinen enttäuschten Blick und die
darum liegende Stille nur schwer ertragen konnte.
Ich indes hoffte immer auf irgendetwas Positives,
einen kleinen Fortschritt, etwas wie »Gib mir noch
etwas Zeit, Flo«, was sie jetzt sicherlich hätte sagen
müssen, wären wir zwei Hauptdarsteller in einem
Liebesfilm gewesen. Aber es war halt kein Film,
sondern bittere Realität. Und darum sagte sie nichts

dergleichen, und auch etwas anderes Sinnvolles fiel ihr wohl nicht ein.

Also nahm ich ihr die Last ab und sagte: »Dann sehen wir uns Montag in der Schule?«

Nicole nickte nur. »Bis Montag.«

Ich schwang mich wieder gänzlich auf mein Rad, fuhr einen großen Bogen und machte mich auf den Heimweg. Es war ein Stück, bis ich um die nächste Straßenecke biegen musste, und als wenn ich Nicoles Blick spüren konnte, drehte ich mich kurz vorher noch einmal um. Sie war noch nicht hineingegangen, sondern stand in der Tür und sah mir nach. Dann verdeckte die erste Hausecke meinen Blick zu ihr.

War das alles vielleicht ein kleines Fünkchen Hoffnung wert? Bevor ich mir davon auf dem langen Nachhauseweg wieder zu viele machte, bog ich kurzerhand zu Janne ab. Ich klingelte. Er öffnete und war offensichtlich gar nicht so überrascht, mich zu sehen: »Da bist du ja endlich! Ich habe schon den ganzen Nachmittag versucht, dich anzurufen«, rief er mir entgegen.

»Ja, sorry. Ich war mit Nicole unterwegs«, entgegnete ich.

»Ich weiß.«

»Wie, du weißt?«

»Sagen wir, ich hab's mir gedacht. Nach eurem Telefongespräch gestern Abend murmelte sie so etwas wie: *wenn Florian wenigstens da wäre*. Da habe ich mir schon gedacht, dass ihr euch trefft.«

Wir gingen in sein Zimmer und er erzählte noch einmal haarklein alles, was am Vorabend passiert war, wobei mich das gar nicht allzu sehr interessierte. Lediglich das Resultat war wichtig und das war gottlob positiv.

»Sie hat mich übrigens gefragt, ob wir die Situation eingefädelt hätten«, sagte ich, als Janne mit seiner Erzählung fertig war.

»Du hast ihr hoffentlich nicht die Wahrheit gesagt?«, fragte er besorgt.

»Nein, ich bin der Antwort ausgewichen … obwohl mir echt nicht ganz wohl dabei ist.«

»Mensch, Flo! Nicole stände sich sonst nur wieder selbst im Weg, das wissen wir doch beide. Dann würde sie Klaus am Ende doch noch verzeihen. Wir waren uns doch einig, dass es hier in erster Linie darum geht, ihr zu helfen, diesen Kerl loszuwerden. Und wenn man sie dafür anlügen muss, dann geht es nun mal nicht anders. Ich habe da echt ein reines Gewissen.«

»Ja, du hast ja recht. Ich habe nur Angst, dass alles irgendwann rauskommt. Und bei Einem bin ich mir sicher: Dann war's das endgültig mit Nicole.«

»Ich verstehe«, er nickte, »aber dann kannst du dir wenigstens sagen, dass du für sie getan hast, was du konntest. Zumindest sehe ich das für mich so.«

Das stimmte. Auch wenn Nicole das vielleicht niemals verstehen würde, – wir brauchten keine Gewissensbisse haben. Der Zweck heiligte in diesem Fall wirklich die Mittel.

Janne wollte wissen, wie es den Tag über mit Nicole gelaufen sei, aber ich erzählte ihm nur Teile davon. Insbesondere das mit dem Kuss ließ ich aus.

Trotzdem grübelte er ein wenig nach, als ich fertig war: »Ich frage mich, warum sie sich eigentlich nicht in dich verliebt. Ich meine, ich verstehe da ja überhaupt nichts von, aber es ist doch komisch, dass ihr euch so gut versteht und sie dich so sehr mag, aber dich angeblich nicht liebt. Was muss denn noch passieren, dass aus eurer Freundschaft Liebe wird? Kannst du mir das mal sagen?«

Ich zuckte nur mit den Schultern. Im Prinzip hatte Janne mit wenigen Worten all die Fragen gestellt, die ich schon seit Monaten hatte.

»Wenn ich wenigstens selbst schon mal verknallt gewesen wäre«, meinte Janne weiter, »dann hätte ich zumindest ein bisschen Ahnung von der Materie.«

»Das hilft einem auch nicht weiter, glaub' mir«, entgegnete ich schmunzelnd.

»Dann kann man wohl nur warten und hoffen?«

Ich hob einen Daumen und nickte.

Nur geträumt

With every day that passes,
I fall nearer to the ground.
It seems that I've been looking for
Something that won't be found

I was only Dreaming.
I was only trying to catch your eye.
I was only wishing you would notice me,
Instead you said goodbye!
*
Mit jedem Tag, der vergeht,
Falle ich tiefer
Es scheint, dass ich nach etwas gesucht habe,
Das sich nicht finden lässt.

Ich habe nur geträumt.
Ich habe nur versucht, dir aufzufallen.
Ich habe mir nur gewünscht, du würdest mich bemerken,
Aber stattdessen hast du mich verlassen!

OMD – Dreaming (1988)

Die Wochen und Monate gingen dahin und es änderte sich nichts, weder zum Positiven noch zum Negativen. Nicole und ich waren dicke Freunde und wir verbrachten nicht wenig Zeit miteinander. Mittlerweile sahen auch meine Eltern sie des Öfteren und wenn wir auf Partys eingeladen waren, hat uns so manch Fremder sicher für ein Pärchen gehalten. Im Prinzip waren wir das auch, nur eben platonisch, ohne größere körperliche Zärtlichkeiten. Manchmal stellte ich mir selbst die Frage, was das überhaupt noch ändern würde. Wir waren uns schließlich näher als viele wirkliche Paare, und trotzdem wollte ich erreichen, dass sie mir eines Tages sagen würde, dass sie mich liebte.

Doch je mehr Zeit verging, desto mehr versiegte die Hoffnung, diesen Satz jemals von ihr zu hören, und ich wurde von Tag zu Tag deprimierter. Ich hatte mir geschworen, es nicht wieder an ihr auszulassen, so wie im letzten Sommer, aber ich war in der Situation gefangen. Verliebt in ein Mädchen, das meine Gefühle einfach nicht erwiderte, aber nicht ansatzweise bereit dazu, diese Liebe aufzugeben. Es war völlig egal, was ich tat, am Ende würde ich verlieren. Was dabei so schmerzte, war diese Aussichtslosigkeit, dass ich einfach keine Möglichkeit sah, aus dieses Situation zu entkommen.

Und dann tat sich plötzlich eine Lösung auf. Eine Lösung, mit der ausgerechnet mein Vater an einem Abend im Februar in mein Zimmer kam. Er machte einen ungewohnt ernsten Gesichtsausdruck, schien aber nicht verärgert zu sein. Ansonsten kam er mit solch einer Miene nur zu mir, wenn ich irgendwelchen Mist gebaut hatte, aber diesmal lag der Grund wohl woanders.

»Florian«, sagte er und setzte sich auf mein Bett, »ich muss dringend mit dir reden. Es stehen da bei mir kurzfristig ein paar berufliche Veränderungen an. Deine Mutter und ich haben lange darüber beraten und uns entschlossen, einen großen Schritt zu wagen.«

»Was für einen Schritt?« Aufgrund der Tätigkeit meines Vaters als IT-Spezialist, von denen es damals nur sehr wenige gab, ahnte ich schon, in welche Richtung das Gespräch gehen würde.

»Also …«, druckste er ungewohnt herum, »meine Firma hat mir den Geschäftsstellenleiterposten für unsere Zweigstelle in Orlando angeboten. Und ich habe nach langem Überlegen angenommen.«

RUMMS! Das saß! Orlando – Florida – USA. Tausende Meilen weg von der alten Schule, den Kumpels – von Nicole! Ich saß stumm da, musste das erstmal sacken lassen.

Nach einer längeren Pause sagte mein Vater: »Wir haben wie gesagt lange darüber nachgedacht, deine Mutter und ich, und wir sind zu dem Entschluss gekommen, es dir zu überlassen, ob du mitkommst oder nicht. Du könntest auch hier bei Oma bleiben, wenn du möchtest.«

»Was ist mit Marvin?«, erkundigte ich mich nach meinem jüngeren Bruder.

»Er kommt mit uns«, erklärte mein Vater. »Er ist einfach noch nicht alt genug, um ohne uns hierzubleiben.«

»Wann?«

»Zum nächsten Ersten schon. Den ganzen Umzug bezahlt meine Firma. Wir hätten es dir eher gesagt, aber wir wussten selbst noch nicht genau …«

»Schon gut«, unterbrach ich ihn. Für eine solche Entscheidung hätte ich normalerweise Tage gebraucht, aber ich brauchte an diesem Abend nur eine Minute, um alle Umstände abzuwägen. Die Situation kam wie gerufen. Endlich tat sich ein Ausweg aus meiner Misere auf. »Ich komme mit«, teilte ich meinem Vater kurzerhand mit.

»Bist du sicher?« Er sah mich abschätzend an.

»Ich war mir selten bei etwas so sicher!«

Nach dem ersten Schock sah ich darin die Lösung all meiner Probleme. Ein anderes Land, andere Leute, andere Mädchen. Ich sah es als einen Neuanfang. Und als Therapie gegen chronischen Liebeskummer.

Ich hatte nur noch knappe drei Wochen. Drei Wochen, um mit meinem alten Leben, meinen Freunden, und vor allem mit Nicole abzuschließen. Klar, es müsste kein Abschied für immer sein, aber für sehr lange Zeit. Janne war der Erste, dem ich es erzählte, und er nahm es erstaunlich ruhig auf. Er meinte, er würde mich zwar sehr vermissen, wäre an meiner Stelle vermutlich aber auch gegangen, allein schon, da er schon immer gerne in die USA wollte. Was aus mir und Nicole würde, wollte er natürlich auch wissen, und ich sagte ihm, dass ich es als Chance sah, dieses Thema endlich hinter mir zu lassen.

Als ich schließlich Nicole selbst davon erzählte, war es das schwerste Gespräch, das ich bis dahin jemals geführt hatte. Ich nahm mehrere Anläufe bis es endlich raus war und Nicole war danach sichtlich geschockt. Auch wenn mir das hätte schmeicheln können, ich war nach diesem Gespräch genauso mitgenommen wie sie. Unsere ganze Beziehung war surreal. Auf der einen Seite waren wir zu dieser Zeit kaum voneinander zu trennen, auf der anderen Seite kamen wir aber auch nicht richtig zusammen. Das alles hatte in den vergangenen Monaten so an mir genagt, dass ich auch während dieser letzten drei Wochen nie Zweifel bekam, dass meine Entscheidung, mit in die USA zu gehen, richtig war.

Aber Nicole bemühte sich sehr um mich in meinen letzten Tagen in Deutschland, und manches Mal dachte ich, wenn sie mich jetzt noch bitten würde, hierzubleiben, würde ich alles über den Haufen werfen, und es tun.

Aber sie bat mich nicht darum, und so war schließlich der Tag gekommen, an dem ich mit meinen Eltern und meinem Bruder am Flughafen stand und mich von den Leuten verabschiedete, die mir in meinem Leben am wichtigsten waren. Nicht nur von meiner Oma, sondern auch von Janne und Nicole, die beide an diesem Morgen vom Schulunterricht befreit worden waren, um mich als Vertreter der Schulklasse verabschieden zu können.

Als unser Flug zum Check-in aufgerufen wurde, drückten wir alle unsere Oma noch einmal fest, dann gab mein Vater mir mein Flugticket in die Hand. »Hier Florian, du willst dich ja bestimmt noch richtig von deinen Freunden verabschieden«, sagte er, ging dann mit meiner Mutter und meinem Bruder schon durch die Absperrung und ließ mich mit Janne und Nicole zurück.

»Ja, Alter, … ich hasse lange Abschiede«, sagte Janne ohne den scherzhaften Unterton, der sonst immer in seiner Stimme mitschwang, und nahm mich kurz in den Arm. »Mach's gut und vergiss uns nicht ganz. Und wenn du mal wieder in Deutschland bist, dann erwarte ich natürlich sofortige Meldung.« Er versuchte zu lachen, doch es war ihm nicht mehr dazu zumute wie mir. Er klopfte mir ermutigend auf die Schulter und mit einem letzten »Tschüss!« entfernte er sich ein wenig von uns und wartete mit meiner Oma an der Rolltreppe, die hinunter in die Flughafenhalle führte.

Nun standen nur noch Nicole und ich uns gegenüber. Nie wieder im Leben befand ich mich in einer Situation, die gleichzeitig so schön und doch auch so grausam war. Die Endgültigkeit darin, machte es so schwierig. So Vieles gab es, was ich noch hätte sagen wollen, aber eben, weil es so viel war, konnte ich mich nicht entscheiden, was mir davon am wichtigsten war. Und da ich schon beim Abschied von Janne mit mir zu kämpfen hatte, waren meine Kräfte jetzt fast komplett aufgebraucht und ich merkte, wie meine Lider zuckten, meine Augen langsam feucht wurden, und schließlich kleine Tränen aus ihnen herauskullerten.

Nicole versuchte, stark zu bleiben. Sie wollte mir den Abschied nicht noch schwerer machen. Ich stürzte mich in ihre Arme und kaum das mein Kopf auf ihrer Schulter lag, und sie mich ganz fest hielt, weinte ich wie ein kleines Kind. In der ganzen Zeit, seitdem ich mich vor etwa fünfzehn Monaten in sie verliebt hatte, hatte ich vor allem eines über mich gelernt: Nämlich, dass ich ein sehr emotionaler Mensch war. Aber diese Emotionen, die jetzt aus mir herausbrachen, hatte selbst ich nicht für möglich gehalten. Ich krallte mich an Nicole fest, grub meinen Kopf immer tiefer in ihre Schulter, als hoffte ich, sie mitnehmen zu können. Doch ich wusste, dass wir uns gleich für lange Zeit, vielleicht sogar für immer, trennen würden. Ich konnte nicht mal sicher sein, dass ich sie jemals wiedersehen würde. Ein Lebensabschnitt ging für mich zu Ende. Ein Lebensabschnitt, von dem ich damals noch nicht ahnen konnte, dass ich später einmal sehr gerne daran zurückdenken würde.

Nicole und ich sprachen kein Wort. Wir standen nur da und hielten uns fest. So lange, bis schließlich der Flughafenlautsprecher ertönte: »Letzter Aufruf für Flug LH 2105 nach Orlando!«

»Du musst jetzt los, sonst verpasst du noch den Flieger«, sagte Nicole und löste sich ein wenig aus meiner Umklammerung. Sie hatte auch geweint, aber meine Augen waren sicher tiefrot von der Heulerei.

Ich schluckte mehrmals. »Mach's gut«, krächzte ich, »und nimm dich vor den Jungs in Acht.«

Sie lächelte. »Mach ich. Viel Glück in Orlando. Und schreib mir mal, wie es dir so ergeht«, sagte sie.

»Natürlich! Sobald ich kann.« Ich schulterte mein Handgepäck und ein allerletztes Mal umarmte ich Nicole kurz.

»Ich werde dich nie vergessen, Flo Andresen«, flüsterte sie mir ins Ohr und gab mir dann zum zweiten Mal in meinem Leben einen Kuss auf den Mund, dessen Wirkung der des Ersten in nichts nachstand.

»Ich dich auch nicht«, gab ich leise zurück und strich ihr noch einmal über ihren Kopf und ihr wunderschönes Haar. Dann drehte ich mich um, ging durch die Sicherheitskontrolle und am Schalter vorbei in den langen Teleskoparm, der zum Flugzeug führte.

Ich hatte mich nicht mehr nach Nicole umgedreht. Ich hätte es nicht verkraftet! Dieses Kapitel in meinem Leben war jetzt endgültig abgeschlossen und ich hatte das zu akzeptieren. Es war meine Entscheidung gewesen, ich hatte es so gewollt, nun musste ich da auch durch. Und trotzdem wünschte ich mir nichts sehnlicher, als einfach weiter in der Flughafenhalle in Nicoles Armen liegen zu können.

Als unser Flugzeug zur Startbahn rollte, war ich mit den Nerven so weit runter, dass ich nicht mal mehr weinen konnte. Ich zweifelte daran, ob meine Entscheidung richtig gewesen war. Schließlich hätte ich auch bei meiner Oma bleiben können, wäre morgen wie immer zur Schule gegangen, hätte mit Janne rumgealbert und Nicole in meiner Nähe gehabt. Stattdessen flog ich in die völlige Ungewissheit. Ein fremdes Land, fremde Leute, eine andere Sprache, sogar ein völlig anderes Schulsystem. Tausend Fragezeichen taten sich in diesem Moment vor mir auf.

Als die Geräusche der Turbinen lauter wurden und unser Flugzeug auf der Startbahn beschleunigte, konnte ich aus dem Fenster trotz der Entfernung Nicole und Janne auf der Besucherterrasse erkennen. Ich wusste einfach, dass sie es waren. Als die Maschine die Nase langsam anhob, sah ich Nicole das letzte Mal, wie sie dort oben stand und dem Flugzeug nachsah. Dann verschwand das Flughafengebäude hinter uns.

Musste das wirklich sein, dass wir uns so schmerzvoll voneinander trennten? Würde es mir wirklich gelingen, irgendwann keine Liebe mehr für Nicole zu empfinden? Würden zeitliche und räumliche Distanz meine Wunden heilen? Die Antworten hierauf würde ich erst später bekommen. Jetzt breitete sich nur eine große, schwarze, schmerzende Leere in mir aus, und ich sprach auf dem ganzen Flug kein einziges Wort.

21 Monate später

Du bist die Inspiration

You should know, everywhere I go,
You're always on my mind,
In my heart, in my soul, baby.

Wanna have you near me,
I wanna have you hear me sayin',
No one needs you more than I need you!
*
Du solltest wissen, überall wohin ich gehe,
bist du in meinen Gedanken,
in meinem Herzen, in meiner Seele.

Ich will dich in meiner Nähe haben,
ich will, dass du zuhörst, wenn ich sage,
dass niemand dich mehr braucht als ich!

Chicago – You're the Inspiration (1984)

Fast zwei Jahre lebten wir jetzt in Orlando. Die ersten Wochen, sogar die ersten sechs Monate, waren hart. Die fremde Sprache war dabei für mich zunächst das größte Problem. Zwar verstand ich schnell das meiste, wenn Lehrer und Mitschüler an der High-School redeten, doch dauerte es eine ganze Weile, bis ich mich aktiv an Gesprächen beteiligen konnte. Aber mit Beginn des nächsten Schuljahres erledigten sich auch diese Eingewöhnungsprobleme immer mehr, und es gelang mir, wie schon zuvor in Deutschland, von meinen Mitschülerinnen und Mitschülern im Großen und Ganzen gemocht zu werden. Zwar war ich immer noch »The German«, aber es gab Klassenkameraden, denen hatte man deutlich schlimmere Kosenamen verpasst. Einen nannten sie in Anspielung auf sein Akne-Problem zum Beispiel *Crumble Cake,* – nicht sehr charmant.

Mittlerweile hatten wir uns gut eingelebt in Orlando. Das Wetter war meistens gut, die Stadt war toll, Disney-World und die anderen Parks befanden sich praktisch vor unserer Haustür, und auch neue Freunde hatte ich schließlich gefunden, wenn auch Niemanden, mit dem ich nur annähernd so eng gewesen wäre, wie mit Janne oder Nicole.

Tja, Nicole … Wir hatten uns zunächst fast wöchentlich Briefe geschrieben. Insbesondere als nur kurz nach meiner Abreise, am 26. April 1986, die Katastrophe von Tschernobyl ihren unaufhaltsamen Lauf nahm, schrieben wir noch häufiger und telefonierten auch ab und zu. Natürlich machte ich mir Sorgen um sie. Wir in Florida bekamen von all dem nur durchs Fernsehen etwas mit, aber meine Freunde in Deutschland waren durch die radioaktive Wolke unmittelbar betroffen. Ich versprach Nicole, dass ich sie einfach zu mir holen würde, sollte die Situation noch bedrohlicher werden. Glücklicherweise war das dann nicht der Fall und es wäre ohne ein Stipendium als Austauschschülerin auch gar nicht so einfach möglich gewesen. Trotzdem war mein Herz in den ersten Monaten unvermindert schwer, und es wurde noch schwerer, als sie mir ein Foto von sich schickte, das sie extra hatte machen lassen. Ich hatte bewusst kein Bild von ihr mitgenommen, und nun schickte sie mir eins, auf dem sie dieses bezaubernde Lächeln hatte, das ohnehin jeden Abend vor dem Einschlafen vor meinem geistigen Auge erschien. Ich hatte ihr nie davon erzählt, aber sie trug auf dem Foto ihr graues Top mit der blauen Strickjacke, der Levis 501 und den weißen Adidas-Turnschuhen, – mein absolutes Lieblingsoutfit an ihr. Sie war wunderschön! Noch schöner, als ich sie in Erinnerung hatte!

Das Foto hatte ich auf meinen Schreibtisch gestellt und da stand es immer noch, aber unsere brieflichen Kontakte nahmen im Laufe der Zeit immer mehr ab. Auch beschäftigte ich mich gedanklich immer weniger mit ihr, und nach etwa einem Jahr in Orlando hatte ich sie zwar nicht vergessen, doch schien, wenn auch mit einjähriger Verspätung, das Kapitel Nicole nun tatsächlich für mich abgeschlossen zu sein. Ich hatte für ein paar Wochen eine amerikanische Freundin und kurz danach eine weitere. Beide waren nett und auch hübsch, und in beide glaubte ich verliebt zu sein, aber war ich das wirklich? Ich mochte sie schon sehr, aber es war nicht im Entferntesten so, wie es damals bei Nicole gewesen war, und so trennte ich mich von beiden wieder. Ich befand mich auf der Suche. Auf der Suche nach Irgendjemandem, bei dem meine Gefühle wenigstens annähernd so stark waren, wie damals bei Nicole. Aber so nett sie auch alle waren, es setzte sich mehr und mehr die Erkenntnis durch, dass immer irgendetwas fehlte. Irgendetwas, das ich früher schon einmal gefühlt hatte, und auf das ich einfach nicht verzichten konnte.

Nicole und ich hatten uns schon seit mehreren Monaten nicht mehr geschrieben, als es zu einer Situation kam, von der ich insgeheim immer gehofft hatte, dass sie früher oder später eintreten würde: Ich würde zusammen mit meinem kleinen Bruder über die Weihnachtsferien nach Deutschland zu meiner Oma fliegen. Zum ersten Mal seit unserem Umzug in die USA würde ich zurückkehren, und es war vollkommen klar, dass ich mich nicht zwei Wochen in meiner alten Heimat aufhalten würde, ohne Nicole und Janne zu besuchen, auch wenn der Kontakt zu beiden eingeschlafen war.

»Wirst du Nicole treffen?«, fragte mich dann auch meine Mutter am Vorabend unserer Abreise.

»Ich glaube schon«, sagte ich.

»Du denkst immer noch oft an sie, oder?«

Ich nickte.

»Wir haben dich ja nie damit bedrängt, Florian«, sprach meine Mutter ungewohnt vorsichtig, »aber was war das eigentlich damals mit euch? Wart ihr jemals richtig zusammen?«

Ich schüttelte den Kopf.

»Aber ihr habt euch doch immer so gut verstanden«, wunderte sie sich.

»Ja, aber sie wollte nie mehr als Freundschaft.«

»Aber du schon?«

Ich nickte.

»Meinst du, sie könnte jetzt anders denken?«

»Nein, wir haben ja eigentlich auch gar keinen Kontakt mehr. Ich möchte sie einfach nur wiedersehen.«

»Du liebst sie immer noch, oder?« Meine Mutter warf mir einen sorgenvollen Blick zu.

»Wenn ich in den fast zwei Jahren hier eines gelernt habe, dann, dass Nicole immer etwas Besonderes für mich bleiben wird«, antwortete ich. »Es ist wohl mein Schicksal, dass es so ist. Ich habe lange versucht, das zu verdrängen, aber das ist jetzt vorbei. Ich muss halt irgendwie damit zurechtkommen.«

»Aber meinst du, dass es dann sinnvoll ist, zu ihr zu gehen und alte Geschichten wieder aufzuwärmen? Was ist, wenn sie einen Freund hat?«

»Mama, ich bin nicht so verpeilt, dass ich davon ausgehe, dass sie die ganze Zeit allein geblieben ist. Selbst ich hatte Freundinnen in der Zwischenzeit. Ich bin darauf vorbereitet, dass sie mich nur komisch angucken wird, wenn ich vor ihr stehe. Aber ich muss sie einfach wiedersehen, ihr einfach mal Hallo sagen.«

»Dann wünsche ich dir viel Glück, mein Junge. Du hättest ein Mädchen wie sie verdient, das sage ich dir nicht nur als Mutter, sondern auch als Frau. Papa und ich haben damals schon gehofft, dass das mit euch was wird. Sie war immer so ein sympathisches Mädchen, auch wenn sie nicht allzu oft bei uns war. Aber vielleicht wird ja doch noch alles gut.«

»Danke Mama.« Ich starrte zu Boden, damit sie nicht merkte, dass ich mit meinen Tränen kämpfte.

Am Abend im Bett fragte ich mich, warum ich das überhaupt tat. Warum wollte ich Nicole besuchen? Fast zwei Jahre hatte ich es jetzt ohne sie ausgehalten und ich hatte es doch geschafft, ohne sie glücklich zu sein. Vielleicht sollte ich es lieber dabei belassen. Aber das hätte bedeutet, sie endgültig aufzugeben. Genau dazu bin ich aber die ganze Zeit nicht bereit gewesen, auch wenn ich mir das eingeredet hatte. Und es war richtig, dass ich es nicht getan hatte! Instinktiv hatte ich meine erste große Liebe nicht aufgegeben. Vermutlich hätte ich es mir auch ein Leben lang nicht verziehen. Es gibt Dinge, an denen sollte man einfach festhalten. Welche das sind, erkennt man manchmal leider erst zu spät, aber dieses war eins davon. Ich brauchte Nicole nach wie vor. Hätte mich jemand vor die Wahl gestellt, wieder nach Deutschland zu ziehen, oder hier in Orlando zu bleiben, ohne Nicole jemals wieder zu sehen, ich hätte sofort alle Sachen gepackt und wäre in den nächsten Flieger gestiegen. Auch wenn ich dann in Deutschland vielleicht auf meinen Koffern gesessen, und Nicole gar nichts mehr von mir hätte wissen wollen. Doch ich kannte sie. Wie immer ihr Leben mittlerweile aussehen mochte, – sie würde mich nicht einfach stehen lassen. Das konnte und wollte ich mir einfach nicht vorstellen.

Wieder bei dir sein

Can you feel me, reaching out to you?
I'm so lonely, are you lonely too?
I would give anything, to make you understand,
That I would go anywhere, to be with you again!
*

Kannst du fühlen, wie ich versuche, dir nah zu sein?
Bist du auch so einsam wie ich?
Ich würde alles dafür geben, dir klar zu machen,
dass ich überall hingehen würde, nur um wieder bei dir zu sein!

Level 42 – To be with you again (1987)

Es war der Morgen des 24. Dezember 1987 und ich stand mit meinem Leihwagen vor Nicoles Haustür. Eine ganze Weile blieb ich im Auto sitzen, weil ich mich nicht traute, einfach auszusteigen und zu klingeln. Ich hatte diesen Moment mit jedem der letzten Tage mehr herbeigesehnt, doch jetzt machte mich die Aussicht, Nicole wiederzusehen, keinesfalls nur glücklich. Vielmehr war ich nervös und ängstlich, fasste mir aber schließlich ein Herz und stieg aus dem Auto. Ich stapfte über den schneebedeckten kleinen Gartenweg zur Haustür und klingelte.

Nicoles Vater öffnete. Nach einem kurzen Moment ungläubigen Staunens sagte er: »Florian?«

»Guten Morgen, Herr Martens. Frohe Weihnachten!« Ich streckte ihm die Hand entgegen, die er entgeistert schüttelte.

»Weiß Nicole, dass du im Lande bist?«, fragte er.

»Nein, ich wüsste nicht woher.«

»Sie ist gar nicht da im Moment, aber komm doch trotzdem bitte kurz mit rein.« Er nahm mir die Jacke ab und führte mich ins Wohnzimmer. »Sylvia, schau mal, wer uns besuchen kommt!«, rief er und Nicoles Mutter kam aus der Küche dazu.

»Florian!«, rief sie erfreut, kam auf mich zugestürmt, und nahm mich in den Arm, als wäre ich ihr eigener Sohn. »Das ist ja mal eine schöne Überraschung. Setz dich doch!«

So saßen wir gemeinsam im Wohnzimmer und ich erzählte, wie es mir in den letzten zwei Jahren ergangen war und was ich für zwei Wochen hier in Deutschland geplant hatte.

»Ich habe eine Idee«, sagte Nicoles Vater, als ich mit meinem Bericht fertig war. »Wenn du es einrichten kannst, dann komm doch heute Abend, wenn Bescherung und Essen durch sind, noch mal vorbei. Als zusätzliche Überraschung für Nicole sozusagen.«

»Meinst du, das ist eine gute Idee?«, wandte Nicoles Mutter ein. »Wie wird denn Jürgen das finden?«

»Jürgen?« Ich schluckte.

»Nicoles Freund«, erklärte ihr Vater. »Du wirst ihn nicht kennen. Er ist nicht aus der Schule. Wo hat sie ihn noch mal kennengelernt?«

»Auf irgendeiner Feier«, sagte Frau Martens. »Aber ist ja auch egal. Ich hoffe nur, dass hier dann keine unangenehme Stimmung herrscht.«

Beide sahen mich abwartend an, als ob ich beurteilen könnte, ob ein Auftauchen meiner Person am Heiligabend angemessen war oder nicht. Doch ich war viel zu sehr mit meiner Enttäuschung beschäftigt. Sie hatte also tatsächlich einen Freund. Obwohl ich mir vorher hundertmal eingebläut hatte, dass es wahrscheinlich so sein würde, stach es mir jetzt wie ein Dolch ins Herz.

»Na klar, wir machen das. Der Jürgen wird's schon verkraften«, sagte Herr Martens dann aufmunternd und ich stimmte nickend zu.

Das war jetzt auch alles egal. Hauptsache ich sah Nicole heute noch wieder. Ich hatte nicht die Geduld, erst noch wieder ein paar Tage zu warten. Außerdem war ich nur zwei Wochen hier und ich wollte gerne möglichst viel Zeit mit ihr verbringen, - vorausgesetzt, sie wollte das auch.

Am Heiligabend stand ich gegen neun Uhr erneut mit dem Auto vor Nicoles Haus. Da es draußen dunkel war, Martens damals keine Bewegungsmelder hatten und mich daher niemand sehen konnte, ging ich nicht direkt zur Haustür, sondern zunächst ein kleines Stück um das Haus herum. Durch die großen, gläsernen Terrassentüren konnte ich ins gemütlich beleuchtete Wohnzimmer gucken, und da sah ich sie zum ersten Mal nach fast zwei Jahren wieder. Augenblicklich hatte sich alles, was diese Monate bewirkt hatten, komplett erledigt. Alle meine Vorsätze, möglichst nüchtern an die Sache ranzugehen, waren mit einem Mal nur noch Makulatur. Wie ich da im Garten stand und Nicole durch die Fensterscheiben im Wohnzimmer sah, war es um mich geschehen, wie am ersten Tag. Dem Tag, an dem wir uns in der Schule in Raum 213 ganz kurz nähergekommen waren und mit dem alles begonnen hatte.

Drei Jahre war das jetzt fast genau her, und in Sekundenbruchteilen schoss diese schöne Zeit, bis zum Zeitpunkt meiner Abreise in die Staaten, an meinem geistigen Auge vorbei. Mein Herz raste, mein Magen kribbelte und mein Mund wurde trocken. Einen kleinen Moment blieb ich noch dort stehen. Nicole saß auf dem Sofa, neben ihr ein junger Mann, bei dem es sich zweifellos um Jürgen handeln musste. Ihre Eltern saßen auf dem anderen Sofa und sie plauderten in offensichtlich guter Stimmung miteinander. Meine Augen hingen an ihr. Dieses unglaubliche Lächeln, ihre liebliche Ausstrahlung, die kleinen Grübchen, wie sie sich die Haare mit dem Ringfinger hinters Ohr schob, – einfach alles an ihr hatte ich vermisst. Es war sicher richtig, dass ich damals mit nach Orlando gegangen war, aber es war ebenso richtig, genau jetzt wiederzukommen. Zwar hatte ich Nicole niemals vergessen, aber ich hatte schon keine Ahnung mehr gehabt, wie viel sie mir bedeutete. Bis zu genau diesem Zeitpunkt!

Ich ging zur Haustür, atmete einmal tief durch und klingelte. Ich konnte drinnen Nicoles Vater rufen hören: »Vielleicht ist das ja der Weihnachtsmann!« Dann öffnete er mir die Tür. »Hallo Florian«, flüsterte er, »gib mir mal deine Jacke.«

Ich zog meine Jacke aus und er hängte sie leise an den Kleiderhaken. Dann ging er zum Wohnzimmer vor und wies mir mit einer Handbewegung, ihm leise zu folgen. Als er an der Wohnzimmertür angekommen war, deutete er mir, hinter der Ecke stehen zu bleiben. Er selbst ging hinein wie ein Schauspieler auf die Bühne, bevor der Vorhang fiel. Mein Herz klopfte bis zum Anschlag, so nervös und zugleich voller Vorfreude war ich.

»Das war wirklich der Weihnachtsmann«, sagte Herr Martens im Wohnzimmer zu seiner Familie, »er hatte noch eine Überraschung für Nicole dabei.«

Ich überlegte kurz, ob das nicht alles ein bisschen dick aufgetragen war, schließlich hatten wir seit über einem halben Jahr keinen Kontakt mehr gehabt und ich war für Nicole womöglich nur noch eine blasse Erinnerung. Das Ganze konnte also für beide Seiten fürchterlich peinlich werden, aber ein Zurück gab es jetzt nicht mehr. Ich fasste mir ein Herz und trat hinter der Wand hervor, in den Türrahmen hinein.

Nicole saß da und sah zu mir hoch, als wäre ihr der Leibhaftige erschienen. Wenn jemals der Ausdruck mit den entgleisten Gesichtszügen zutraf, dann in diesem Moment. Sie starrte mich nur mit offenem Mund an. Ihre Eltern wiederum sahen sie erwartungsvoll an. Anscheinend waren sie auf ihre Reaktion ebenso gespannt wie ich. Ihr Freund Jürgen wiederum blickte irritiert in die Runde, da er keine Ahnung hatte, was hier vor sich ging.

Nach einer für mich unerträglich langen Stille und einen gefühlten Herzinfarkt später, rief Nicole plötzlich: »Flo!«, sprang vom Sofa auf, auf mich zu, und fiel mir um den Hals.

Ich schloss meine Arme um sie, legte meinen Kopf an ihren und genoss diese Umarmung noch so viel mehr als all die anderen zuvor.

Nicoles Eltern freuten sich sichtlich über die gelungene Überraschung. Jürgen dagegen war die ganze Situation unangenehm und er schien nicht gerade amüsiert, wofür ich volles Verständnis hatte.

»Ich dachte schon, ich sehe dich nie wieder«, schluchzte Nicole mir leise ins Ohr und drückte mich noch ein wenig fester.

»Ich glaube, dein Freund wird langsam sauer«, flüsterte ich nach einiger Zeit zurück und Nicole löste sich von mir, schaute mich aber noch eine Weile mit einem liebevollen Lächeln aus ihren verheulten Augen an. Dann drehte sie sich wieder ihrem Freund zu: »Entschuldige Jürgen, das ist Florian. Du kennst ja unsere Geschichte«, sagte sie und fügte dann so leise, dass nur ich es hören konnte, hinzu: »zumindest zum Teil.«

Ich ging auf Jürgen zu und streckte ihm die Hand entgegen.

»Hallo Florian«, sagte er bemüht freundlich, »ich habe ja schon einiges von dir gehört.«

»Hoffentlich nur Gutes«, antwortete ich mit der üblichen Floskel.

»Allerdings«, bestätigte Jürgen. »Freut mich, dass ich dich jetzt endlich mal kennenlerne.«

Das war natürlich glatt gelogen. Zwar gingen Jürgen und ich freundlich miteinander um, aber eine gewisse Distanz bestand naturgemäß trotzdem. Wir wussten einfach beide nicht, was wir von dem jeweils anderen halten sollten, und so lag die ganze Zeit eine gewisse Spannung im Raum.

Nach etwa einer halben Stunde verabschiedete ich mich wieder, da ich mich zu sehr als Störfaktor fühlte.

Nicole brachte mich noch zur Tür. »Sehen wir uns morgen?«, fragte sie zu meiner Überraschung, noch bevor ich das tun konnte.

»Sehr gerne«, freute ich mich. »Ich bin den ganzen Tag zu Hause, das heißt bei meiner Oma. Ruf einfach an oder komm vorbei, wenn du Zeit hast.«

»Bis Morgen.« Sie ergriff kurz meine Hand und drückte sie leicht. Dann wandte sie sich ab, ging wieder hinein, und schloss die Haustür hinter sich.

Ich war erleichtert, dass es überhaupt so gelaufen war, wenn wir uns auch erst am nächsten Tag würden richtig aussprechen können. Aber es hätte alles auch viel schlimmer kommen können. Und als ich dann im Bett lag, stellte ich fest, dass diese Flamme in mir wieder loderte, die in der Zeit in Orlando mehr und mehr zu erlöschen drohte. Ich hatte mich in den letzten einundzwanzig Monaten von Nicole entwöhnt und im Prinzip genau das erreicht, was ich mit meiner Flucht in die USA beabsichtigt hatte. Mein Leben hatte sich nicht mehr nur um ein für mich unerreichbares Mädchen gedreht. Doch es hatte nur ein paar Sekunden gebraucht, um mich wieder in den Zustand der alten Abhängigkeit zurückzuversetzen. Nur waren wir mittlerweile beide achtzehn Jahre alt, keine Kinder mehr, die irgendwelchen Tagträumen nachhingen. Beide hatten wir Erfahrungen gemacht, mit uns und mit anderen, und vielleicht hatten diese Erfahrungen doch etwas verändert? Die zehn Tage, die ich noch in Deutschland sein würde, würde ich meinen alten Gefühlen noch einmal eine Chance geben, aber es wäre definitiv die Letzte! Entgegen meiner grundsätzlichen Einstellung beschloss ich auch, keine Rücksicht auf Nicoles aktuelle Beziehung zu nehmen. Ich hatte nur diese zehn Tage, da konnte ich nicht noch an die Belange anderer denken. Für mich hätte das andersherum sicher auch niemand getan.

Der nächste Tag erinnerte mich fast ein wenig an den, als Nicole das erste Mal bei uns zu Hause gewesen war, damals nach der Jahrgangsstufenfeier, als sie und Klaus sich getrennt hatten. Ich saß die ganze Zeit nur da und wartete, dass sie sich meldete. Doch erst gegen zwei Uhr mittags kam sie dann tatsächlich. Ihr Vater hatte sie gebracht. Sie hatte zwar mittlerweile den Führerschein, aber noch kein eigenes Auto.

Wir begrüßten uns nicht überschwänglich, aber sehr herzlich, dann redeten wir stundenlang in meinem alten Zimmer, das ich für diese zwei Wochen wieder bezogen hatte. Sie wollte absolut alles wissen, was ich in den fast zwei Jahren in Orlando erlebt hatte. Und ich wollte alles über meine alten Schulkameraden und Lehrer hören, denn da ich erst einen Tag vor Heiligabend angekommen war, hatte ich mit Janne noch keinen Kontakt aufgenommen, der mir sonst sicher schon eine Menge erzählt hätte. So saßen wir in meinem Zimmer und redeten und redeten und redeten. Wir hatten uns unheimlich viel zu erzählen, haben an diesem Abend unzählige Male gelacht, aber auch das ein oder andere ernstere Thema auf Lager. Nur unangenehme Pausen, in denen wir beide nichts zu sagen wussten, die gab es die ganze Zeit nicht.

Zwischendurch gingen wir zu meiner Oma, - die wie jede gute Oma natürlich Angst hatte, wir würden verhungern, - hoch zum Abendessen, und mein kleiner Bruder schaute ab und an in mein Zimmer, weil er Nicole schon früher sehr mochte. Aber ansonsten quatschten wir nur.

»Wann soll ich dich denn nach Hause bringen?«, fragte ich, als es schon auf Mitternacht zuging.

Nicole druckste ein wenig herum und zunächst wunderte ich mich, bis ich mich zu der Frage durchrang: »Oder willst du hier übernachten? Das geht auch!«

Nicole räusperte sich. »Ich wäre gern in deiner Nähe heute Nacht ..., wenn es dir und deiner Oma nichts ausmacht«, krächzte sie und sah mich mit ihrem treuen Dackelblick an.

Als wenn das ein Opfer für mich wäre. »Keine Angst, meine Oma ist da ziemlich locker … und außerdem sind wir ja mittlerweile wohl auch erwachsen«, antwortete ich und versuchte, meine riesige Freude nicht allzu sehr nach außen zu kehren. »Aber was wird denn Jürgen dazu sagen?«

»Er muss es ja nicht wissen.«

»Und deine Eltern? Wundern die sich nicht?«

»Die wissen, wo ich bin, wenn ich nicht nach Hause komme.«

Ich zog die Augenbrauen erstaunt hoch. Nicole hatte ihren Eltern erzählt, dass sie eventuell bei mir übernachten würde? Und die hatten nichts dagegen, obwohl sie gestern noch zusammen mit ihrem Freund Weihnachten gefeiert hatten? Deckten sie ihre Tochter vielleicht sogar noch, falls Jürgen sich melden würde?

Ich drängte diese Gedanken beiseite und legte mich mit Nicole auf mein Bett. Wir behielten unsere Klamotten komplett an und warfen uns nur eine Wolldecke über. Dann redeten wir noch einmal fast zwei Stunden über alles Mögliche, bis Nicole sich irgendwann in meinen Arm kuschelte, ich sie ganz fest hielt und wir beide langsam einschliefen. Nie zuvor in meinem Leben hatte ich so glücklich in den Schlaf gefunden, nicht einmal am frühen Morgen des 14. Juli 1985.

Als wir am nächsten Tag erwachten, lagen wir wie damals noch fast genauso da, wie wir am Abend zuvor eingeschlafen waren. Wir frühstückten gemeinsam, hockten uns vor den Fernseher und guckten im Weihnachtsprogramm irgendeinen alten amerikanischen Schinken, aber wir sprachen nicht mehr so viel wie noch am Tag zuvor. Zum Mittagessen brachte ich Nicole nach Hause und es war fast, als würde ich schon wieder zurück nach Orlando fliegen, so schwer fiel mir die Trennung. Wir verabredeten uns erst wieder für den übernächsten Tag, da sie den nächsten mit Jürgen verbringen wollte.

Ich versuchte zwar, es mir nicht anmerken zu lassen, aber dieser Jürgen störte mich schon. Damals war es Klaus, der mir permanent im Weg gestanden hatte, jetzt geisterte dieser Typ da rum, von dem ich zugegebenermaßen aber fast nichts wusste. Nicole und ich hatten kaum über ihn gesprochen. Ich hatte nicht groß nach ihm gefragt, und sie hatte das Thema von sich aus praktisch gar nicht erwähnt. Aber im Prinzip wusste ich ja, dass es darum auch gar nicht ging. Im Gegenteil, – zum ersten Mal seit langer, langer Zeit hatte ich das Gefühl, dass Nicole wankte, dass sie zum ersten Mal vielleicht mehr für mich empfand als bloße Freundschaft. Vielleicht hatte die lange Trennung doch etwas Gutes bewirkt. Noch blieben ein paar Tage Zeit, in denen sie sich darüber klar werden konnte.

Lass dich auf mich ein

Talking away.
I don't know what I'm to say, I'll say it anyway.
Today is another day to find you shying away.
I'll be coming for your love, okay?

Take on me, Take on me.
I'll be gone, in a day or two!
*
Wir reden drauf los.
Ich weiß nicht, was ich sagen soll, also rede ich irgendwas.
Und heute stelle ich schon wieder fest, dass du mir ausweichst.
Ich komme und hole mir deine Liebe, okay?

Vertrau mir, lass dich auf mich ein.
In ein oder zwei Tagen werde ich fort sein!

A-Ha – Take on me (1985)

Meine Tage in Deutschland gingen mörderisch schnell herum. Fast jeden Tag sahen Nicole und ich uns, und wenn nicht, telefonierten wir wenigstens miteinander. Auch mit Janne, Stefan und Lars, die sich unheimlich gefreut hatten, mich wiederzusehen, hatte ich noch einiges unternommen. Zweimal waren wir auch zu viert unterwegs, Nicole und ich sowie Janne mit seiner Freundin Jessica, ein Mädchen aus meiner ehemaligen Parallelklasse. Wir hatten viel Spaß zusammen und haben beide Male erst frühmorgens den Weg nach Hause gefunden.

Doch schließlich war der Vorabend meiner Rückreise nach Orlando gekommen. Ich war bei Nicole und es wurde wieder einmal spät, sehr spät.

»Bist du böse, wenn ich morgen nicht mit zum Flughafen komme?«, fragte Nicole vorsichtig, als wir uns voneinander verabschiedeten.

»Nein, natürlich nicht«, log ich, obwohl *Böse* auch nicht das richtige Wort war. *Traurig* hätte eher gepasst. »Aber warum denn?«

»So ein Drama wie beim letzten Mal verkrafte ich einfach nicht.« Nicole knibbelte nervös an ihren Fingernägeln. »Ich lass dich nicht gerne gehen, das weißt du. Und ich glaube, das wäre diesmal einfach zu viel für mich.«

»Kann ich verstehen«, sagte ich, denn natürlich ging es mir genauso. Aber trotzdem war ich enttäuscht und traurig, denn das bedeutete, dass dies hier schon meine letzten Minuten mit ihr waren. Und leider hatte sich in den schönen Tagen, die wir zweifellos miteinander gehabt hatten, wieder nicht *mehr* ergeben. Ich hatte bewusst keinerlei Bemühungen mehr in diese Richtung gestartet, hatte Nicole nicht unter Druck setzen wollen. Auch wenn alles zwei Jahre her war, – ich glaube schon, dass sie gespürt hat, dass ich sie immer noch liebe. Und da sie mir trotzdem keinen weiteren Schritt entgegenkam als damals, war es nun wohl an der Zeit für mich, nicht nur dieses Kapitel, sondern das ganze Buch zuzuschlagen.

»Gut, dann heißt es jetzt wohl Abschied nehmen«, sagte ich und stand auf, bevor mir schon durch den bloßen Gedanken die Tränen kamen.

Nicole brachte kein Wort heraus. So schön das Wiedersehen vor zehn Tagen gewesen war, so schwer war jetzt auch das Abschiednehmen. Lange, sehr lange hielten wir uns in den Armen, dann aber brachte Nicole mich raus zu meinem geliehenen Auto.

»Pass gut auf dich auf, Nicole«, sagte ich. »Und grüß Jürgen von mir.«

»Und du grüß deine Eltern«, entgegnete sie.

»Mach ich«, sagte ich leise, »und vergiss mich nicht.«

Nicole kramte in ihrer Hosentasche herum. Sie zog ihr Schlüsselbund heraus und hielt es hoch. Es hing immer noch mein kleiner Hund daran. »Wie könnte ich denn?«, fragte sie mit einem Blick, der mir durch Mark und Bein ging.

Beim Anblick des Hündchens, das ich ihr damals geschenkt hatte, fiel mir plötzlich das Wichtigste erst ein. Wie konnte ich das nur vergessen? Aber egal, jetzt war genau der richtige Moment dafür. Ich öffnete die Beifahrertür und holte ein kleines, liebevoll verpacktes Geschenk aus dem Handschuhfach, das ich aus Orlando mitgebracht hatte, von dem ich mir aber nicht sicher gewesen war, ob ich es Nicole jemals geben würde. Aber jetzt schien mir der Zeitpunkt dafür geradezu perfekt.

Nicole sah mich fragend an. »Jetzt noch Weihnachtsgeschenke?«, versuchte sie zu scherzen, aber das funktionierte nicht wirklich.

»Öffne es bitte erst, wenn ich morgen im Flugzeug sitze«, bat ich.

Sie nickte stumm.

Ich ging einen halben Schritt auf sie zu und strich ihr sanft mit der Hand übers Haar. »Ich wäre wirklich gerne noch ein paar Tage geblieben, aber es geht nicht. Ich hoffe nur, es dauert nicht wieder zwei Jahre, bis wir uns wiedersehen.«

»Das hoffe ich auch«, hauchte sie und sah traurig zu mir hoch.

Ich gab ihr einen Kuss auf die Stirn, dann setzte ich mich in den Wagen, winkte ihr noch einmal zu, und fuhr ohne weiteres Zögern davon.

Schon zwei Straßen weiter hielt ich am Seitenstreifen, da ich bitterlich weinen musste. Erst als ich mich wieder beruhigt hatte, setzte ich die Fahrt vorsichtig fort. Ich hatte mir das anders vorgenommen, aber in den letzten Tagen hatte ich mir dann doch wieder zu viele Hoffnungen gemacht. Das lag zum entscheidenden Teil daran, dass Nicole, zumindest nach meinem subjektiven Empfinden, diesmal fast genauso litt wie ich. Bei unserem Abschied vor zwei Jahren war genau das noch anders gewesen. Und trotzdem hatte ich bei diesem Abschied jetzt noch mehr als damals das Gefühl, dass wir uns niemals wiedersehen würden.

Und das ominöse Geschenk?

Tja, das war nicht irgendein Geschenk. Der Einzige, der außer mir davon wusste, war Janne. Es war eine selbst aufgenommene Kassette, heutzutage wäre es eine gebrannte CD oder einfach ein USB-Stick gewesen. In Orlando hatte ich in einem meiner Kurse ein paar talentierte Musiker, die zu Hause mit ihren Keyboards und Computern an elektronischer Musik bastelten. Irgendwann war ich durch Zufall bei einer ihrer Probestunden dabei und spielte ihnen den Song vor, den ich für Nicole geschrieben hatte: *Alles ist egal.*

Spätestens als ich ihnen die Geschichte dahinter erzählte, waren sie von dem Song begeistert. Wir schrieben gemeinsam einen englischen Text, – *Nothing matters (without you),* – feilten noch an der ein oder anderen Hintergrundmelodie und komponierten ein Keyboardarrangement drum herum. Der Vater einer meiner Freunde hatte ein kleines Tonstudio, in das die Jungs manchmal reindurften, und so klang mein Lied schließlich fast wie ein professioneller Popsong. Zu guter Letzt habe ich noch eine Version in Englisch und eine in der alten deutschen Fassung selbst gesungen und diese beiden waren jetzt auf dem Band. Dazu hatte ich auf die Kassette geschrieben: *Damit Du mich nie vergisst – So wie ich Dich nie vergessen werde – Denn irgendwie ist alles egal, wenn Du nicht bei mir bist – Ich liebe Dich!*

Als ich vor gut drei Wochen das Geschenk in Orlando verpackt hatte, war ich nicht davon ausgegangen, dass ich es Nicole tatsächlich geben würde. Das Lied war schließlich über zwei Jahre zuvor entstanden, zu einem Zeitpunkt, als sich mein Leben fast ausschließlich um sie drehte. Als wir in Orlando das Band aufgenommen hatten, war das bei Weitem nicht mehr so. Wir hatten das alles nicht mal getan, damit ich ein Mitbringsel für Nicole hatte, sondern weil die Jungs damals einfach Bock auf den Song hatten. Aber als dann der Besuch in Deutschland näherkam, merkte ich, dass ich mir über meine Gefühle nicht so wirklich im Klaren war. Und nun hatte das Wiedersehen genau das ausgelöst, was ich einerseits gefürchtet, andererseits herbeigesehnt hatte: Einen Rückfall in alte Zeiten. Und darum hatte ich ihr das kleine Päckchen am Ende gegeben. Und auch wenn es zu spät für alles war, – ich war froh, dass ich es getan hatte!

Die Abreise am nächsten Tag fiel mir noch schwerer als erwartet. Als mein Bruder und ich den Mietwagen am Flughafen abgegeben hatten und auf dem Weg zu unserem Abflugterminal waren, stellte ich fest, dass es sogar noch mehr wehtat als bei unserer ersten Abreise vor zwei Jahren. Wenn ich Nicole wenigstens gebeten hätte, noch mit zum Flughafen zu kommen, wäre es mir schon besser gegangen. Jeder Moment, den ich nicht mit ihr zusammen war, kam mir so sinnlos vor.

Wir gaben unser schweres Gepäck auf, passierten die Sicherheitskontrolle und nach kurzer Wartezeit wurde unser Flug zum Boarding aufgerufen. Wir hatten gerade unser Handgepäck geschultert, als ein lautes Scheppern ertönte, das klang, als wenn jemand mit voller Wucht gegen die Scheiben gerannt wäre, die den Sicherheitsbereich vom Rest des Flughafens abtrennten. Wie alle anderen Passagiere unseres Fluges auch, drehte ich den Kopf instinktiv in die Richtung, aus der das Geräusch gekommen war. Was ich dann sah, ließ mich ungläubig erstarren: Es war Nicole! Sie hämmerte wild gestikulierend gegen die Scheibe und schrie sich fast die Lunge aus dem Hals, doch man konnte durch das dicke Sicherheitsglas so gut wie keinen Ton hören.

Ich ließ meinen Bruder samt Gepäck stehen und rannte zurück zum Schalter, doch zwei Beamte sahen mich schon von weitem kommen und hielten mich auf. Ich brüllte sie an, dass es um Leben und Tod ginge, aber sie zeigten sich ziemlich unbeeindruckt. Schnell machte ich kehrt. Nicole stand immer noch verzweifelt vor der Scheibe und ich versuchte ihr mit Zeichensprache begreiflich zu machen, dass ich nicht bis zu ihr vordringen konnte. Sie sah mich an, als wäre sie kurz vor dem Ertrinken, dann änderte sich ihr Gesichtsausdruck plötzlich und sie stürzte davon.

Mein Herz raste. Was wollte sie hier? Der Grund konnte nicht einfach nur sein, dass sie mich nochmal sehen wollte. Dafür würde sie mir nicht die sechzig Kilometer bis zum Flughafen nachreisen. Es musste mehr dahinterstecken! Und wo war sie plötzlich hin?

Nicole war nicht wiedergekommen, als eine Stewardess mich und meinen Bruder aufforderte, endlich einzusteigen, da wir die Letzten wären. Wäre ich allein gewesen, wäre ich dort sitzengeblieben bis in alle Ewigkeit, aber ich war für meinen kleinen Bruder verantwortlich, und so betrat ich schweren Herzens die Maschine. Als wir durch den Gang zu unserem Platz gingen, saßen alle anderen Passagiere schon und teilweise waren Unmutsäußerungen zu hören, als wenn das Flugzeug wegen uns tatsächlich später losfliegen würde. Hinten angekommen setzte ich mich auf meinen Platz in der drittletzten Reihe. Meinem Bruder überließ ich den Fensterplatz, rechts neben mir saß ein älterer, allein reisender Amerikaner, der gottlob einen netten Eindruck machte.

Fast eine Viertelstunde saßen wir dann noch im Flugzeug und nichts passierte. Ich dachte gerade bei mir, dass man uns dann auch noch ein paar Minuten in der Abflughalle hätte warten lassen können, als sich der Teleskoparm vom Flugzeug löste und wir uns langsam in Bewegung setzten. Über den Kopf meines Bruders hinweg suchte ich die riesigen Fenster des Flughafengebäudes ab, ob ich Nicole hinter irgendeinem davon entdecken konnte, doch sie war nicht da. Wo war sie nur vorhin hingelaufen, verdammt?

Wie beim letzten Mal warf ich während des Starts einen Blick aus dem Fenster heraus auf die Besucherplattform des Flughafens. Damals hatte ich Nicole und Janne gerade noch erkennen können, aber diesmal stand dort keine blonde, junge Frau, – nicht mal eine, die man aus der Ferne für Nicole hätte halten können. Beim letzten Mal hatten wir uns wenigstens normal voneinander verabschiedet, aber heute war sie mir hinterhergefahren und wollte mir noch irgendetwas sagen. Und ich saß hier in diesem Flugzeug, entfernte mich mit jeder Minute etwa fünfzehn Kilometer weiter von ihr, und hätte heulen können, weil ich nicht wusste, warum sie gekommen war.

Als wir schon eine ordentliche Höhe erreicht hatten und die Anschnallzeichen erloschen, holte ich meinen Walkman aus dem Handgepäck, setzte die Kopfhörer auf, und hörte, so laut es das Gerät hergab, Musik. Auf der Kassette war das Album *Actually* von den *Pet Shop Boys* und in meinen Ohren dröhnte es: *But you were always on my mind, you were always on my mind!*

Durch den Text des Liedes brachen bei mir alle Dämme. Ich riss mir den Kopfhörer herunter und begann unvermittelt zu weinen.

»Was ist denn mit dir?«, fragte mein kleiner Bruder mit sorgenvoller Miene, doch ich war nicht fähig zu antworten. »Ist es wegen Nicole?«

Ich nickte. »Wo … woher weißt du?«, schniefte ich ihm entgegen.

»Hör mal, Flo, so klein bin ich auch nicht mehr, dass ich davon nichts mitkriege.«

Eine Stewardess mischte sich in unser Gespräch ein: »Geht es Ihnen nicht gut? Kann ich vielleicht irgendwie helfen?«, fragte sie freundlich.

Ich schüttelte den Kopf und schnäuzte in das Taschentuch, das sie mir gereicht hatte.

»Liebeskummer!«, bemerkte mein Bruder trocken, und wenn ich nicht so niedergeschlagen gewesen wäre, hätte ich fast darüber lachen können.

Die Stewardess warf mir einen mitleidigen Blick zu, lächelte dabei aber weiter freundlich, und sprach dann den Herrn neben mir an, ob sie ihn bitten dürfte, den Platz zu wechseln, da weiter vorne in der Maschine noch ein besserer Platz frei sei. Der stimmte etwas verwundert zu, sagte zu uns »Have a nice flight!«, und folgte der Stewardess in den vorderen Teil des Flugzeugs.

Mein Bruder und ich sahen uns fragend an. »Ist das vielleicht irgendjemand, den wir kennen müssten?«, fragte ich. »Irgendein Schauspieler oder so?«

»Also ich kenn ihn nicht«, antwortete mein Bruder achselzuckend. »Aber sei doch froh, dann kannst du dich besser ausbreiten.«

Ich setzte meinen Kopfhörer wieder auf. Die Kassette war mittlerweile weitergelaufen und Dusty Springfield sang zusammen mit Neil Tennant *What have I done to deserve this?* Ich schloss die Augen. Manchmal war es schon komisch, wie sehr Lieder zur momentanen Situation passten. What have I done to deserve this? – Womit habe ich das verdient?

Nach einer Weile spürte ich etwas an meiner rechten Seite. Vermutlich war irgendwas schiefgegangen und die Stewardess hatte meinen Sitznachbarn auf seinen alten Platz zurückbeordert. Ich ließ die Augen geschlossen, da ich grad in

Tagträumen festhing, aus denen ich mich nicht lösen wollte. Da zog jemand an den Bügeln meines Kopfhörers und nahm ihn mir vorsichtig ab. Das ging nun doch ein Stück zu weit!

Ich schlug die Augen auf und wollte mich darüber beschweren, aber ich kam nicht dazu. Bis ich es realisierte, dauerte es noch einen Moment, aber ich blickte nicht in die Augen des älteren Herrn, auch nicht in die irgendeiner Stewardess, – ich blickte in die blauen Augen von Nicole!

Aber das konnte nicht sein! Ich halluzinierte, versteckte Kamera, oder was auch immer der Grund dafür war, aber Nicole konnte nicht hier sein! Oder war sie etwa in der Abflughalle so plötzlich verschwunden, um …

»Hallo!«, hauchte sie und lächelte mich an. Ein Lächeln, das noch so viel schöner war als alle, die sie mir zuvor geschenkt hatte.

Ich musste träumen. Aber ich wusste, dass dem nicht so war. Ich öffnete den Mund, aber es kam kein Ton heraus. Dafür kullerten große Tränen aus meinen Augen. Nicole streckte ihre Arme aus, drückte mich an ihre Schulter und streichelte mir über den Kopf. Es dauerte lange, bis ich mich beruhigt hatte. Und trotzdem wollte ich, dass dieser Moment nie zu Ende ging. Ich fühlte mich so geborgen in ihren Armen. Es war so unerwartet, so herbeigesehnt, so unglaublich!

Dann drückte sie mich ein bisschen von sich weg, nahm mein total verheultes Gesicht in beide Hände und küsste mich. Sie küsste mich so, wie sie mich noch nie geküsst hatte! Lange und weich und innig. Es war ein unbeschreibliches Gefühl und eine einzige Glückseligkeit durchströmte meinen Körper von den Zehen bis in die Haarspitzen.

»Erfolg auf ganzer Linie«, hörte ich jemanden sagen.

Nicole und ich lösten uns voneinander und wir sahen nach vorn. Auf dem Gang standen in gebührendem Abstand zwei Stewardessen, die uns anlachten und deren Daumen nach oben zeigten.

Mein nächster Blick ging zu meinem Bruder, der ebenfalls seine Daumen gehoben hatte und sich freute, als wäre der HSV grad Deutscher Meister geworden.

Ich drehte mich wieder zu Nicole. »Und jetzt?«, fragte ich, immer noch vor lauter Glück kaum fähig, zu sprechen.

»Jetzt?«, lächelte sie. »Jetzt fliege ich erst mal mit euch nach Orlando und dann sehen wir weiter!«

Ich blinzelte sie fragend an.

»Aussteigen kann ich jetzt ja schlecht«, ergänzte sie und lachte dabei, wie nur sie das konnte.

»Und wie ...«,

»Mein Vater hat das Ticket bezahlt. Meine Eltern sind auch am Flughafen«, unterbrach sie mich.

»Deine Eltern? Aber …«

»Falls du es noch nicht bemerkt hast, Flo, meine Eltern stehen voll auf dich. Die würden so ziemlich alles dafür tun, dass wir zusammenkommen.«

»Aber warum plötzlich?« Irgendwie bekam ich nur halbe Sätze heraus.

»Ich denke, ich muss mich bei dir entschuldigen, Flo«, Nicole nahm meine Hand und ihr Blick schwirrte unsicher im Flugzeug umher, »aber Janne hat mitten in der Nacht bei uns das Telefon sturmklingeln lassen. Und das nur, um mich zu fragen, ob ich ein Geschenk von dir bekommen hätte.«

»Ja, und?«

»Als ich das bejahte, flehte er mich förmlich an, es sofort zu öffnen. Er würde sonst kein Wort mehr mit mir reden, hat er gesagt. Na ja, und deshalb habe ich es aufgemacht und dann ist mir einiges klar geworden.«

»So? Was denn?«

Nicole sah mir jetzt wieder tief und fest in die Augen. »Dass ich nichts mehr liebe als dich, Flo! Und dass ich nie mehr ohne dich sein will! Ich liebe dich mehr als alles andere in der Welt und heute ist mir klar geworden, dass das schon immer so war. Ich habe es nur nicht wahrhaben wollen!«

»Dass das schon immer so war?«, wiederholte ich ungläubig.

»Du erinnerst dich doch noch daran, dass wir beide in der Schule mal für Herrn Brandauer etwas aus Raum 213 holen mussten?«

»Ja klar, die Weihnachtsdeko!« Wie könnte ich das vergessen?

»Genau!«, bestätigte Nicole. »Und dass du mich hochheben musstest, damit wir in den einen Karton hineinsehen konnten?«

Ich nickte.

»Als du mich damals wieder heruntergelassen hast, da haben sich unsere Blicke zum ersten Mal richtig getroffen. Und irgendwie ... ich weiß nicht. Dieser Blick war so besonders, so ... intensiv. Ich habe diesen Moment die ganzen Jahre mit mir herumgetragen. Ich hätte damals einfach meinen Instinkten vertrauen sollen. Stattdessen habe ich mir die ganzen Jahre etwas vorgemacht – und dir damit irgendwie auch.«

Ich war vollkommen verwirrt. Da war es also im Grunde genommen im gleichen Moment um uns beide geschehen und dann brauchten wir über drei Jahre, um endlich zueinanderzufinden?

»Ich verstehe das auch nicht, Flo«, sprach Nicole weiter, als wenn sie alle Fragen von meinen Augen ablesen konnte. »Ich kann es nicht erklären. Ich glaube, ich hatte Angst vor meinen eigenen Gefühlen. Und ein bisschen war vielleicht auch falscher Stolz dabei. Damals meinte ich, einen Jungen wie Klaus an meiner Seite haben zu müssen ...«

»Und nicht so einen unscheinbaren Typen wie mich«, unterbrach ich sie.

»Das habe ich dir damals geschrieben, ja«, gab sie zu, »und es war ein Fehler! Aber du hast mich davor bewahrt, dass ich diesen Fehler ein Leben lang bereuen würde, weil du mir die Treue gehalten hast. Deine Liebe hat, trotz der ganzen Enttäuschungen, die ich dir zugefügt habe, bis heute gehalten. Das habe ich in den letzten zwei Wochen jede Minute gespürt, die wir zusammen verbracht haben, auch wenn du es mir nicht mehr gesagt hast. Und als ich heute Nacht dein Lied nach so langer Zeit wieder hörte und dann noch die Aufschrift auf der Kassettenhülle las, da musste ich auf einmal fürchterlich weinen. Ich habe die Melodie sowieso nie vergessen können, und dass du selbst in fast zwei Jahren Orlando mich nicht hast fallen lassen, hat mir endlich die Augen geöffnet. Ich hatte solche Angst, dass ich dich nicht mehr erwische. Ich wusste ja nicht genau, wann dein Flug geht.«

Ich blickte Nicole voll Glückseligkeit an. Auch deswegen hatte ich sie die ganzen Jahre geliebt. Eben weil sie in der Lage war, Fehler zuzugeben. Oft genug hatte ich mich gefragt, was ich eigentlich falsch machte, und jetzt sagte sie mir hier in ein paar ganz einfachen Worten mal eben so, dass ich gar nichts falsch gemacht hatte. Wie wäre mein weiteres Leben wohl verlaufen, wenn das damals nicht so gewesen wäre? Mein Vertrauen in die eigenen Gefühle hätte auf jeden Fall gelitten.

»Ich war mir damals ja auch nicht so ganz sicher, Nicole«, sagte ich und war froh, meine Stimme endlich komplett wiedergefunden zu haben. »Ich war vorher noch nie verliebt – und hinterher eigentlich auch nicht mehr, wenn ich ehrlich bin. Ich habe dich anfangs einfach nur unheimlich gemocht, und ein bisschen hat es dann schon gedauert, bis ich merkte, dass es Liebe ist. Vielleicht war sogar ausgerechnet dein Zusammensein mit Klaus der Grund dafür. Ich habe damals genau an dem Tag, als du mit ihm zusammengekommen bist, das kleine Stoffhündchen gekauft. Ehrlich gesagt nicht mal für dich, zumindest nicht bewusst. Aber es fiel mir dann an diesem letzten Schultag in meiner Jackentasche in die Hand, genau in dem Moment, in dem ich dir gegenüberstand. Ich glaube, da begann ich langsam zu akzeptieren, dass du mir mehr bedeutest.

Nicole kramte ihr Schlüsselbund aus der Hosentasche hervor. Mein Hündchen hatte zwar etwas gelitten in den drei Jahren, aber insofern ging es ihm da nicht besser als mir.

»Klaus hat damals von mir verlangt, dass ich ihn von meinem Schlüsselbund abnehme«, sagte sie. »Das war zu der Zeit, als du plötzlich nicht mehr mit mir gesprochen hast. Aber ich habe nicht auf ihn gehört. Dieser Kleine war mir so wichtig die letzten Jahre, dass ich fast ausgeflippt bin, als ich einmal dachte, ich hätte ihn verloren. Dabei war er nur mit meiner Hose in die Wäsche geraten. Aber irgendwie war mit diesem Hündchen immer ein Stück von dir bei mir, und ich habe ihn oft in meiner Hand gehalten, wenn ich in schwierigen Situationen steckte. Er gab mir das Gefühl, immer ein Stück deiner Liebe bei mir zu tragen.«

»So ähnlich hatte ich es mir auch erhofft.«

»Ich weiß.« Ihre Augen strahlten mich für einen Moment so an, dass das Glücksgefühl in mir fast übersprudelte. »Dieses Hündchen hat mir auch mehr bedeutet als jedes Geschenk von Klaus. Und gerade in den letzten zwei Jahren habe ich es oft angesehen und mich gefragt, ob ich jemals den Menschen wiedersehe, der es mir geschenkt hat. Ich habe ihn damals übrigens heimlich Floh getauft – aber mit H am Ende.«

Ich nahm Nicole in den Arm und küsste sie. Dann lehnte ich mich an ihre Schulter und vergegenwärtigte mir, dass gerade mein größter Traum in Erfüllung gegangen war. Den Großteil der letzten drei Jahre hatte ich mir nichts sehnlicher gewünscht, als dass Nicole sagen würde, dass sie mich liebte, – und nun war dieser Wunsch Realität geworden. Aber mir kam es immer noch wie ein Traum vor. Das war einfach alles zu schön, um wahr zu sein. Ich schloss die Augen, spürte ihre Hand, die über meinen Kopf strich, und war der glücklichste Mensch der Welt. Es war ein Moment, den man einfach ewig festhalten will.

»Was ist denn eigentlich mit Jürgen?«, fragte ich, nachdem wir die zwischenzeitliche Mahlzeit hinter uns gebracht, und die Stewardessen das Geschirr und den Müll abgeräumt hatten.

»Ich habe Schluss gemacht, vor einigen Tagen schon«, antwortete Nicole.

»Vor einigen Tagen schon? Warum?«

»Na, ich habe Jürgen doch gar nicht geliebt, sondern dich.«

»Und ich sag dir noch, du sollst ihm schöne Grüße von mir ausrichten.«

»Tja«, sagte sie nur achselzuckend.

»Aber wenn dir das doch schon vor einigen Tagen klar war ...«

Nicole unterbrach mich, indem sie ihren Zeigefinger über meine Lippen legte und mir tief in die Augen sah.

»Ich wiederhole mich gerne: Es tut mir wirklich leid, Flo«, sagte sie mit zittriger Stimme und ihre Pupillen bewegten sich dabei abwechselnd von meinem einem Auge zum anderen und zurück, »aber ich war die ganzen Jahre nicht ehrlich! Zu dir nicht und zu mir selbst auch nicht. Im Gegensatz zu dir hatte ich nur nicht den Mumm, meinen Gefühlen einfach zu vertrauen.«

Dann gab sie mir einen langen Kuss und nachdem sich unsere Lippen wieder voneinander getrennt hatten und nur noch unsere Nasenspitzen sich berührten, sagte sie: »Dass ich das jetzt kann, habe ich einzig und allein dir zu verdanken!«

Eine große Liebe

When I'm feeling blue,
All I have to do,
Is take a look at you,
Then I'm not so blue!
*
Wenn ich mich schlecht fühle,
ist alles, was ich tun muss,
dich anzusehen.
Dann geht es mir gleich besser!

Phil Collins – A groovy kind of love (1988)

Nicole konnte natürlich nicht bei uns in Orlando bleiben, da sie ja auch wieder zur Schule musste. So flog sie schon am nächsten Tag mit der ersten Linienmaschine zurück, für die ihr Vater schon in Düsseldorf einen Platz gebucht hatte. Zwar stand unser Abschied diesmal unter einem ganz anderen Stern als jemals zuvor, gleichwohl tat es sehr weh, sie wieder für mehrere Monate gehen zu lassen.

Meine Mutter konnte es kaum glauben, als sie meinen Bruder und mich vom Flughafen abholte und Nicole neben uns erblickte. Sie freute sich so sehr für mich, dass sie mir sogar erlaubte, dreimal pro Woche mit Nicole zu telefonieren, was damals noch ein ziemlich teures Unterfangen war. Daher hielten wir diese Gespräche möglichst kurz, zumal oft einer von uns beiden weinte, da wir uns so sehr vermissten.

Zusätzlich schrieben wir uns fast täglich, was ab und an dazu führte, dass an einem Tag gleich mehrere Briefe ankamen. Vermutlich achte ich deshalb noch heute penibel darauf, dass auf allem, was ich schreibe, ein Datum vermerkt ist.

Als im April in Deutschland Osterferien waren, kam Nicole mich für zwei Wochen besuchen, und zum ersten Mal konnten wir ein paar Tage am Stück als richtiges Paar miteinander verbringen. Ich schwebte die ganze Zeit wie auf Wolken und konnte mir nicht vorstellen, dass es irgendeinen Menschen auf der Welt gab, der glücklicher war als ich. Allein fünf Tage brauchten wir, um die verschiedenen Disneyparks gemeinsam abzuarbeiten, und auch meine amerikanischen Freunde hatten Nicole schnell in ihr Herz geschlossen.

Dass Nicoles Eltern mich wirklich sehr mögen mussten, wurde mir spätestens klar, als sie Nicole auch noch für den Sommer ein Flugticket in die USA spendierten. Sie war die kompletten deutschen Sommerferien bei mir. Wir mieteten einen Pick-up und fuhren mit einem befreundeten Pärchen kreuz und quer durch die Staaten, oder sagen wir mal so weit, wie man in sechs Wochen eben kam. Ich kann guten Gewissens sagen, dass dies der Sommer meines Lebens war. Allein, was wir auf diesem Trip alles erlebt haben, wäre glatt ein eigenes Buch wert.

In den nächsten Weihnachtsferien dann, die in den Staaten ein wenig eher begannen, flog ich meinerseits nach Deutschland, und es gab ein großes Hallo, als ich an einem der letzten Schultage an die Tür des Klassenraums meiner alten Freunde klopfte und vorsichtig den Raum betrat. Alle freuten sich für Nicole und mich, dass wir endlich zusammengefunden hatten, nur Klaus ging mir verständlicherweise aus dem Weg. Er fasste das auch nach so langer Zeit noch als persönliche Niederlage auf. So war er einfach, er machte aus allem einen Wettbewerb. Und diesen hatte er nach großem Vorsprung noch so deutlich verloren, wie man ihn deutlicher gar nicht hätte verlieren können.

Nicole dagegen merkte ich an diesem Morgen noch mehr als sonst an, wie stolz sie auf mich war. Die meisten meiner alten Klassenkameraden hatten mich seit fast drei Jahren nicht gesehen, und ich war in dieser Zeit ein komplett anderer Mensch geworden. Durch meinen Aufenthalt in den USA, und weil ich ein so tolles Mädchen an meiner Seite hatte, war ich viel selbstbewusster geworden. Auch die Zahnspange, die Pickel, die nichts aussagende Erscheinung, – all das war verschwunden und gehörte meiner Vergangenheit an. Einer Vergangenheit, auf die ich trotzdem stolz war! Aber nun war ich zu einem gutaussehenden, selbstbewussten jungen Mann geworden, und Nicole hatte an dieser Entwicklung einen großen Anteil, wenn sie auch immer behauptete, dass sie ja nichts dazu getan hätte.

Vier Jahre war unsere schicksalhafte Begegnung in Raum 213 da mittlerweile her. Als ich an diesem Tag den Klassenraum wieder verlassen hatte, um in der Pausenhalle auf das Unterrichtsende und auf Nicole zu warten, stieg ich kurzerhand die Treppen in den zweiten Stock hinauf und begab mich zu ebendiesem Raum. Bereits als ich in den Gang einbog, sah ich, dass die Tür offenstand. Ich sah vorsichtig hinein und musste feststellen, dass es dort noch genauso aussah, wie vier Jahre zuvor. Ich betrat den Raum und lugte in einige der Kartons, die in erreichbarer Höhe standen. In einem davon fand ich das alte Skelett, dessen Plastikknochen immer noch wild durcheinander lagen.

Ich schloss die Augen…

»Hast du schon mal so ne schlanke Lehrerin gesehen?«, höre ich Nicole sagen und für einen Moment bin ich wieder da, vier Jahre zuvor, an genau diesem Ort. Nicole steht neben mir, wühlt in einem anderen Karton. Ich bewundere ihr Haar, das sie damals noch ein bisschen länger trug, rieche ihr Parfüm, das sie heute nicht mehr benutzt. Ich blicke sie verstohlen an, merke, wie mein Herz klopft, und spüre, dass von diesem Moment etwas Magisches ausgeht. Ich habe es damals nicht gesehen, aber ich sehe es jetzt! Ich blicke durch den Raum und sehe mich in einem Spiegel, der an der gegenüberliegenden Wand lehnt. Mein Gesicht ist picklig, meine Zahnspange blitzt mich an, meine Haare sind zwar gewaschen, aber

uninspiriert und meine Klamotten sehen unmöglich aus. Mein Blick geht weg von dem Florian vor vier Jahren, hin zu der Nicole vor vier Jahren. Sie schaut kurz auf und lacht mich an.

»*Jetzt weiß ich, warum du damals Zweifel hattest*«, sage ich zu ihr.

Sie lächelt, legt den Kopf schief und sagt: …

»Entschuldigung, können wir dir irgendwie helfen?«

Eine mir unbekannte Mädchenstimme riss mich aus meinen Tagträumen. Ich öffnete die Augen und fuhr herum. Vor mir standen eine Schülerin und ein Schüler, neunte oder zehnte Klasse vielleicht.

»Oh, sorry«, sagte ich, »ich war früher selbst mal hier an der Schule und hab mich wohl ein bisschen verlaufen auf der Suche nach meinem alten Klassenraum.«

Die beiden sahen mich abschätzend an, dann sagte der Junge: »Ich glaube, das stimmt. Ich kenn den Typen! Als wir in unserem ersten oder zweiten Jahr hier waren, hatte der mal ne Schlägerei mit unserem Schülersprecher unten in der Pausenhalle.«

»Korrekt«, antwortete ich schmunzelnd. Klaus war also mittlerweile sogar zum Schülersprecher aufgestiegen. »Obwohl *Schlägerei* so nicht stimmt. Ich habe nämlich gar nicht wirklich mitgemacht. Und was macht ihr hier?«

»Wir suchen das Dekorationsmaterial für die Weihnachtsfeier«, antwortete das Mädchen kess. Sie war etwas kleiner als der Junge, dabei ein kleines bisschen pummelig, trug eine dunkle Lockenmähne und hatte ein aufgewecktes, freundliches Gesicht. Ich fand beide ziemlich sympathisch.

»Na, dann will ich euch mal nicht länger aufhalten«, sagte ich und verließ den Raum.

Als ich mich auf dem Gang entfernte, hörte ich die beiden hinter mir lachen. Ich stoppte, zögerte kurz, drehte um und schlich leise zur Tür zurück. Vorsichtig linste ich um die Ecke. Die beiden wühlten in verschiedenen Kartons, doch der Junge sah nicht wirklich konzentriert in seinen hinein. Er blickte immer wieder verstohlen zu seiner Klassenkameradin und fuhr sich unentwegt nervös mit den Händen durchs Gesicht.

»Kannst du mir hier mal helfen? Ich komme da oben nicht dran!«, rief das Mädchen. Der Junge ließ augenblicklich alles fallen, um zu ihr zu eilen, da drehte er leicht erschrocken seinen Kopf zu mir und blickte mich fragend an. Ich lächelte ihm aufmunternd zu und hielt beide Fäuste mit gedrückten Daumen vor mich. Er nickte nur kurz und eilte dann zu seiner Klassenkameradin.

Mit einem Lächeln im Gesicht ging ich wieder hinunter. Ich wusste, dass dies mein letzter Besuch in Raum 213 war, aber für mich war es von da an der *Magische Raum*. Und jedes Mal, wenn ich heute irgendwo an einem Raum 213 vorbeikomme, oder gar hinein muss, lächele ich wieder leise in mich hinein.

Nicole und ich galten, nachdem ich im Sommer 1989 mit meinen Highschool-Abschluss nach

Deutschland zurückkehrte, als eine Art Traumpaar. Wir waren jahrelang unzertrennlich und erlebten viele wundervolle Dinge miteinander. Wir liebten uns wirklich sehr, machten fast alles gemeinsam, sprachen über alles miteinander. Und wir respektierten uns gegenseitig genau so, wie wir waren.

Wir haben uns auf Teufel komm raus geliebt.
Dann kam er und wir wussten nicht mehr weiter ...

Heinz Rudolf Kunze – Dein ist mein ganzes Herz (1985)

Respektieren tun wir uns auch heute noch, da bin ich sicher, aber wir tun dies nur noch in unseren Erinnerungen. Schon seit vielen, vielen Jahren haben wir keinen Kontakt mehr zueinander. Ich vermeide bewusst das Wort *Leider*, denn der ließe sich vermutlich wieder herstellen, wenn einer von uns beiden das unbedingt wollte.

Was jetzt für euch vielleicht wie ein Schock wirkt, oder zu einem Ende dieser Geschichte führt, das ihr euch anders gewünscht hättet, ist lediglich dem Lauf der Dinge geschuldet. Dinge, die wir eben nicht immer selbst in der Hand haben.

Nicole und ich hatten uns einfach irgendwann auseinandergelebt. Das heißt, wir hatten uns *für unsere Verhältnisse* auseinandergelebt. Dass Problem war wohl, dass unsere Beziehung mit solch unglaublichen Emotionen begonnen hatte, mit der ganzen Vorgeschichte und all dem, dass irgendwann einfach der Punkt gekommen war, wo dieses »Niveau« nicht mehr zu halten war. Ich persönlich bemerkte dieses Nachlassen der Gefühle schon viele Monate vor unserer Trennung, doch diesmal wollte ich die Tatsachen lange nicht wahrhaben. Ich war so verliebt gewesen in Nicole, hatte Berge versetzt, um sie endlich zu bekommen, und dann hörte das einfach so auf? Aber alle Beziehungen kühlen zweifellos mit der Zeit ein wenig ab. Wer etwas anderes behauptet, lügt! Auch die tollste Partnerschaft kann nach zwanzig Jahren niemals emotional so bewegend sein, wie ganz am Anfang. Die Liebe kann tiefer werden, oder sollte es sogar, aber es kann eben niemals so aufregend sein, wie zu Beginn. Unser Problem war vermutlich, dass wir uns schon so früh im Leben über den Weg gelaufen waren. Später hätten wir dieses *Abkühlen* vielleicht eher akzeptieren können, hätten gewusst, dass das einfach dazu gehört. Aber damals, da fragten wir uns, ob das alles so sein müsse, und trennten uns. Selbst diesen Entschluss trafen wir gemeinsam, wie wir einfach alles gemeinsam machten. Natürlich blieben wir freundschaftlich verbunden und dass der Kontakt dann irgendwann komplett abriss, hat sicher mehrere Gründe, die aber im Nachhinein nicht wirklich wichtig sind.

Heute bin ich bereits seit vielen Jahren glücklich verheiratet und zu meiner Frau empfinde ich eben diese tiefe Liebe und Vertrautheit, die so wichtig ist, und die so viele Menschen doch nie erreichen.

Deshalb gibt es für mich auch absolut nichts zu bereuen! Und trotzdem bleibt Nicole immer etwas Besonderes für mich. Sie war meine erste Liebe und all die Gefühle, die ich damit verbinde, haben mich geprägt, haben mich zu dem liebenden Ehemann und Vater gemacht, der ich heute bin. Ich habe mir stets meine Eltern als Vorbild genommen, die ihr Leben lang immer zusammengehalten haben, und ich hoffe, dass auch ich wiederum davon etwas an meine Kinder weitergeben kann. Sie sollen einmal genau so fähig sein, einem anderen Menschen bedingungslos ihr Herz zu Füßen zu legen, einfach ihren Gefühlen zu vertrauen. Egal ob es die erste, die zweite oder die zehnte Liebe ist, und auch wenn das Risiko besteht, dass ihnen dabei wehgetan wird.

Es gibt Leute, die besteigen die höchsten Berge, stürzen sich von den steilsten Klippen, oder wandern auf den schmalsten Slacklines zwischen Hochhäusern, bringen aber nicht den Mut auf, eine ernsthafte Beziehung zu einem anderen Menschen einzugehen. Aber für die Liebe braucht man Mut! Denn Liebe bedeutet Verzicht und auch eine Einschränkung der persönlichen Freiheit. Und nicht zuletzt auch Schmerz! Aber alles, was man dafür bekommt, ist so viel mehr wert als der Adrenalinstoß am Gipfel eines Achttausenders. Ihr müsst Euch nur trauen!

»*Liebe wird aus Mut gemacht*« hat schon *Nena* in ihrem Song *Irgendwie, Irgendwo, Irgendwann* damals nicht umsonst gesungen. Und Mut, euch auf jemand anderes mit Haut und Haar einzulassen, solltet ihr haben. Denn die Liebe ist das wahrhaftig größte Abenteuer des Lebens. Lasst dieses Abenteuer zu, und ihr werdet alle Helden sein!

Irgendwie sowas (Heute)

I've been reading books of old, the legends, and the myths,
Achilles, and his gold, Hercules, and his gifts,
Spiderman's control and Batman with his fists.
And clearly I don't see myself upon that list.

She said: «Where'd you wanna go, how much you wanna risk?
I'm not looking for somebody with some superhuman gifts,
Some superhero, some fairytale bliss,
Just something I can turn to, somebody I can kiss!"
*

Ich lese alte Bücher, die Legenden und die Mythen,
Achilles und sein Gold, Hercules und seine Kräfte,
Spidermans Selbstbeherrschung und Batman mit seinen Fäusten,
und ich sehe mich nicht auf dieser Liste.

Sie sagte: "Wohin willst du gehen, wie viel willst du riskieren?
Ich suche nicht nach einem Mann mit Superkräften,
nicht nach einem Superhelden, nicht nach dem Märchen-Glück.
Nur nach jemandem, zu dem ich gehen, und den ich küssen kann!«

The Chainsmokers & Coldplay – Something just like this
(2017)

Etwa drei Jahrzehnte liegen zwischen den Ereignissen von damals und heute. Vieles hat sich seitdem geändert. Aus Freunden wurden Bekannte und schließlich nur noch Erinnerungen an vergangene, gemeinsame Zeiten. Lebensmittelpunkte wurden in andere Städte und andere Länder verlegt, neue Leute traten in das

Leben und nahmen den Platz der alten Freunde ein. Die Welt drehte sich weiter, mit oder ohne uns, und jeder musste auf seine eigene Weise damit klarkommen. Zeiten kann man nicht zurückdrehen! Damals waren wir ein geiles Team, heute sind wir nur noch eine Ansammlung von Individuen mit einem kleinen Teil gemeinsamer Vergangenheit. Und trotzdem darf der unvermeidliche, letzte Abschnitt dieser Geschichte nicht fehlen, nämlich:

Was wurde aus ...

Janne

Leider war mit Janne der enge Kontakt nicht aufrecht zu erhalten, nachdem er (nach Ableistung seiner Wehrdienstzeit) zu einem mehrjährigen Studium ins Ausland aufbrach, paradoxerweise ausgerechnet in die USA, genauer gesagt an die Pennsylvania State University.

Er hatte schon zu unserer gemeinsamen Jugendzeit ein recht exotisches Hobby, nämlich die Archäologie. Ich glaube, darauf gekommen ist er damals durch die Indiana-Jones-Filme. Aus diesem Hobby hat er dann irgendwann seinen Beruf gemacht, inklusive Doktoren- und Professorentitel. Heute eifert er seinem Leinwand-Vorbild zumindest teilweise nach und unterrichtet ebenfalls in Pennsylvania die kommende Generation junger Archäologinnen und Archäologen.

Schon während des Studiums hat er seine heutige Ehefrau kennengelernt und die beiden sind immer noch glücklich zusammen, haben mittlerweile zwei Töchter und einen Sohn und leben in Old Main, nicht weit des Universitätscampus, in einem typischen amerikanischen Vorstadtbungalow.

Wir haben noch losen Kontakt, schreiben uns zum Geburtstag und manchmal zu Weihnachten. Obwohl wir dann auch immer mal wieder einen gegenseitigen Besuch ansprechen, ist es bisher, – auch aufgrund der Distanz, – nie dazu gekommen. Aber wer weiß, vielleicht schaffen wir es ja doch eines Tages …

Klaus

Ausgerechnet den Menschen, denen man am liebsten aus dem Weg gehen würde, kann man oft am wenigsten entkommen. Aber der Weg von Klaus war vermutlich ohnehin vorherbestimmt. Zumindest kommt es mir aus heutiger Sicht so vor.

Nachdem die Schule beendet war und er somit auch das Schülersprecheramt nicht mehr bekleiden konnte, tauchte er zunehmend in der lokalen Presse auf, mal als Vorstandsmitglied irgendeines Sportvereins, mal als Sponsor einer Damen-Volleyballmannschaft, mal als Mitglied des Ortsverbandes einer politischen Partei. Es gab kaum ein Gesicht, das man häufiger in der lokalen Presse sah als ausgerechnet seins.

Wenn man ihm nun eins nicht unterstellen konnte, dann war es Dummheit. Und so hat er es dann irgendwann nicht nur geschafft, sein Jurastudium abzuschließen, sondern er ist auch für die CDU in den Bundestag eingezogen. Wobei ich mich nebenbei schon frage, wer solchen Typen eigentlich seine Stimme gibt? Nun sieht man ihn zwar ab und an auch noch im Fernsehen, im ungünstigsten Fall sogar in politischen Talkshows, aber wenigstens ist unsere Tageszeitung wieder erträglicher geworden, da er seinen Lebensmittelpunkt nach Berlin verlegt hat.

Natürlich ist er als ordentlicher Christdemokrat verheiratet, hat auch zwei Kinder, denen ich, – genau wie seiner Frau, – allzeit viel Glück und Langmut wünsche

Lars, Stefan und Uwe

Meine nach Janne damals besten Freunde sind leider mittlerweile komplett aus meinem Blickfeld verschwunden. Jedoch weiß ich, dass alle drei geheiratet und auch Kinder bekommen haben.

Lars arbeitet als Bauingenieur irgendwo bei Kaiserslautern, Stefan ist sogar in unserem Heimatort geblieben, arbeitet dort als kaufmännischer Angestellter bei einem großen Automobilteilezulieferer.

Uwe hat sich seinen Traum erfüllt und ein eigenes Tonstudio irgendwo im Ruhrgebiet eröffnet, dass dem Vernehmen nach auch ganz gut läuft.

Laura und Luisa

Unsere Zwillinge zogen nach der Schule damals noch gemeinsam los, um Psychologie zu studieren. Während Luisa dieses Studium beendete, brach Laura schon nach zwei Semestern ab und begann eine Ausbildung als Fachangestellte bei einer Krankenversicherung

Ich habe dann viele Jahre nichts von ihnen gehört, bis mir meine Mutter eines Tages bei einem meiner Besuche zu Hause eine Todesanzeige unter die Nase hielt, mit der Frage, ob das nicht eine ehemalige Klassenkameradin von mir sei. Laura war an einer kurzen, schweren Krankheit verstorben, stand da. Obwohl die Anzeige schon mehrere Monate alt war, schrieb ich eine Beileidskarte an Luisa. Nicht viel später antwortete sie mir, dass ihre Schwester an den Folgen einer Gebärmutterhalskrebserkrankung verstorben sei und dass auch sie aufgrund der genetischen Veranlagung fürchterliche Angst hätte, ein ähnliches Schicksal zu erleiden. Luisa ist aber gottlob nach wie vor kerngesund, verheiratet und glückliche, zweifache Mutter. Und doch ist es immer noch ungewohnt, sie nur noch ohne ihre Schwester zu sehen.

Anja

Anja, Nicoles Tischnachbarin in der Klasse, ist in der ganzen Geschichte eigentlich zu kurz gekommen. Denn Anja war diejenige, die immer einen dummen Spruch auf den Lippen hatte, die immer für gute Laune in der Klasse sorgte, wenn die Stimmung mal in den Keller sank. Anja war von allen Mädchen am wenigsten so, wie man es von einem typischen Mädchen erwarten würde, aber sie hatte ein riesiges Herz. Später bezeichnete sie mal jemand als unsere »Klassenmutti« und das traf es eigentlich ganz gut.

Anja hat nach der Schule ein betriebswirtschaftliches Studium aufgenommen, ist später dann mit in das Autohaus ihres Vaters eingestiegen und hat die Geschäftsführung vor etwa zehn Jahren komplett übernommen. Seitdem tragen bereits mehrere Autohäuser ihren Namen.

Trotzdem hat Anja einen ganzen Stall voller Kinder, ich glaube, es sind fünf oder sechs. Ab und an sieht man sie auf Fotos in der Zeitung oder anlässlich lokaler Veranstaltungen auf Facebook und sie ist auch auf diesen Bildern fast ausnahmslos lachend zu sehen. Es fällt also nicht schwer, davon auszugehen, dass es ihr gut geht und sie sich ihre stets gute Laune bewahrt hat.

Nicole

Nicole hatte bereits während unseres Zusammenseins mit einem Fremdsprachenstudium in England geliebäugelt, diese Idee aber nie umgesetzt, da sie einfach weiter in meiner Nähe sein wollte. Kurz nach unserer Trennung hatte sie dann aber damit begonnen, worüber ich damals mehr als froh war. Die ersten Jahre, in denen wir noch losen Kontakt hatten, hatte sie auch noch einen Nebenjob bei einem lokalen Radiosender ihrer Universitätsstadt. Damals dachte sie darüber nach, noch zusätzlich Journalismus zu studieren, was sie dann aber wohl nicht getan hat.

Mittlerweile arbeitet sie als Lehrerin für Englisch und Geschichte an einem süddeutschen Gymnasium. Ich bin sicher, sie ist eine gute Lehrerin, vorausgesetzt, sie hat sich ihre positive Ausstrahlung von damals bewahrt. Sie ist verheiratet, aber kinderlos, was ich schade finde, auch wenn ich den Grund dafür nicht kenne.

Alles, was ich heute von ihr weiß, habe ich nur durch die Erzählungen ehemaliger, gemeinsamer Freunde erfahren. Persönlichen Kontakt hatten wir seit über zwanzig Jahren nicht mehr. Vielleicht ist das schade, vielleicht egal, vielleicht ist es auch einfach besser so. Denn das Kapitel, das wir gemeinsam in unser beider Leben geschrieben haben, ist lange abgeschlossen. Und es ist gut geworden. Verdammt gut sogar! Es gibt dort nichts hinzuzufügen oder zu korrigieren, also lassen wir es besser so, wie es ist! Ihr habt es selbst gelesen, teilt es mir also bitte mit, falls ihr anderer Meinung seid.

Alle

Rückblickend hätte ich damals in den Achtzigern natürlich niemals daran gedacht, dass ich eines Tages zu all diesen Leuten, die mir seinerzeit so wichtig waren, so gut wie keinen Kontakt mehr haben würde. Aber das Leben hat uns in alle möglichen Richtungen verstreut, die wenigsten sind in unserer gemeinsamen Heimatstadt verblieben, einige noch nicht einmal in Deutschland.

Was geblieben ist, sind Erinnerungen an eine tolle Zeit! Und das ist vielleicht auch wichtiger als das lebenslange Aufrechterhalten irgendwelcher Dinge, von denen man sich nicht trennen kann. Alles hat seine Zeit und lebenslange Freundschaften gibt es ohnehin nur sehr selten. Mir persönlich ist genau eine geblieben, aber die spielt in dieser Geschichte keine Rolle.

Jeder von uns hat seinen Weg im Leben gefunden, nur Laura durfte ihren leider ab einem gewissen Punkt nicht weitergehen. Spätestens solche Nachrichten öffnen einem die Augen dafür, dass es so etwas wie Gerechtigkeit im Leben nur selten gibt, und dass man jeden Tag, den man gesund und glücklich erleben darf, als Geschenk betrachten sollte.

Natürlich, das gelingt nicht immer, – auch mir nicht! Aber das grundsätzliche Bewusstsein, dass wir in einer großartigen Zeit groß geworden sind und dass Frieden, Gesundheit und finanzielle Unabhängigkeit nicht selbstverständlich sind, sollte jede und jeder von uns haben.

Unsere Erinnerungen sind das, was bleibt und was uns ausmacht. Und Nicole, Janne, Laura, Luisa, Anja, Lars, Stefan, Uwe, Klaus und all die anderen: Sie gehören bei mir dazu! Sie sind es, die auch einen Teil von mir ausmachen!

Und eine ganz besondere habe ich noch vergessen …

Sandra

Sandra, das hübsche, braunhaarige Mädchen mit den grünen Augen, das ich auf Sabines Geburtstag kennenlernen durfte, betrachte ich im Nachhinein als mein ganz persönliches, kleines Wunder! Wie ein Engel war sie genau in dem Moment da, als ich sie brauchte, wenn mir das auch erst Jahrzehnte später klar wurde. Ich habe sie nur etwa sechs Stunden meines Lebens um mich gehabt, hatte sie vorher nicht gekannt und danach nie wieder getroffen. Und doch war sie es, die eine entscheidende Veränderung in mir bewirkt hat. Und das nicht nur, weil sie mir den ersten richtigen Kuss meines Lebens gegeben hat. Mit ihrer Natürlichkeit und ihrer unglaublichen Unverkrampftheit hat sie mich in die richtige Richtung gestupst, hat mir genau das Selbstvertrauen in Bezug auf das weibliche Geschlecht gegeben, was ich vorher nicht hatte und ohne sie vielleicht auch nie bekommen hätte.

Sandra selbst wird nicht im Entferntesten eine Ahnung davon haben, was sie damals mit mir gemacht hat. Sie wird sich sicher nicht mal mehr an mich erinnern. Ich war für sie nichts Besonderes und sie für mich zunächst auch nicht. Um ehrlich zu sein, hatte ich Sandra sogar viele Jahre völlig aus meinem Gedächtnis gestrichen. Wann immer ich an meine Teenagerzeit, an Mädchen und meine ersten Erfahrungen mit Liebe dachte, dann gab es da nur Nicole für mich. Sie nahm damals einfach alles ein! Erst als ich diese Erinnerungen niederschrieb, da tauchte plötzlich Sandra wieder auf, und es mag eine kleine Wiedergutmachung für mein Vergessen sein, dass ich sie jetzt hier zuallerletzt erwähne.

Optisch habe ich nur diffuse Erinnerungen an sie, mit Ausnahme ihrer wilden Haare und ihrer Augen, die etwas sehr Besonderes hatten.

Und trotzdem habe ich eine Ahnung, wo sie heute stecken könnte und was sie beruflich macht. Denn irgendwann tauchte bei einem großen deutschen TV-Sender plötzlich eine USA-Korrespondentin vor der Kamera auf, deren Augen, Mimik und deren Art zu reden mir sofort bekannt vorkamen, und deren Vorname dazu auch noch Sandra war. Seitdem sehe ich sie immer mal wieder im Fernsehen, aber ich habe natürlich keine Ahnung, ob sie es wirklich ist. Der Beruf würde aber mindestens genauso zu ihr passen, wie das Kameralachen der Frau aus dem Fernsehen zu Sandras Lachen auf der Party vor fünfunddreißig Jahren.

Vielleicht ist sie's, vielleicht auch nicht. Und wenn sie es nicht ist, dann hoffe ich, es geht ihr trotzdem gut und sie ist glücklich mit dem, was sie ist und was sie tut!

Vielleicht sind manche Begegnungen nicht bloß Zufall!?

Es ist so lange her,
es ist so viel geschehen,
nur dieses Gefühl,
bleibt für immer bestehen!

Revolverheld – Immer noch fühlen (2018)

Soundtrack

Hier das Verzeichnis aller im Buch vorkommenden Songs, in der Reihenfolge ihrer Erwähnung:

Titel:	**Schiller – Liebe**
Musik und Text:	Christopher von Deylen, Anke Hachfeld
Veröffentlichung:	22. September 2003

Titel:	**Frankie Goes To Hollywood – The Power Of Love**
Musik und Text:	Holly Johnson, Peter Gill, Mark O'Toole, Brian Nash
Veröffentlichung:	19. November 1984

Titel:	**REO Speedwagon – Can't Fight This Feeling**
Musik und Text:	Kevin Cronin
Veröffentlichung:	31. Dezember 1984

Titel:	**Starship – Nothing's Gonna Stop Us Now**
Musik und Text:	Albert Hammond, Diane Warren
Veröffentlichung:	30. Januar 1987

Titel:	**New Order – True Faith**
Musik und Text:	New Order, Steven Hague
Veröffentlichung:	20. Juli 1987

Titel:	**Madonna – La Isla Bonita**
Musik und Text:	Madonna, Patrick Leonard, Bruce Gaitsch
Veröffentlichung:	25. Februar 1987

Titel:	**Living In A Box – Living In A Box**
Musik und Text:	Marcus Vere, Steve Piggot
Veröffentlichung:	23. März 1987

Titel:	**Take That – Back For Good**
Musik und Text:	Gary Barlow
Veröffentlichung:	27.03.1995

Titel:	**Orchestral Manoeuvres In The Dark – Maid Of Orleans**
Musik und Text:	Andy McCluskey
Veröffentlichung:	15. Januar 1982

Titel:	**Queen – Radio Gaga**
Musik und Text:	Roger Taylor
Veröffentlichung:	23. Januar 1984

Titel:	**Gazebo – I Like Chopin**
Musik und Text:	Pierluigi Giombini, Gazebo
Veröffentlichung:	1983

Titel:	**Ryan Paris – Dolce Vita**
Musik und Text:	Pierluigi Giombini, Paul Mazzolini
Veröffentlichung:	1983

Titel:	**Band Aid – Do They Know It's Christmas?**
Musik und Text:	Bob Geldof, Midge Ure
Veröffentlichung:	03. Dezember 1984

Titel:	**Wham – Last Christmas**
Musik und Text:	George Michael
Veröffentlichung:	03. Dezember 1984

Titel:	**Electric Light Orchestra – Mr. Blue Sky**
Musik und Text:	Jeff Lynne
Veröffentlichung:	28. Januar 1978

Titel:	**Fun Fun – Colour My Love**
Musik und Text:	Francesca Merola
Veröffentlichung:	1984

Titel: **Duran Duran – The Wild Boys**
Musik und Text: S. LeBon, J. Taylor, R. Taylor, A. Taylor, J. Bates
Veröffentlichung: 26. Oktober 1984

Titel: **Climie Fisher – Love Changes Everything**
Musik und Text: Simon Climie, Rob Fisher, Dennis Morgan
Veröffentlichung: 1987

Titel: **Madonna – Like A Virgin**
Musik und Text: Tom Kelly, Billy Steinberg
Veröffentlichung: 31. Oktober 1984

Titel: **Tears For Fears - Shout**
Musik und Text: Roland Orzabal, Ian Stanley
Veröffentlichung: 1984

Titel: **Eurythmics – Sexcrime (1984)**
Musik und Text: Annie Lennox, David A. Stewart
Veröffentlichung: 22. Oktober 1984

Titel: **A Flock Of Seagulls – Wishing (If I Had A Photograph Of You)**
Musik und Text: Mike Score, Ali Score, Frank Maudsley, Paul Reynolds
Veröffentlichung: 16. November 1982

Titel: **Huey Lewis And The News – The Power Of Love**
Musik und Text: Huey Lewis, Chris Hayes, Johnny Colla
Veröffentlichung: Juni 1985

Titel: **Raff – Self Control**
Musik und Text: Giancarlo Bigazzi, Raffaele Riefoli, Steve Piccolo
Veröffentlichung: 1984

Titel: **Pet Shop Boys - Heart**
Musik und Text: Neil Tennant, Chris Lowe
Veröffentlichung: 21. März 1988

Titel: **Foreigner – I Want To Know What Love Is**
Musik und Text: Mick Jones
Veröffentlichung: 03. November 1984

Titel: **Pat Metheny & David Bowie – This Is Not America**
Musik und Text: David Bowie, Pat Metheny, Lyle Mays
Veröffentlichung: Februar 1985

Titel: **Elen Paige & Barbara Dickson – I Know Him So Well**
Musik und Text: Benny Andersson, Tim Rice, Björn Ulvaeus
Veröffentlichung: Dezember 1984

Titel: **Phil Collins - Sussudio**
Musik und Text: Phil Collins
Veröffentlichung: 14. Januar 1985

Titel: **Dead Or Alive – You Spin Me Round (Like A Record)**
Musik und Text: P. Burns, S. Coy, W. Hussey, T. Lever, M. Percy
Veröffentlichung: 05. November 1984

Titel: **Prince - 1999**
Musik und Text: Prince
Veröffentlichung: 24. September 1982

Titel: **Madonna – Crazy For You**
Musik und Text: John Bettis, Jon Lind
Veröffentlichung: 02. März 1985

Titel: **The Real Thing – You To Me Are Everything**
Musik und Text: Ken Gold, Michael Denne
Veröffentlichung: 1976

Titel: **Erasure – Victim Of Love**
Musik und Text: Vince Clarke, Andy Bell
Veröffentlichung: 18. Mai 1987

Titel: **Bläck Fööss – Frankreich, Frankreich**
Musik und Text: Ernst Stoklosa, Reiner Hörnig, R. Engel, Wilhelm Schnitzler
Veröffentlichung: August 1985

Titel: **Modern Talking – Cheri, Cheri Lady**
Musik und Text: Dieter Bohlen
Veröffentlichung: 02. September 1985

Titel: **Lee Majors – The Unknown Stuntman**
Musik und Text: David Sommerville, Gail Jensen, Glen Larson
Veröffentlichung: August 1985

Titel: **Orchestral Manoeuvres In The Dark - Secret**
Musik und Text: Andy McCluskey, Paul Humphreys
Veröffentlichung: 08. Juli 1985

Titel: **Rick Astley – Whenever You Need Somebody**
Musik und Text: Mike Stock, Matt Aitken, Pete Waterman
Veröffentlichung: 16. November 1987

Titel: **Brother Beyond – He Ain't No Competition**
Musik und Text: Mike Stock, Matt Aitken, Pete Waterman
Veröffentlichung: September 1988

Titel: **The Cars – Drive**
Musik und Text: Ric Ocasek
Veröffentlichung: 23. Juli 1984

Titel: **Icehouse – Hey Little Girl**
Musik und Text: Iva Davies
Veröffentlichung: 26. Oktober 1982

Titel: **Orchestral Manoeuvres In The Dark – Dreaming**
Musik und Text: Paul Humphreys, Andrew McCluskey
Veröffentlichung: 25. Januar 1988

Titel:	**Chicago – You're The Inspiration**
Musik und Text:	Peter Cetera, David Foster
Veröffentlichung:	29. Oktober 1984

Titel:	**Level 42 – To Be With You Again**
Musik und Text:	Mark King, Rowland Charles Gould
Veröffentlichung:	April 1987

Titel:	**A-Ha – Take On Me**
Musik und Text:	Pal Waaktaar, Magne Furuholmen, Morten Harket
Veröffentlichung:	19. Oktober 1984

Titel:	**Pet Shop Boys – Always On My Mind**
Musik und Text:	M. James, J. Christopher, W. Carson Thompson
Veröffentlichung:	30. November 1987

Titel:	**Pet Shop Boys & Dusty Springfield – What Have I Done To Deserve This?**
Musik und Text:	Neil Tennant, Chris Lowe, Allee Willis
Veröffentlichung:	10. August 1987

Titel:	**Heinz Rudolf Kunze – Dein Ist Mein Ganzes Herz**
Musik und Text:	Heiner Lürig, Heinz Rudolf Kunze
Veröffentlichung:	1985

Titel:	**Nena – Irgendwie, Irgendwo, Irgendwann**
Musik und Text:	Carlo Karges, Jörn Uwe Fahrenkrog-Petersen
Veröffentlichung:	1984

Titel:	**The Chainsmokers & Coldplay – Something Just Like This**
Musik und Text:	A.Taggart, G.Berryman, J.Buckland, W.Champion, C. Martin
Veröffentlichung:	22. Februar 2017

Titel:	**Revolverheld – Immer noch fühlen**
Musik und Text:	J. Strate, K. Hünecke, N. Kristian Hansen, J. Sinn
Veröffentlichung:	02. März 2018

Nachwort

Ursprünglich war Florians Geschichte gar nicht zur Veröffentlichung gedacht, sondern nur eine Ideensammlung für ein sehr viel größeres Projekt. So wurden Dreiviertel des Textes bereits vor gut zwanzig Jahren niedergeschrieben. Inspiriert durch diverse Bücher und Filme, die einer ähnlichen Idee folgen, habe ich mich dann aber irgendwann entschlossen, mir mein altes Manuskript noch einmal vorzunehmen und es gründlich zu überarbeiten. Herausgekommen ist das, was Ihr nun (hoffentlich mit Vergnügen) durchgelesen habt.

Es wird sich sicher der oder die ein oder andere fragen, wie viel von dieser Geschichte tatsächlich so passiert ist, und ich versuche es mal kurz zu beantworten: Das große Ganze ist erdacht. Einzelne Szenen haben dagegen ziemlich genau so stattgefunden, dazu gehört insbesondere auch Sabines Geburtstag. Florians Gedanken und Gefühle, einfach sein komplettes Lebensgefühl als Teenager in den Achtzigerjahren, entspricht zu einhundert Prozent der Realität – meiner Realität.

Vielleicht gibt es dort draußen Leserinnen und Leser, die ähnliche Erinnerungen an ihre Jugend haben wie ich. Die ebenso ihr Herz sehr lang an eine Person gehängt haben und nicht dem in Teenagerjahren üblichen Bäumchen-wechsel-dich-Spiel verfallen sind. Vielleicht ist ja sogar ein Junge darunter, der grad in einer ähnlichen Situation steckt wie Florian damals. Dessen Welt sich so verändert hat, seit er dieses eine Mädchen liebt. Der zwischen Glück und Verzweiflung schwankt, weil sie ihm so viel bedeutet,
Diesem Jungen rufe ich zu: Vertraue deinen Gefühlen! Höre auf dein Herz! Kämpfe um deine Liebe, aber verbiege Dich nicht

dabei! Bleibe der Mensch, der Du bist! Sollte Dir in diesem Fall kein Erfolg beschieden sein, so kann ich Dir aus eigener Erfahrung sagen: Es wird das Mädchen oder die Frau kommen, die Dich bedingungslos genau so liebt, wie Du bist. Ich wünsche Dir von ganzem Herzen, dass Du sie erkennst, wenn sie eines Tages vor Dir steht!

Bedanken möchte ich mich bei allen, die meine eigene Kindheit und Jugend so schön und erfüllend gemacht haben, dass ich auch heute noch gern daran zurückdenke und sogar Geschichten darüber schreibe: Meinen Eltern, meiner Oma, meinen Freunden, Freundinnen und allen Mitschülerinnen und Mitschülern, die ich über die Jahre hatte. Sogar meinen Lehrerinnen und Lehrern und den zufälligen Begegnungen, die meinen Weg beeinflusst haben.

Außerdem geht ein besonderer Dank an meine wundervolle Ehefrau und meine beiden Söhne, die mir die Gelegenheit geben, die Jugend noch einmal aus einer anderen Perspektive zu erleben.

Der Autor, im Juni 2022

Kai Bischof wurde 1970 als jüngerer zweier Brüder in der ostwestfälischen Stadt Minden geboren. Nach Ausbildung und Abendstudium verschlug es ihn in die kaufmännische Leitung eines mittelständischen Handwerksbetriebes, in der er ein kleines Team von sieben Mitarbeiterinnen und Mitarbeitern leitet.

Mit dem Schreiben begann er kurz nach der Geburt seines ersten Sohnes, zunächst mit Kurzgeschichten, die er auf Internetportalen potenziellen Lesern zugänglich machte. Mit seinen Büchern konzentriert er sich auf realitätsnahe Geschichten für Jugendliche und junge Erwachsene, in denen er seine Protagonisten gern aus den geschlechterspezifischen Rollenbildern ausbrechen lässt. Dass Jungs genauso wie Mädchen mit sich und ihren Gefühlen ringen, wurde ihm schnell als weithin ignorierte Tatsache im Bereich der romantischen Jugendliteratur bewusst.

„Der Markt ist überschwemmt mit Liebesgeschichten für Jugendliche, aber fast alle stellen eine sehr weibliche Sichtweise dar und sind für männliche Leser nur bedingt lesenswert. Mein Ansatz war immer, alle Geschlechter zu erreichen, ohne den Pfad der romantischen Erzählung zu verlassen", sagt er selbst dazu und drängt in seinen Geschichten den klischeehaften *Bad Boy* zugunsten facettenreicher Charaktere und Emotionen gekonnt ins Abseits.

Kai Bischof ist seit über zwanzig Jahren glücklich verheiratet und lebt mit seiner Frau und seinen zwei Söhnen im Schaumburger Land.

Ebenfalls erhältlich:

Wenn Sara nicht gewesen wäre (2020)
ISBN: 979-8-663-57743-4 (Taschenbuch)
ASIN: B08CM7TQJX (Kindle eBook)

Hannos Reise (2020)
ISBN: 978-3-753-17521-8 (Taschenbuch)
ISBN: 978-3-753-15123-6 (Gebundenes Buch)
ASIN: B08PPF58RS (Kindle eBook)

Weine oder Fliege (2021)
(Seestern-Dilogie Teil 1)
ISBN: 978-3-754-16189-0 (Taschenbuch)
ASIN: B09FTK277Y (Kindle eBook)

Liebe oder Sterne (2022)
(Seestern-Dilogie Teil 2)
ISBN: 978-3-754-93730-3 (Taschenbuch)
ASIN: B09J25R6HY (Kindle eBook)

Hannos Reise (2020)

ISBN 978-3-753-17521-8

Der siebzehnjährige Hanno Vollmer ist kein Junge vieler Worte. Eine Eigenschaft, die ihn unter seinen Mitschülern nicht gerade beliebt gemacht hat. Und während die hübsche Melina ihn überhaupt nicht beachtet, hat es ausgerechnet Großmaul Rayk auf ihn abgesehen. Zu allem Überfluss schickt ihn sein Vater über die Sommerferien auch noch auf Europareise, wo er doch eigentlich mit seinem einzigen Freund, dem Onlinegamer Silentfox14, virtuelle Welten auf der Playstation erobern wollte.

Als er im Zug nach Freiburg auf die selbstbewusste Studentin Sarah trifft und sich an ihre Fersen heftet, ist die hübsche, drei Jahre ältere Amerikanerin zunächst genervt von ihm. Doch weil Hanno ihr in München aus der Patsche hilft, bietet sie ihm an, die Reise gemeinsam fortzusetzen. Die beiden kommen sich näher, bis Sarah ihm eröffnet, dass sie nicht die Person ist, als die sie sich ausgibt ...

Hannos Reise ist eine wirklich tolle Geschichte über Ängste, Unsicherheiten, Freundschaft, und den Weg zum Erwachsenwerden. (Leserrezension)

https://www.amazon.de//B08PPF58RS
(103 Bewertungen – 4,5 Sterne)

Wenn Sara nicht gewesen wäre (2020)

ISBN 979-8-663-57743-4

1987 – der schleswig-holsteinische Ministerpräsident Uwe Barschel wird tot in einer Hotelbadewanne aufgefunden, Matthias Rust landet mit seiner Cesna auf dem Roten Platz, Michail Gorbatschow nährt berechtigte Hoffnungen auf ein Ende des Kalten Krieges und die britischen Musikproduzenten Stock-Aitken-Waterman überschwemmen mit ihren Produktionen den europäischen Musikmarkt.

Doch wie kann einen 16jährigen verliebten Teenager all das überhaupt interessieren, wo seine Gedanken doch seit Wochen und Monaten nur um die hübsche, aber für ihn unerreichbare Klassenkameradin Sara kreisen? Und wie reagiert er, als sie durch eine Fügung des Schicksals im Bus auf der Kursfahrt nach Berlin plötzlich neben ihm sitzt? Vermutlich wäre in seinem Leben manches anders gelaufen ... wenn Sara nicht gewesen wäre.

https://www.amazon.de/dp/B08CWM833C
(15 Bewertungen – 4,9 Sterne)

Weine oder Fliege (2021)

ISBN 978-3-754-16189-0

Weine oder Fliege ... der Spruch auf Emmas Lieblingsshirt ist irgendwann zu ihrem Lebensmotto geworden. Als die 17jährige nach zwei Jahren Großstadt in das idyllische Marstedt zurückkehrt und dort auf ihren ehemals besten Freund Chris trifft, wähnt sie die Gefühle von damals längst unter Kontrolle. Doch wie geht man damit um, wenn die heimliche Jugendliebe diese plötzlich erwidert?

Als ihre besten Freunde Alex und Jay Drohbriefe einer rechtsradikalen Untergrundorganisation erhalten, schmieden sie gemeinsam mit Computergenie Leon einen Plan, die Verfasser der Nachrichten zu enttarnen - nichtsahnend, dass sie dich damit in akute Lebensgefahr begeben. Und als wenn das alles noch nicht genug wäre, trägt Em auch noch ein Geheimnis mit sich herum, von dem nicht mal ihre Mutter weiß.

https://www.amazon.de/dp/B09FTK277Y
(32 Bewertungen – 4,0 Sterne)

Liebe oder Sterbe (2022)

ISBN 978-3-754-93730-3

LIEBE ODER STERBE ... Obwohl sie von Jungs eigentlich die Nase voll hat, verliebt sich Em in den mondänen, etwas älteren Mitschüler Marc Velbert, von allen nur „Marvel" genannt. Das stört nicht nur Chris, sondern auch den selbsternannten Quotentürken Recep, mit dem sie sich angefreundet hat. Als sie gemeinsam Sportlehrer Rösler ausspähen, dem Kontakte zu den rechtsradikalen "Bewahrern" nachgesagt werden, machen sie eine ungeheure Entdeckung. Die gemeinsamen Nachforschungen bringen nicht nur Em und Chris näher zueinander, sondern auch Marvel in den Verdacht, nicht ganz so nett und harmlos zu sein, wie es anfangs scheint.

Ein rasantes Katz-und-Maus-Spiel beginnt, in dem sich zunehmend offenbart, dass Em, Chris und ihre Freunde sich mit dem Vorhaben, die Bewahrer zu enttarnen, deutlich übernommen haben. Lieben und Sterben liegen dicht beieinander, denn ihre Widersacher sind übermächtig und schrecken von nichts zurück. Und dann ist da ja auch noch Marvel ...

https://www.amazon.de/dp/B09J25R6HY
(9 Bewertungen – 4,3 Sterne)